U0050244

沖喜夫妻 1

風文創 810

福祿兒 著

自序 …… 005

第一章 …… 007

第二章 …… 035

第三章 …… 065

第四章 …… 095

第五章 …… 127

第六章 …… 157

第七章 …… 187

第八章 …… 219

第九章 …… 251

第十章 …… 285

自序

福祿兒

這一部作品，是我有一天在看電視節目《國家寶藏》時，生出的一個靈感。一件件精美絕倫、維妙維肖的玉器擺放在展櫃裡，為它們著迷。每一件玉器都有深厚的底蘊與文化，並且有獨屬於它們的故事。

玉器從歷史的長河中傳承下來，融入生活當中，更有吉祥的寓意。我便決定以玉雕為主題，帶領大家淺顯地瞭解一下高雅別致、豐富多彩的玉器藝術。

執筆開篇前，查閱了不少的資料做準備，信心滿滿地開始動筆。以為會是「閒坐門廳看落花，手中執筆論瀟灑」的心境與姿態，現實卻很慘烈，並不如想像中這般順暢。我不過是一個門外漢，各種細節都需要查資料，短短的兩千字，需要寫一個通宵才能打磨好。作品中的人物，我賦予他們血肉與靈魂，現實與虛構交織。我並非以旁觀者、創造者的角度去寫這個故事，而是將自己代入白薇的角色，與她一起從低谷、困境，一步一步憑藉自己的努力、聰明才智及不服輸的那一股倔勁，走向成功。

這一種心境很奇妙，我會跟著筆下人物的收穫而心潮澎湃，經歷挫折與苦難時為他們落淚，寫到溫馨幸福的畫面我的嘴角也會情不自禁地微微上揚，彷彿自己親身經歷過他們的一生。

我想書如人生，我們都會有低潮、挫折、做錯、迷失自我的時候。但只要我們越挫越勇，不言失敗，便會如主人翁一般沐浴曙光，採摘到勝利的甜美果實。

如同當時這部作品創作到一半時，連日幾場大雨，將房子旁邊的山坡沖垮，露出地基，地板開裂，拉家帶口的搬家，大小瑣事接踵而來，幾度要放棄。幸好我堅持下來，沒有被挫折給打敗，這部作品得以有幸與大家見面，算得上是苦盡甘來。

每一部作品，都有屬於它的人生態度。歡迎朋友們來到我的世界，共看喜怒哀樂，人生百態。

第一章

暮色四合，天際最後一抹餘暉漸漸斂去。

白薇身上穿著紅布裁做的新衣裳，烏黑的青絲梳成一個整齊的髮髻，戴上一支銀簪。盤兒靚，條兒順，俏立在桂花樹下，左顧右盼。

地裡勞作的大嬸扛著鋤頭，手裡提著竹籃，樂呵呵地走過來問道：「薇丫頭，在這兒等時安呢？」

白薇扯著頭髮，臉色緋紅，嬌嗔道：「嬸兒，我、我在等大哥呢！」

誰見哥哥穿著打扮得這般體面？大嬸心知小姑娘抹不開，害臊呢！遂打趣道：「瞧我說的是啥話？得喊妳舉人夫人了，到時候擺喜宴，可得請嬸兒喝杯喜酒，沾沾喜氣。」

白薇羞答答地點頭，又甜蜜欣喜、又忐忑不安。

顧時安今年鄉試下場，榜上有名，今兒在家中擺酒宴，慶賀一番。

爹和哥哥一起去吃席面。原來是商量不論考中還是落榜，都將兩人的婚事給辦了，因此她便沒有跟去吃席面。

顧時安偷偷約她在這兒相見。

白薇早知道顧時安有大出息，她盼著他出人頭地，又極怕他功成名就。

他考上舉子，白薇替顧時安開心。但兩個人之間的差距，又讓她心生惶恐，害怕顧時安會拋棄她。心底總有一個聲音安慰著她，說顧時安不是忘恩負義的人。

他說喜歡她，方才娶她的，並不全是為了報恩。

「今兒地裡旱，豆薯清甜可口，妳拿一個去嚐嚐。」大嬸從竹籃裡拿了一個豆薯給白薇後，回家做飯去。心裡嘀咕著，這白家真是祖上積德，才有這麼好的福氣。

顧時安自幼父母雙亡，白啟複與顧時安的父親是好友，好心收留顧時安。

顧時安是個爭氣的，很會讀書，如今二十出頭，已經是舉人老爺。

為了報答白家恩情，考上秀才時，他主動提出要娶白薇。

村裡人誰不羨慕老白家？嫉妒得眼睛都紅了！

白薇如何不知道村裡人嫉妒她家養出一個舉人？

當初收養顧時安時，她爹有一門手藝活，做石雕匠人，家裡生活寬裕，能送顧時安與她哥哥、弟弟一起去學堂讀書，她是唯一的女孩，也不用像村裡其他女孩一樣下地幹活，農忙時才要幫忙家裡做飯。

顧時安和大哥一起考上童生後，爹給人送貨時遇上土匪打劫，傷著手，不能再做石雕。家裡唯一的頂梁柱倒下，便負擔不起三個人的束脩費用了。

於是，她和娘給人洗衣裳縫縫補補，咬牙硬撐著送大哥和顧時安考秀才。

結果顧時安考上秀才，大哥落榜了。

後來大哥主動挑起家裡大梁，繼續讓顧時安和弟弟唸書。背地裡不少人說閒話，說顧時安再能耐，畢竟姓顧不姓白，白家得了失心瘋，才捧著別人家的兒子，捨棄自己的兒子。

好在顧時安知恩圖報，是個有良心的人，自己提出娶白薇。兩個人定下婚事後，村裡的人才不再說閒話。

但是顧時安也從白家搬出去，住回自己家的老房子。

白薇瞅著天黑下來，早就過了約定的時間，顧時安還不見人影，心中的不安漸漸擴大。她準備去顧時安家中找他，剛邁開腳，就見顧時安朝她走來。

「薇妹，今日客人多，讓妳等久了。」顧時安穿著青色的布衫，溫文爾雅，白皙的面皮因飲酒染上薄紅，一雙眼睛格外清亮有神。

顧時安那雙狹長的眼裡，彷彿蘊含著別樣的溫柔，白薇被他注視著，臉更紅了，心臟撲通撲通亂跳。

「我給妳的字帖，練完了嗎？」顧時安瞧了，微微一笑。

白薇捏緊手指，咬著下唇。「還……還沒有。」

顧時安臉色變了。「是沒有練完，還是沒有練？」

白薇不安地看向顧時安。「你知道的，我笨得很，怎麼學也識不了幾個字——」你說等你將我娶進門，出仕之後，再手把手教我識字、練字的。

顧時安打斷她，失望地說道：「薇妹，我如今是舉人，今後會是進士，甚至入閣為相，會青史留名、光宗耀祖，絕不會止步於此。我的夫人若是一個大字不識的人，會讓人笑掉大牙的！」

這句話像一記悶拳砸在白薇心口，通紅的臉瞬間白了，桃花似的眼睛裡閃過慌亂。「時安哥，你想說什麼？我……我會努力認字，把字練好的。等你春闈回來，我一定能把字都認全了。」手指抓住顧時安的袖襬，彷彿只有這麼做，才能夠將他緊緊抓住。

顧時安看著她的五官，皮膚不夠白皙，穿著大紅的衣裳，顯得很俗氣，這張臉充其量算得上清秀而已。「解除婚約吧！」顧時安拉開白薇的手。「這些年我花你們白家多少銀子，我會全都算清還給你們。」

白薇懵了，眼淚大滴大滴地往外掉，一顆心墜在地上，碎得稀巴爛。「時安哥，不要解除婚約。」白薇不想哭，可是眼淚已失控，不停地往下掉，她怎麼擦也擦不乾淨。「我不會答應的，是你說要娶我的，你只能娶我。我會練好字的，你相信我，一個月，我認全一千個字好不好？不要退親，我求求你。」白薇聲淚俱下，傷心欲絕。

她喜歡他，從小就喜歡，正好顧時安也喜歡她。當他說要娶她時，白薇不知道有多歡喜！此時白薇不願去想配不配的問題，只記得顧時安曾經說過，君子重諾。在顧時安面前，她沒有任何底氣，只能死死記住這四個字。當顧時安提出退親的話，從放榜以來積累的不安驟然達到頂峰，她幾乎要承受不住打擊而崩潰。

顧時安心意已決，將許婚書契拿出來。「薇妹，我知道妳向來善解人意，這次就由妳提出解除婚約吧。」

白薇就是不肯同意。只要她不鬆口，顧時安不會主動解除婚約。他不敢的！

如果他開口退親，名聲就全完了，會揹負上忘恩負義的臭名。顧時安最愛惜名聲了。

「我不會答應的！時安哥，你說考上舉人就娶我的，我這就回家找我爹，馬上給我們張羅婚事。」白薇不想面對顧時安，轉頭就往家裡跑。

顧時安哪裡能讓她這副模樣回去？只怕不消片刻，他要悔婚的事情全村鄉鄰都知道了。

他急忙追上去。

白薇跑得更快了。

顧時安雖然是書生，到底是男人，且手長腳長，很快就抓住白薇。

白薇激烈地掙扎，眼淚洶湧而下。「你放開我！就算我死也不會答應退親！」

退親了，別說她日後嫁不出去，白家也會成為全村的笑話。她死也不會退！

顧時安看著哭得滿臉眼淚、鼻涕的白薇，眼裡閃過厭惡，威脅道：「妳不識好歹，就別怪我不念舊情，斷了妳弟弟的仕途！」

白薇停止掙扎，難以置信地看向顧時安。她看見他眼底的嫌惡，不再是記憶中溫潤如玉的謙謙君子，變得很陌生。他說不退親，就毀了弟弟，這種話他怎麼說得出口？

爹才四十就頭髮花白，比同齡人要老上十歲，而且為了省錢給他讀書，不肯吃藥，手上的傷根本沒有養好，只要下雨天就疼得厲害；娘為了多掙銀子，每天做針線到很晚，傷著了眼睛，風一吹就流眼淚；還有哥哥。他們家為了顧時安付出那麼多，從來不抱怨苦累，也不曾後悔包攬下他的事情，總在她耳邊說，只要顧時安出息了，他們的囡囡就能跟著享福。

結果，福沒享著，這個沒心沒肝的男人為了逼她退親，竟還用弟弟威脅她！

他的無情令她心寒。白薇情緒爆發，憤怒地揚手，一巴掌打在他的臉上。「你混蛋！顧時安，你就是個白眼狼！我哥為了你放棄唸書，你就是這麼報答我家的？你現在出息了，嫌我是個蠢笨無知的村姑，想要學那負心漢高攀城裡的小姐，還是想要尚公主？」

顧時安握住白薇的手，由於被戳中心事，臉色變得十分難看。

「我不會讓你得逞的！」白薇抽出手，狠狠擦乾臉上的淚水，打算回家揭穿顧時安的真面目。

「白薇，妳敬酒不吃吃罰酒，不要怪我心狠手辣！」顧時安眼底閃過一抹狠戾，伸手將白薇推下田埂邊用來灌溉的水井裡。他站在水井邊，濺起的水花打濕了他的長衫，他冷眼看著白薇在水井裡撲騰兩下，而後沈進水底。「下輩子放聰明一點，看清楚哪些人是妳能招惹的，哪些人是妳不能高攀的！」

「咳咳……咳……」白薇的嗓子又乾又癢，咳嗽時拉著喉嚨，痛得她難受地蹙緊眉心，睜開眼睛。簡陋的窗戶上貼著兩張大大的「囍」字，泥磚牆壁上同樣貼著兩張。

白薇愣了一下，神色茫然。

腦海中最後的記憶，停留在她被土石流活埋。

她是國家級的玉雕大師，師承北派四傑之一的林老先生，最近幾年專攻薄胎工藝。

薄胎工藝成本太高，要有禁得起嚴格考驗的技術，許多玉雕工藝人為了賺錢或者是盡快出名，不願在薄胎工藝上花費多年時間鑽研技藝，因此這項工藝瀕臨著失傳的危機。

某日，她在天工獎會場上看見一只薄胎茶杯，它輕巧秀麗，薄如蟬翼，輕若鴻毛，亮似琉璃，與一眾玉雕擺放在一起，有一種傲視群雄之感。她深深被這鬼斧神工的技藝震撼住，幾乎沒有任何的猶豫，便決定鑽研薄胎工藝，這種在玉雕行業中最高深的技藝。

所有人都為之可惜，紛紛勸她慎重考慮，畢竟那時她在行業中頗有盛名，只要繼續深造，地位不可估量，唯有師父在背後支持她。

經過三年磨練，她在薄胎工藝小有成就。為了參加百花獎，她打聽到青州市一個小山村有一塊極品青玉原石，便迫不及待開車過去。那兒已經連下了幾天雨，結果在山村腳下，她被土石流給活埋了。

現在看來，她是被山村中的一戶人家給救了，而這家人正在辦喜事。

屋子裡充斥著藥味，有些冷清，沒有半點喜氣。

「噼啪」一聲清脆乍響，白薇循聲望去，入目是一對喜燭。

白薇的目光頓了頓，眼中閃過訝異，逐漸意識到不對勁。

這是給她辦喜事？而且是用最古老的成親方式？

頓時一個激靈，白薇爬坐起來。由於起身太急，腦袋一陣眩暈，身子軟綿綿的沒有一點力氣，晃著便又倒了下去。

「嗯……」白薇的腦袋磕碰到一個硬邦邦的東西，「嘶」地倒抽一口氣。一抬頭，她驚住了。身邊躺著一個男人，一頭烏黑的長髮披散在大紅枕頭上，長眉如墨揮就，斜飛入鬢，雙目緊閉，蒼白的薄唇緊抿成一線，顯得這張過分俊美的面龐透著股銳利。

白薇嚇得往後一退，來不及多想，腦袋刺痛，不屬於她的陌生記憶紛沓而來。極度的憤怒、傷心、怨恨、絕望等等苦悶的情緒裹挾而來，胸口沈悶得喘不過氣來。

她趴在床上，將這些極大怨氣的情緒強制壓下去，腦子裡多出的記憶隨之消化完。

白薇知道自己的處境了，她死而復生，魂魄穿越千年，附身在這個同名同姓的女孩身上。雖然匪夷所思，但眼下這個情景，卻叫她不得不相信，這世間真有這般玄妙的事情。

這白家養出一個忘恩負義的白眼狼，功成名就後，就要甩掉原身，還用原身的親人逼迫她。最後沒有達到目的，害怕他要悔婚的事情洩漏出去，索性一不做，二不休，下毒手害死原身，讓她撿了一個大便宜。

白家父母若是知道當初的善舉會害死自己的女兒，不知道會不會後悔？白薇嘆息一聲。有了記憶後，她認出這是原身的房間，看來這是白父、白母找來給原身沖喜的男人。

原身已經死了，如果她沒有穿過來，這個男人不就成了個寡夫？

記憶裡面的白父、白母心地善良，是老實巴交的農民，絕對不會幹這種事的。

白薇面色一變，手指顫巍巍地探向男人的鼻息。

手腕劇痛，握住她手的力道極大，幾乎要捏斷白薇的手腕。

「痛！」白薇驚呼一聲，便對上男人點漆般深沈狹長的眼睛。

昏暗的燭光晃動兩下。

他眼底的陰鷙深沈了幾分，看著白薇蒙上一層水霧的眼睛，似乎愣了一下，眼底的銳利消退乾淨。他鬆開白薇的手，但仍是沒有放鬆戒備，警惕地看向四周。屋子裡的情形，令他的神色有了變化。

白薇看著手腕上的一圈紅痕，轉動了幾下，這具身子太弱了。

她因為要找玉料，天南地北地走，為了防身，練了柔術和散打。若是她以前的身體，一定能避開。

對上男人冷冽的眼睛，看出他對眼下處境有些疑惑不解，正等著她這當事人解釋。

白薇看著男人手臂上猙獰的新傷，心裡有了底——怕不是白父、白母以為這個男人快死了，所以撿來湊數？說不定負負得正，全都活過來了？她頓時尷尬了。

白薇的腦子轉得很快，但還沒有想到一個妥貼的解釋，門外就傳來對話聲。

「孩兒他爹，沖喜能有用嗎？郎中說咱薇薇活不過今晚。拖了半個月，是她賺了，一般人都熬不過當天的。」江氏心裡很不安。「沈遇如果活了，薇薇沒能熬過來，咱家自作主張給他們辦喜事，太對不住他了。」

「孩兒他娘，妳別多想。薇薇是個有福氣的丫頭，不會有事的。沈遇受傷嚴重，孟兒撿回來的時候，郎中也說治不活了。就算……就算兩個孩子最終都好不了，走的時候也不是孤孤單單的，起碼有個伴。沈遇沒爹沒娘，入贅咱白家，他和丫頭也能進白家墳地。」白老爹說到後面，嗓子乾啞。

沖喜只是絕望中抓住的最後一根救命稻草。

他們做了最壞的打算，甚至應該說，沒有抱希望。讓兩個人成親，是心疼閨女。未出嫁就夭亡的女子，是不能入娘家墳地的。沈遇是外村人，在石屏村沒有親人，死了沒有家人收屍。他與長子白孟是好友，和白薇成親後就是白家女婿，不會成為孤魂野鬼。

江氏用手背擦一擦眼淚，哽咽道：「薇薇若是個有福氣的孩子，就不會出這種事。那口水井擱村裡多少年了，從來沒有出過事。那條路她來回走多少回了？怎麼這一回就不注意了，跌個跟頭摔進水井裡？倘若不是時安瞧見，將薇薇救回來。唉，如果沒有出事就好了，今兒就是張羅薇薇和時安的喜事了。苦日子算熬到頭了，時安一定會很疼她的。」

「丫頭和時安有緣無分，妳就別再想了。丫頭活過來後，也不可能嫁給時安了。」

江氏對顧時安很滿意，親眼看著長大的，如今成了舉人老爺，以後說不定還會做大官。到手的女婿，眨眼就飛走了，還不知今後會便宜誰家閨女？她悶悶道：「我就是覺得可惜，之前時安說要娶薇薇，給她沖喜，我們答應就好了。」

白薇若活過來，就是舉人夫人，跟顧時安紅紅火火地過日子；若沒有活過來，白家養顧時安這麼多年，他圓白薇一個心願，一筆勾銷，誰也不欠誰。

顧時安日後飛黃騰達了，他們老白家也不占他的便宜，和他攀親戚。

小兒子白離聽不下去。「娘，時安哥為了救大姊，病著躺在家裡好些天呢！為了湊錢給大姊治病，他收了縣太爺的銀子，欠了縣太爺一個人情。如果不是這筆銀子，咱們家哪還有錢買參吊著大姊一口氣？還有，咱們家的地全都放在他名下，今後不用交稅。別的不說，就他救了大姊這事，也能抵了這些年來咱們家的恩情了。他是有大出息的人，咱們家怎麼能拖累他？」

院子裡徹底安靜下來。

江氏只捣著臉哭。

「啪嚓」的一聲，屋子裡傳出瓷器碎裂的聲音。

「咳咳……咳……」

緊接著，傳出劇烈的咳嗽聲。

江氏聽見屋內的聲響，立即抬腳衝進去。心臟撲通撲通地亂跳，就怕是錯覺。

推開門，屋子裡的燭光照亮黑漆漆的院子。

院子裡的人清楚地看見白薇站在屋子中間，虛弱地扶著四四方方的木桌子，彎腰咳嗽，腳邊是瓷碗碎片，水也灑了一地。

「兒啊！我的兒啊！妳總算好了！妳要去了，叫娘怎麼活啊？」江氏哭著撲過去，緊緊抱著白薇痛哭，拳頭捶打著白薇的後背。

白薇一點兒都不覺得疼，江氏的拳頭雖然打在背上，卻沒有用上力氣。

她穿著單薄的粗布單衣，江氏滾燙的眼淚落在肩膀上，白薇的皮膚給燙著一般，心臟跟著顫了顫。她不習慣和人親近，但江氏濃烈的關切之情，讓她沒有將人給推開。

前一世，她出身豪門世家，父母是聯姻的，夫妻間並沒有感情，各自忙碌著事業，經常不著家，將她丟給保姆。

老爺子心疼她，將她接去鄉下老宅生活。原本與父母是一個月見一次，到最後一年見一次。在她十三歲時，老爺子撒手人寰，她又回到了自己的家，但父母幫她辦了寄宿學校，她依舊沒有得到父母的關懷。他們給她的，只有帳戶存摺上一串串的數字。

白薇第一次體會到這麼濃烈的母愛，一時有些不知所措。

她知道，這是對原身的感情，可她已經替代原身活下來了。

從今以後，原身的親人，將會是她的親人。

「我……我沒事了。」白薇張了張嘴，安慰江氏。

「行了！丫頭剛醒過來，妳別嚇壞她。」白啟複拉開江氏，黝黑的臉十分憔悴，眼神滿是滄桑。瞧見白薇醒來，他的眼尾露出笑紋，道：「丫頭，妳昏睡了半個月，身子還虛著呢，怎麼起身了？有事情妳叫喚一聲，爹娘和妳哥哥、弟弟都在家，能聽見。妳快上床躺著去。」

白薇的嗓子又乾又疼，聽見他們在門外談話，盡是念著顧時安的好，一時肝火上來，嗓子更是要冒煙，於是她爬下床想倒碗水喝，潤潤喉嚨。結果聽見白離說顧時安救了原身，恩怨一筆勾銷，還勸著家人別拖累顧時安，一口水瞬間嗆進嗓子裡，手裡的碗沒有拿穩，砸在了地上。

顧時安真的有夠心機，原身活不成，他還將戲給做足了，讓人挑不出一丁點兒的錯！明明害死了原身，竟還讓原身的家人對他感恩戴德？

白薇冷笑一聲，原身到死都對顧時安懷著怨氣，要揭穿他的真面目，不讓爹娘被矇騙在鼓裡。她占去了原身的身體，必定要完成她的遺願。

「爹、娘，我有話和你們說。」一面對頭髮灰白的兩老，眼中滿是對女兒的關切和疼愛，白薇發現，「爹娘」兩字並不難喊出口。

「丫頭，妳有啥話坐著說。」江氏扶著白薇在板凳上坐下，喊著白離將地上的碎片給收拾乾淨，別扎著白薇的腳。然後提著竹編水壺倒了一碗水，給白薇潤潤嗓子。

水壺套著竹編外殼，這樣能夠保溫。燒開的水擱了大半夜，還有一點餘溫。

白薇喝完一碗水，喉嚨得到滋潤，舒服了許多。她讓白父和白母坐下，回頭看了眼床上的男人。他的唇色很淡，雙目閉上，彷彿又陷入昏睡了。

江氏以為白薇要說的是沈遇的事，還沒開口解釋，一旁的白離就先插話。

「姊，妳摔進井裡，時安哥救妳上來的時候，妳差點沒命。時安哥忙前忙後，為了給妳治病，他在外借了不少銀子，聽見妳快不行了，還想著給妳沖喜呢！咱們家養著他，也不是圖他報恩，再說他還救了妳一命，咱家哪能恩將仇報，或者挾恩圖報，毀了時安哥的前程？敢這樣做，村裡的人要把咱家的脊梁骨給戳斷了。

「他來年要會試，妳熬不下去，他和妳有婚約的話，肯定不能去考試，因此爹娘作主解除你倆的婚約了。正好大哥救了咱村的沈遇，他傷得很嚴重，情況比妳還糟糕。爹娘心急，只得死馬當作活馬醫，給你倆沖喜。沒想到這法子真管用，妳活過來了！姊，沈遇如果也挺過來，就說明你倆有緣，今後妳便一心一意和他過日子。時安哥妳就別想了，甭說妳和他沒有緣分，你倆的身分也不般配。」白薇漆黑水亮的眼睛盯著白離，她臉上沒有表情，眼底無波無瀾，莫名地讓白離心裡發怵，一肚子的話頓時卡在喉嚨裡，噎得難受。

白薇笑了一聲，語帶諷刺地道：「如果是他推我進井裡的呢？」

這話像晴天驚雷，一下子將屋裡的人全劈懵了。

「薇薇，妳、妳在說什麼？」

江氏和白啟複心中震驚，難以置信！

白離倏地變了臉色，聲音跟著提高。「姊，妳是不是摔進井裡，腦子進水了？時安哥平時得了好東西，第一個念著的就是妳，他怎麼會害妳？」

「對對對！薇薇，這話不能亂說。時安說他想簡單辦兩桌酒席，妳不同意，兩人拌嘴鬧矛盾，妳生氣地離開，沒有顧著腳下的路，這才摔進井裡。妳心裡對他有怨，也不、也不能冤枉他，壞他的名聲啊！那孩子從小心思敏感，聽見妳這般說，得多心寒啊？」顧時安老實又守規矩，江氏沒辦法相信顧時安會將白薇推進井裡，想要害死她。

顧時安是他們看著長大的，他對白薇有多好，他們全看在眼裡，才放心把白薇嫁給他。可惜，這兩個孩子沒有夫妻緣。

白離忍不住多嘴道：「姊，我知道妳從小喜歡時安哥，不能嫁給他，妳很不甘心，但也不能因為這樣就要害了他啊！妳摸摸自己的良心，對得住他嗎？他又不是個傻的，如果害死妳，被人發現了，他不是自毀前程？」

白啟複嘆息道：「他是舉人，咱們是鄉下的耕農，若他不滿意這婚事，要退婚，我們也不能不答應。」

綜合上述，顧時安實在沒有理由害白薇。

江氏摸摸白薇的腦門，怕她燒傻了腦袋。

白薇握緊了拳頭，實在沒有想到白父、白母不相信她的話。顧時安平時偽裝得太好了！

「若我不肯答應退婚呢？」

她話一出口，眾人都愣住了。

「他約我見面，談退婚的事，我不肯答應，他就推我進井裡。我不答應，他忘恩負義的名聲會傳遍整個村子；但若我死了，不僅可以順利解除婚約，還能博得美名。」白薇苦笑一聲。「你們看，現在你們寧願相信他，也不肯相信我說的話，這就是他的目的。」

「不可能。」白離不肯相信顧時安是一個偽君子。這比他家住新房子、頓頓有肉吃都還要不可思議。

白薇緩緩地說道：「不是只有你覺得我和他不般配，他也是這樣想的。」

白啟複和江氏內心受到巨大的衝擊，回不過神來。

如果真是白薇說的，顧時安要退婚，白薇不願意，他害怕敗壞名聲而謀害白薇，也不是沒有這種可能。白薇是他們的閨女，她是啥性子，怎麼會不清楚？壓根兒不會撒謊。

可、可顧時安的性子很溫和，從來不和人臉紅，從小懂事，比家裡的三個孩子都省心。心狠手辣的事情不像他能做得出來的，平時就連殺隻雞，他都不忍心啊！

可知人知面不知心，萬、萬一是真的呢？

白薇看出白父和白母開始動搖了，想再添一把火。這時，白孟和顧時安從外面進來了。顧時安站在門口。

白孟一瘸一拐地進屋，看見白薇醒過來，眉間緊皺的幾道褶子這才展開。「顧時安來了，他有話想和小妹說。」

顧時安雖和白薇解除婚約，但他為白薇的事付出挺多的，即便沒有婚約在，他和白家的關係也沒有疏遠。今日白薇成親，他以哥哥的身分出席。

他原先在白家的房間一直保留著，郎中說白薇熬不過今晚，所以顧時安留在白家過夜。

剛剛顧時安和白孟將借來的桌子及碗給鄉鄰送還回去，回來時聽見白薇醒來的動靜，他便提出要見白薇，卻也知道如今身分不同，需要避嫌，方才等白孟先進去通傳。

白啟複和江氏至今頭腦還是懵的，白薇這番話，徹底顛覆他們對顧時安的認知，一時沒法消化。他們現在不想見顧時安，需要緩一緩。

而且今晚是白薇的洞房夜，沈遇雖生死不知，顧時安進來也不大合適。

「薇薇，妳剛醒過來，身體還虛弱，先到床上躺下。我和妳爹先回屋，等白天再和時安說清楚。」江氏要靜一靜，好好想一想。

白啟複心疼白薇，看她臉色蒼白，也催促她上床歇著，別胡思亂想。

「爹、娘，他在外等著，就讓他進來吧。」白薇看了一眼白孟和白離，嘴角一彎。「哥哥和弟弟都在，也不差他一個。」只有讓顧時安親口承認，白父和白母才會相信她。

江氏還想說什麼，白離已一溜煙跑出去，將顧時安給喊進來。

白離想要顧時安來對質，是不是他推的白薇？

顧時安進屋，先朝白父和白母頷首，接著雙眼緊緊注視著白薇，彷彿清風和煦的眼睛瞬間通紅，裡面蘊含著濃重的深情，目光一寸寸掃過白薇，確定她真的好了，嘴角微微顫動，哽咽地道：「妳醒了。」

白離看著顧時安，他眼底有隱忍的水光和遮不住的深重情意，當他看見滿屋子的紅時，眼裡又布滿痛苦。於是，到了嘴邊的質問，白離生生嚥了下去。這樣愛白薇的顧時安，怎麼會對她下毒手？一定是白薇誤會了。

「娘，我餓了，妳給我弄點吃的。」白薇看向白啟複，讓他與江氏一起離開。

白啟複看見白薇紅著眼圈、強撐著才沒有哭，心裡一軟，妥協地拉著江氏去廚房。

白薇給白孟遞了一個眼色。

白孟愣了一下，拖著白離一起出去。

屋子裡只剩下三個人。沈遇昏睡在床上，被兩人忽略不計。

「薇妹。」顧時安嗓音沙啞，看著昏黃燭光下的白薇。她那雙含羞帶怯的眼睛，此刻清泠，似一彎冷月，不帶一絲一毫的感情，彷彿他對她來說只是個陌生人。

白薇像是換了一個人般，眼前的她，讓他心底隱隱不安。

明明快要斷氣的人，偏又好端端地活了過來，他跟作夢似的。

「你後悔了嗎？」白薇望著顧時安，他容貌俊美，溫潤如玉，通身透著書卷氣，很討小姑娘喜歡。他若肯用心討好撩撥一番，許多小姑娘都願意對他死心塌地，難怪原身一顆心撲在他身上，也是有原因的。如果不是知道他幹的事，白薇此時都要被他眼底的深情和痛苦蒙蔽了。「你後悔沒有等我死透了，再救我上來？」

顧時安心一沈，他是後悔了。那時擔心白薇死了，他身為未婚夫，會影響來年春闈，所以以防萬一，他在白薇還剩下一口氣時就將人給救上來，想在她死之前把兩人的婚約解除，結果江氏還在猶豫。說來也巧，白孟這個時候把沈遇救回來，於是他心思一轉，讓郎中將受傷不重、只是失血過多而昏厥的沈遇說得很嚴重，他再提出自己要給白薇沖喜的事情。

白離與他關係好，反應很激烈，不肯讓他給白薇沖喜。接著他又三言兩句地引導，白離便上鈎了，提出讓白薇和沈遇沖喜。而他則在這個時候，拿出在縣太爺那兒借的銀子給江氏，買參吊著白薇，能多活一天是一天。

江氏和白啟複養他這麼多年，也有感情在。見他一心一意為白薇，也動了惻隱之心，不願意誤他的前程，將婚約給解除了。又有白離說項，因此白孟也同意白薇和沈遇沖喜。兩個人的情況危急，江氏和白啟複這才點頭答應，只花一天時間就將喜宴張羅好。

若白薇死了，沈遇活過來，那也是因為沖喜才好的，不怕露餡兒。

可他作夢都想不到，白薇竟然活過來了！

如果早知事情會超出掌控，他一定等白薇死透了再撈她上來。

「薇妹，妳還在負氣？我已經知錯，若早知道妳會差點沒命，我一定不會說那種話讓妳生氣。我是後悔了，可再多的悔恨，有些事情也沒有辦法彌補，妳已經嫁給了別的男人。妳放心，我們雖做不成夫妻，但我會將妳當作親妹妹看待，奉養伯父和伯母。我現在是舉人，在書院有點門路，會給小弟打點鋪路的。畢竟若沒有你們一家人，就沒有我今日的榮光，我定會報答你們的。」顧時安言之切切，表明他的心意。

白薇聽他說得滴水不漏，即便白父和白母不在身邊，他仍是如此謹小慎微，在她面前裝模作樣，看來想要揭穿他的真面目，怕是不容易。

她低垂著頭，淚水一滴一滴地掉在手背上。

顧時安怔住了。

白薇抬頭，滿面淚痕。「時安哥，我就知道你不是故意的！你說要和我退親，一定是和我開玩笑的對不對？你心裡喜歡我，那就當今日這場婚事是給咱們辦的吧！我和這個男人沒有拜堂，這門親事做不得數的。鄉鄰知道我快不行了，你還給我沖喜，一定會說你情深義重。你這人重情重義，一定會答應我的，對不對？」

顧時安詫異，沒想到白薇這麼好騙？

「還是說你沒有騙我，你就是嫌我是個大字不識的村姑？」白薇兩手抹去眼淚，傻笑著說：「我想給你驚喜才故意騙你的，其實我認得字。我常一個人偷偷看弟弟的書，字早就認全了，你不用擔心舉人的夫人是個不識字的村婦。你若不信，可以考一考我。」

顧時安抿緊唇角，這和他想的完全不一樣。白薇把他說過的話全都堵回來，逼著他挑明了是她的身分配不上他。

他沈默片刻後，混亂的思緒又變得條理清晰。「薇妹，鄉鄰都知道我們退親了，妳和沈遇成親沖喜，也的確是他讓妳的病治好的，我們不能過河拆橋、忘恩負義。我若娶妳，村裡會傳出對妳不好的流言，這樣會影響到大哥的親事，還會影響小弟的名聲，妳讓他還怎麼在書院待下去？妳聽話，不許胡鬧了。我現在沒有多大能力，但好在是個舉子，鄉鄰的地寄放在我名下，他們給的銀子，我全都留給妳。」

白薇聽懂了他話中的深意，如果繼續胡鬧下去，她弟弟別想在書院待下去，放在他名下的地，也甭想要了！

她心頭火起，抓起桌子上的水壺砸過去。「你這個混蛋！之前拿弟弟的仕途威脅我退婚，現在不但拿這件事威脅我，還想要吞了我家的地，你太欺負人了！別以為那日天黑，地裡沒有人看見。我明日就挨家挨戶去問，一定有人看見你推了我！」

顧時安躲避不及，水壺砸個正著，腦門被磕青，鼓出一個腫包。乾淨整潔的衣裳，也被茶水給潑濕，顯得很狼狽。

「白薇，妳瘋了！」顧時安的臉色變得很難看，白薇的挑釁和舉動瞬間挑起他的怒火。「我若娶了妳這般粗魯、蠻不講理的女人，今後豈不是要將那些達官顯貴得罪個遍，將我一同給連累了？」既然早晚都得死，妳倒不如早死了！這句話到了嘴邊，他才突然醒過神來，就見白薇臉上浮現微妙的笑容，心裡不禁「咯噔」一下，暗道壞事了！

顧時安被白薇方才蠢笨的模樣給迷惑，又被她砸了一下腦袋，一時氣昏頭，失去了理智，這才口不擇言。其實也是被白薇那句話說得心虛，方寸大亂。如果真的有人看見了呢？

白薇暗暗吐一口氣，蒼白的嘴唇微微一扯。「你現在終於承認了。」

「我……」顧時安思緒快速轉動，想要補救。

砰！

門被撞開，江氏氣得渾身發抖。

白啟複黑著臉。

話不必多，只這一句，就讓顧時安原形畢露。

他從來不呵斥白薇，也不嫌棄她粗魯、不講道理。他都不怕白薇死了後他會變成寡夫，執意要給白薇沖喜，又怎麼會怕白薇日後連累他？

顧時安慌了，他從來沒想過會有被拆穿的一日。

他張嘴想要解釋，就見白薇抄起屁股下的板凳，朝他腦袋上砸過來，他眼睛一瞇，下意識用手去擋，「喀嚓」一聲，手臂骨頭瞬間裂開。

「啊——」顧時安痛喊一聲，右手抱著左手臂，彎腰抵著桌子。「手！我的手！」顧時安面容蒼白而猙獰，冷汗豆大地從額頭上滲出來。他目露凶光，惡狠狠地瞪著白薇。

這個女人要他的命！他不禁慶幸自己用手擋住了，還是用的左手。

白薇扔下板凳，心中遺憾，沒有打破他的腦袋。斷一條手，勉強。顧時安害死原身，總該付出代價，也好讓顧時安清楚，她不是軟柿子，可以讓他隨便拿捏。

白薇拍了拍手。「爹、娘，我想把地要回來，不寄在顧時安名下，你們答應嗎？」

江氏嚇壞了，閉著眼睛不敢看。白薇性子烈，卻從來不和人動手，但江氏絲毫不怪白薇動粗，反而更心疼她。如果不是顧時安要她的命，白薇也不會性情大變。顧時安瞪著白薇的眼神，江氏看著都心悸，也徹底相信顧時安在他們面前偽裝了十幾年。

「薇薇，娘都聽妳的。」江氏傷心地哭泣。都怪他們識人不清，引狼入室，害苦了白薇。他們對不住白薇啊！

白啟複心裡極自責，慶幸剛剛白孟留他們等在門外，這才看穿顧時安的真面目。他目光傷心地道：「丫頭，就算家裡賣地，爹也不會將地放在他的名下，占他的便宜。」

白薇心裡鬆了一口氣，白父和白母是真心疼愛女兒的。

「不行！」白離激烈地反對。「爹，咱家銀子全都掏出來給大姊辦喜事了，哪裡還有銀錢？大哥如今二十歲，未來大嫂也十七歲了，還能等大哥多久？本來就對咱家有怨言了，如果不是大嫂對大哥有心，早就被她娘逼著嫁給別人。家裡這幾畝地，每年得交不少稅，這筆錢若省下來，再湊一點，也夠大哥成親了。」

白孟沈著臉，警告地瞥白離一眼，讓他閉嘴。

「小妹，大哥若是用這筆銀子娶妻，這輩子都抬不起頭。」就算打光棍，他也不能占顧時安的便宜。顧時安是誰？他想要害死小妹，那就是他們家的仇人！見白離還想要插話，白孟冷冷道：「讀書是讓你明理、懂是非，你連讀書人最基本的骨氣都立不起來，又怎能做出一手好文章？」

白離臉色脹紅，繼而一片煞白，羞愧地閉上嘴。

白孟對白薇道：「小妹，妳做什麼，大哥都支持妳。」

白薇愣怔一下，看向白孟。或許是下地幹活的緣故，白孟的面皮曬得有些黑，五官周正，頗為俊朗。那雙漆黑的眼睛堅定地望著她，給她勇氣和力量，彷彿在說：放手去做，別怕，有哥哥在呢！

白薇心中升起異樣的情緒，除了老爺子和師父之外，她再次感受到了久違的親情。心口又酸又澀，或許這是老天爺對她的彌補，才會讓她死而復生，擁有如此維護她的親人。

白薇握緊手指，她會好好替原身護好這些真心疼愛她的至親，不叫人將他們欺負去！

她看向顧時安，因為手臂的劇烈痛楚，已汗濕他後背單薄的布衫。

「顧時安，你把地還給我們。另外，這些年我們家供養你唸書，花費不少銀子。你連本帶利歸還，以後橋歸橋、路歸路。」

顧時安臉上的肌肉扭曲一瞬，卸下偽裝。「不可能！」

白薇冷笑道：「你不把地還給我，我就去縣衙告你私吞土地。你的名聲有了污點，到時候你做官，上面來人調查，你還能入閣為相、光宗耀祖嗎？」

顧時安頓時咬牙切齒。正是因為如此，他才格外愛惜羽毛。但他不甘心輕易將地還給白家，打算以此和白薇談條件，遂隱忍下滿腔的怒火。「妳要地不是不可以，但之前的恩怨得一筆勾銷。」

白薇如何不知顧時安指的是他謀害她一事。「這可由不得你！」往他左腿上狠踹一腳。

顧時安栽倒在地上，壓到斷裂的手，痛得他叫號一聲，就見白薇朝他走來，心底一顫，低吼道：「妳這個瘋女人，快住手！」他從未遭過罪，父母在時，除了幹活，沒有挨打挨罵過；住進白家生活後，白啟複和江氏將他當作親生兒子，沒有讓他幹過活，叮囑他一門心思唸書就好，連半句重話都沒有對他說過，可謂順風順水。沒承想，有一日會栽在白薇這蠢女人手裡。「你們的地，我還給你們，銀子我也算給你們。」顧時安急切地說道，生怕白薇這個瘋子會再對他動粗。「妳這半個月躺在床上，我向縣太爺借了一筆銀子，一共三十兩，已經分兩次給你們。我來白家十五年，最開始五年，每年束脩和拜師禮一共一兩銀子；之後十年的束脩與筆墨紙硯，每年八兩，共計八十五兩。扣除三十兩，還需要給你們五十五兩。」顧時安滿頭冷汗，喘著粗氣道：「妳打斷我的手，傷筋動骨一百天，請郎中抓傷藥，零零碎碎也得扣掉幾十兩。念在你們撫養我十幾年，便再給你們二十兩吧！我手裡沒有這麼多銀子，三天後給你們送來。」既已撕破臉，顧時安就不再偽裝了。冷眼掃過視他如仇的白家人，他嗤笑一聲。沒有人比他更想擺脫白家，只不過是以他最狼狽的方式，心中很不痛快。

「你在白家吃喝穿住不算嗎？」白薇冷嘲道：「五十兩。」

這些銀錢足夠白孟娶妻，還有一些餘錢，可以改善家裡的生活。

顧時安想討價還價，觸及白薇冰冷的面容，心有餘悸，害怕白薇迎頭再給他一拳。心中權衡一番後，咬緊牙關道：「五天後給妳。」

「大哥，你去寫字據。」白薇知道顧時安要臉，只要拿著字據，到時不怕他會賴帳。

「嗯！」白孟一瘸一拐地去隔壁房間，寫一張欠款字據，又拿著一枝開叉的毛筆過來，塞進顧時安手裡。

顧時安快速看完字據後，簽上自己的名字。他一時大意，吃了悶虧，只能忍一時之氣，先離開再說。「從今以後，咱們互不相欠，再無瓜葛！」顧時安將字據扔在白薇懷裡，腳步匆匆地離開，彷彿背後有洪水猛獸。

白薇看一眼字據後，鬆一口氣，暫時將顧時安解決了。「顧時安是小人，他今天迫於形勢不得不忍氣吞聲，平時得多防備著他，我擔心他不肯甘休。」她將字據交給白孟，叮囑道：「大哥你收好，五天後問顧時安要銀子。」

白啟複和江氏嘆氣，作夢都想不到會和顧時安結仇。有白薇的提醒，他們謹記著以後避開顧時安，不再和他來往。

白孟不客氣，將字據摺疊整齊，貼身放好。

白薇剛剛醒過來，一番折騰下來，肚子裡空空的，又餓又累。一屁股坐在板凳上，她摸著肚子問：「娘，家裡還有剩飯、剩菜嗎？」家裡辦酒席，應該還有剩菜吧？

「有。」江氏回過神來，這才記起白薇這些天都沒有進食，滿臉心疼。「還剩半碗豬肉蛋湯，娘給妳下一碗掛麵。」掛麵只有一把，煮熟堪堪一碗，是鄉鄰吃喜酒隨的禮。

石屏村四面環山，草木不興，全都是石頭，想上山打野味都很難。家家戶戶除了手裡的幾畝耕地，只有去鎮上找活幹，掙頓飽飯，日子都緊巴巴的，很拮据。哪家有喜事，都是拿一點糧食隨禮，掛麵算是稀罕東西。

白離舔一下嘴唇，肚裡犯饞。

白孟瞪他一眼。

白離訕訕的，頓時蔫頭蔫腦。

白孟勸白薇。「小妹，白離讀書讀壞了腦子，妳別和他動氣。」

白薇緩緩搖搖頭，表示沒有放在心上。白離算是顧時安的迷弟，自小就愛黏著顧時安，比她只小一歲，姊弟倆的關係並不太好，隔三差五的拌嘴。看白離眼下這副模樣，顯然還不太相信顧時安是那種無情無義的白眼狼，只怕還埋怨她不息事寧人，傷著了顧時安。

白離心裡的確是這樣想的。他死心眼地認定其中有誤會，只是他在家裡沒啥地位，不敢吱聲，尋思著改天私底下找顧時安問清楚。

「小妹，妳現在看穿顧時安，知道他不是值得託付終身的人。沈遇是大哥的好友，他秉性正直，重情義，有擔當，妳嫁給他，大哥很放心。妳如果不怪大哥擅作主張，等沈遇醒過來，他也認這門親事的話，妳就和他一心一意地過日子吧！」白孟看人有一點準頭，早知道顧時安靠不住，只是架不住白薇喜歡。之前他有意撮合沈遇和白薇，只不過沈遇沒有這一方面的意思，而白薇心裡有顧時安，他就歇了心思。不料陰差陽錯，沈遇和白薇做成了夫妻。

白薇望向床上的男人，見他的胸膛隨著呼吸微微起伏，沒有回答白孟的話，反而說道：「大哥，你去另請一個郎中給他瞧一瞧吧。」她擔心顧時安也在其中插了一腳，如果沈遇真的快要死了，剛才肯定醒不過來的。

白孟一怔，隨即意識到白薇的用意，想到了什麼，臉色猛地一沈。「我這就去。」

第二章

白薇吃完一碗麵後，白孟就將劉郎中請來了。

當初白薇情況危急，是顧時安請了鎮上的郎中給治的。沈遇的傷，也是鎮上那郎中給看的。

白薇說要另請一個郎中，白孟就將村裡的劉郎中請來了。

「浮大中空，如按蔥管，這種脈象是失血過多引起。用艾灸膻中穴，服用黃芪湯補氣血，沒有性命之憂。」劉郎中給沈遇號脈，檢查傷勢後，眉心緊皺地說道：「如果不是耽誤醫治，他早就生龍活虎了。」

江氏聞言，這才知道被顧時安騙了。他和鎮上的郎中串通一氣，把受傷不重的沈遇說成了將死之人，差點耽誤了沈遇的病情。她氣得渾身發抖，顫聲說道：「好啊！他和薇薇解除婚約後還不放心，擔心咱們賴上他，所以故意提出沖喜的法子讓薇薇嫁人。他怎麼這麼心黑啊？」如果不是薇薇好了，他們不是白白耽誤沈遇，讓他成了寡夫？

劉郎中不管他們的家務事，給沈遇艾灸後，寫下藥方子，指著白離隨他去取藥。「三副湯藥，六十文錢。」

江氏的臉色變了變，雙手拉著袖子，吶吶道：「我……我能拿糧食抵嗎？」

家裡的銀錢全都掏出來辦喜宴了，鄉鄰是拿糧食隨禮，她手裡一個銅板也沒有。白孟救沈遇時傷著腿，在家休息，也沒有進項，家裡就剩下一點糧食了。這點糧食付了診金後，米缸裡剩下的糧食，只夠家裡一天的口糧。

劉郎中點頭答應，收拾東西離開。

江氏連忙追出去，給劉郎中裝糧食。

白薇意識到家裡的情況很窘迫，連六十個銅板都掏不出來，怕是窮得快要揭不開鍋了。

白老爹不能幹活掙銀子，白孟的腿傷著也歇在家中，白離在書院唸書，還得花銀子。只有江氏給人洗衣裳、縫補，也掙不了幾個錢，都不夠一家子一頓飽飯。

白孟最清楚自家的處境，眉間的褶子不禁多了幾道，摸著自己的傷腿，心裡想著明天去鎮上找活幹。沈遇失血過多，需要補血，光靠幾帖湯藥不管用。

「哥，他沒有家人嗎？」白薇搜索腦海裡的記憶，確實沒有見過沈遇。

白孟道：「他是兩年前搬來咱們村的，一個人獨居在山上，我和他一起走鏢給人押貨時認識的。」

白薇蹙眉，難怪白孟直接將人扛回家。

上輩子她單身快三十年，一心撲在玉雕上，沒那個心思交男朋友，如今乍然冒出一個丈夫，還是一個陌生的男人，饒是她接受力再強，也沒辦法那麼坦然接受。

白薇心思千迴百轉，覺得等沈遇醒過來後，兩個人有必要就這樁親事好好談一談。

這樣想著，白薇的目光落在男人臉上。他昏睡了兩日，清俊瘦削的下頷泛出一層青色鬍渣，顴骨上有數道細小的擦痕，雙目炯炯，蒼白虧虛的氣色並未折損他半點俊美英姿。

白薇愣怔一下，再次迎上他的目光，陡然醒過神來。「你醒了？」

沈遇並未開口，而是望向床尾的白孟。

「我給你倒碗水。」白薇醒過來就覺得嗓子難受，心想沈遇的喉嚨必定也是乾啞澀痛。

沈遇的身體微微動了動，雙手撐著床板坐起身。一碗水遞到他面前，他低聲道謝，接過瓷碗一口喝乾，昏沈的腦子逐漸清明。

他剛剛已將他們的對話清楚聽進耳中，大致瞭解了眼下的情況。

方才醒過來時，他被滿屋子的喜慶弄懵了，尤其身邊還躺著一個姑娘。他認識這個姑娘，有過兩面之緣，是白孟掛在口中那個嬌俏可愛的妹妹。他記得白薇與顧時安有婚約，她很仰慕讀書人，並不喜歡滿身汗味、幹力氣活的男人，而他恰好是她不喜歡的那種男人。

沈遇沒有娶妻的念頭，白孟想撮合他和白薇的心思他很清楚，遂直接表明態度，讓白孟打消念頭。

當意識到自己和白薇成親時，他感到迷茫不解。

白孟急忙向沈遇解釋，並且表示歉意。「當時你們倆情況危急，不得已才會給你們沖喜。」

沈遇很開明，也通情達理。白家人雖然有私心，但他們也同樣在為他設想，因此他並不怪白孟自作主張。他開口，聲音沙啞乾澀。「多謝白兄出手相救，若不是你，我也沒命活著。」

白孟心裡一動。沈遇有真本事，普通的山匪沒辦法傷著他，能傷他這麼重，看來這次是遇上困難了。

「小妹和顧時安解除婚約了，她和你的親事擺了酒席，鄉鄰都來吃過席面了。當然，你如果不同意這門親事，我們也不會勉強你。」白孟私心裡希望兩人將錯就錯，認下這門親事，又說：「小妹沒有意見。」剛剛問白薇，她並沒有反對，應該是答應了。

白薇僵住，她什麼時候答應了？

前世在冰冷沒有感情的家庭成長，白薇很受影響，所以她對擇偶沒有其他要求，只望能夠心意相通，相濡以沫。兩個陌生人結成夫妻，她很抗拒和排斥。

白薇張嘴想說什麼，卻看見白孟對沈遇目露祈求，她的心臟緊緊一縮，垂下眼眸，說不出拒絕的話。她和顧時安解除了婚約，如果再被沈遇拋棄，名聲受損，更難嫁出去了。白孟想到這一點，所以不惜以那點微薄的情義，祈求沈遇認下這門親事。

沈遇心思玲瓏，自然也想到了這一點。聽聞白薇同意，他眼中掠過詫異，朝她望去，將白薇的反應看進眼底。她很排斥這門婚事，並不喜歡他。

他看向桌子上將要燃盡的喜燭，暗沈的眼微斂，低低地說道：「鄉鄰見證了這門親事，哪有反悔的道理？」

白孟緊攥的拳頭倏地放鬆，喜不自禁地說道：「你同意就好。」看一眼灰濛濛的天色，含笑道：「天快亮了，折騰了一晚上，你倆再休息一下吧！有啥事情，天亮再說。」接著「砰」一聲，門迅速被關上。

屋子裡剩下白薇和沈遇。

白薇和他對望片刻，目光落在他衣裳半敞開的胸膛上。寬闊結實的胸膛，肌肉線條緊實漂亮，沒入衣衫內，隱約能看見兩塊堅硬的腹肌，彷彿一件精雕細琢的藝術品。只可惜，兩道猙獰傷疤覆蓋其上，破壞了幾分美感，增添些許瑕疵。

作為玉雕師，向來追求極致完美，一點裂痕都不允許存在。

白薇動了動手指，有一種想要修復的衝動，大約是強迫症犯了。

她撇開頭，低聲說道：「你先把衣裳穿好再談。」

沈遇整理好衣衫，繫上衣帶後，望向白薇，率先開口道：「我知道妳不滿意這門親事，答應妳兄長是權宜之計。妳和顧時安撕破臉了，事情不會輕易了結，我與妳的親事若作不得數，會興起風浪，對妳和白家都不利。事已至此，我們暫時別聲張，等事情平息，或者妳遇見良人之後，我們再將婚事作罷。」

白薇詫異地看向沈遇，他面容凝重肅穆，很慎重地在對待此事。

他完全在為白家著想，和她一樣，是順從白孟的心意。

白孟是她的親人，一心為她，她不忍拒絕。

而對沈遇來說，白孟是他的摯友，又有救命之恩，他怎麼會在白家落魄時抽身離開，將白家推上風口浪尖？所以才會有剛才那一段話。

這一刻，白薇認同了白孟對他的評價，重情義、有擔當。與顧時安相比，他才是磊落的君子。

「你呢？」白薇反問。

沈遇頓了頓，領會她的話，望著她清亮水潤的眼睛，如實道：「我不會娶妻。」

那可不一定，今後的事情，誰說得準呢？白薇在心裡默默反駁。

轉念一想，她若是找不到合心意的男人，興許也不會嫁人。

她坐在床沿，側身躺下。

沈遇突然跳下床，床上似有釘子扎著他般。

白薇睏得厲害，見他反應強烈，打著哈欠道：「這裡只有一張床，你介意的話，用被子放在中間隔開。」

沈遇看著很隨意的白薇，暗暗吸一口氣。

目光環顧屋子一圈，只有兩條板凳、一張堪堪夠睡兩個人的床。

他毫不猶豫地拒絕，語氣難得有些僵硬。「妳睡吧。」

白薇含糊地「嗯」了一聲，拉著被子蓋在胸口，閉上眼睛。明明很睏，卻又有些睡不著，大概是新來乍到，終究不太適應吧？她微微掀開眼皮，見沈遇背朝她而坐，寬闊挺拔的背影穩重如山，緊繃著的思緒微微放鬆下來。

白薇起了一個話頭，打破滿室沈寂。「你和我大哥是摯友，跟他同歲嗎？」

畢竟有一段時間要在一個屋簷下相處，既然睡不著，就稍微瞭解一下吧，今後共處也不會尷尬。

「二十八。」

白薇睜大眼睛，眨一眨，比她大十一歲。「我有點相信你不會娶妻了。」白薇調整了一個讓自己睡得舒服的姿勢，懶散地躺在床上。自己都很奇怪，在一個陌生男人面前她竟沒有防備，反而很自然地聊了起來。「這裡不只是女子，就是男子年紀越大，也越沒有姑娘願意嫁。你看起來要求很高，不會隨便找個姑娘將就，又沒有銀子，好姑娘不會願意嫁給又窮又比她年長很多歲的大叔。」在二十一世紀，三、四十歲是男人最好的年華，但是在這兒，的確是大叔。村子裡的男子許多都十幾歲就娶妻，他這個年紀，再長個幾歲都能做爺爺了。

沈遇。「……」他手指一動，彈滅蠟燭，屋子裡隱入黑暗中。

白薇。「……」

天光微亮，公雞打鳴，江氏起來幹活，給家裡做早飯。

白薇睡得不踏實，身下的床板很硬，她睡得腰痠背痛。院子裡有動靜，她一骨碌爬了起來。

沈遇不在屋子裡。

白薇鋪好床，箱籠裡只有兩身秋裳。她挑出一件藍色粗布衣裳換上，去廚房打水漱洗。走進廚房，聞到一股苦臭味，像是中藥，細聞又有一點清新的氣息。

她看著灶臺上那碗黑糊糊的湯，還飄著乾樹葉，氣味就是從這碗湯裡飄出來的。

「這是給妳爹和弟兄吃的。」江氏見白薇盯著苦菜湯，催促她去漱洗。

白薇點頭，去水缸打水，瞥向旁邊的米缸，只有一、兩瓢細麵，這是家裡的最後一點口糧，其餘全抵了沈遇的診金。

漱洗完，她看著江氏將油樹葉子煮熟，往細糠上一滾一揉，做成團子，放在鍋裡蒸熟，不禁抿緊嘴唇。聽爺爺說過，他小時候家裡窮，青黃不接的時候為了度過饑荒才吃糠糰。這種東西尋常是給豬吃、做魚餌。

「快去堂屋，馬上開飯了。」江氏將苦菜湯放在她手裡，讓白薇端過去。

白父和白孟、白離都坐在桌子邊等開飯。

白薇將苦菜湯放在桌子上。

白離皺緊眉頭，苦著臉說：「昨天咱家辦酒席，不是還有剩菜？」

江氏將一盆糠糰擱在桌子中間。「一桌六個菜，坐了十個人，哪有啥剩菜？」那碗大米飯和豬肉蛋湯還是特地留下來，盼著白薇和沈遇醒過來吃的。

「沈遇呢？」白父問。

白孟回道：「他回家去收拾東西。」

白離盯著江氏手裡的雞蛋，兩眼發光，伸手要去拿。

江氏一巴掌拍開，將雞蛋和稀粥放在白薇面前。「妳趕緊吃了後去床上躺著，廚房裡給沈遇留了吃的。」江氏坐下，拿著糠糰吃。

白薇盯著桌子上的雞蛋，她拿起剝開，分成兩半，分別放在白父和白母碗裡。

江氏愣住了。

「爹、娘，我又不幹活，吃啥雞蛋？」白薇笑道：「雞蛋腥，我不愛吃。」拿一個糠糰，一口咬下去，油樹葉嗆辣乾澀，嗓子冒火似的，難以下嚥。白薇面不改色，一口糠糰，一口稀粥嚥下去。

江氏看著飄在湯裡的雞蛋，轉開頭，抹了抹眼角，埋頭吃完。

白父心裡不是滋味，沈默寡言地吃完雞蛋，打算去里正家找活幹。

白孟吃完就去後山。

白離看著還有紅印的手背，委屈地盯著桌子上的雞蛋殼，去屋子裡看書了。

白薇尋思家裡米缸見底，顧時安那邊還得過幾日才給銀子，明天的口糧沒有著落。她打算去山上轉一轉，看能不能找到好看的石頭，雕刻一些小玩意兒去賣，於是揹著竹簍上山。

石屏村在山坳盆地裡，四面環山，全都是石頭。只有零星的草木，越往裡走，越杳無人煙，是十里八鄉最窮苦的村莊。

白薇站在光禿禿的山上，腳下是岩石風化的細沙，鋪散著許多大小不一、形態各異的石頭。她一路往深山走去，眼睛都瘦痛了，還沒有找到一塊中意的石頭。

太陽高照，已經晌午，白薇的肚子餓得慌。她嘆息一聲，打算回去，另想辦法。

「啊——」突然，腳下踩著石坑，重重摔倒在地上，手掌火辣辣的痛。

她緩一口氣，準備爬起來時，目光一頓，盯著夾在石縫中一塊巴掌大的乳白色石頭，它的色澤光明鮮亮，顏色分明。她顧不上疼，將石頭拿在手裡，入手溫熱滑膩，質地稍有渾濁，對著光可見水線，紋理自然流暢，層次感強，條帶、花紋成明顯結構。

瑪瑙石！

白薇情緒激動，如果毫無瑕疵、質地好的話，雕刻出來能賣一個好價錢。

只不過，瑪瑙色彩斑斕，花紋結構複雜，不如純色玉石那般有更大的創作空間。且瑪瑙質地堅硬，脆如晶石，雕刻難度很高，尤其在薄脆的地方，用力要恰當，一不小心便會損毀石質。

瑪瑙雕刻品造型越複雜，雕工越精細，花費的人力、財力、物力越多，價值越高。而越是薄的瑪瑙，雕刻極難，便越能體現其價值。若是造型流暢渾圓，給人一種意想不到的美，百看不厭，禁得起琢磨，極為少見，越能吸引人眼光，就越有觀賞和收藏的價值。

白薇按捺住心底的喜悅，冷靜下來後，突然發現一件事——她有手藝在，卻沒有玉雕等工具。

而且手裡這塊瑪瑙石的價值如何，還得等切割打磨了才知。

這樣一想，白薇心底最後一點歡喜便消散一空了。

揣著石頭下山回家，經過菜地時發現一片薺菜，她尋思著家裡有細麵，正好用薺菜包餃子，採摘一小竹簍後，白薇心情不錯地回家。

遠遠地，她看見江氏手裡提著竹籃，站在鄰居門前，村裡的大嬸圍著江氏，正尖酸刻薄地說話。

「江紅梅，我們鄉鄰還以為你們白家是厚道老實的人，熱心腸收養顧舉人，結果呢？呸！原來早看中他是讀書的料，才做起好人，要將閨女嫁給他好享清福。老天爺開眼，看穿你們長著一副爛心腸，沒讓你們的算計得逞。做不成親家居然和顧舉人翻臉，要銀子，你們要不要臉、丟不丟人啊？我們都替你們臊得慌啊！」

「可不是？白薇命不好，生得一副短命相，顧舉人顧念著白家的恩情，要給白薇沖喜，還忙前忙後地借銀子給白薇治病，結果現在人治好了，就翻臉不認人了。」

「顧舉人好心將白家的地掛在名下，他們不領情，還想要告顧舉人私吞他們家的地，一家子都不是好貨！幸好顧舉人和他們白家解除婚約了，不然娶了白薇，給他們一家黑心肝的癩皮狗賴上，簡直是倒了八輩子血楣！」

「我那天看見白薇在等顧舉人，還給她一個豆薯呢，後來她就摔進井裡了。那口井有幾十年了，從沒有淹過人，怎麼那麼巧就差點淹死白薇？那白孟和沈遇是好友，我看是白薇見沈遇長得好看，和他有私情，被顧舉人發現，嫌棄她是破鞋，她才想不開投井了。」

一旁的馬氏白眼翻上天，很嫉妒白家。「這兩人都要死了，若沖喜能活，還要郎中做什麼？我看啊，這是他倆用沖喜遮醜呢！」

眾人妳一言、我一語，毫不顧忌地當著江氏的面說起白家閒話，紛紛替顧時安打抱不平。

江氏愣愣地站著，被噴了一臉唾沫星子，讓村婦指著鼻子叫罵。

白薇走過去，目光冰冷地掃過嚼舌根的村婦們。

她們被白薇這一眼看得發怵。

顧時安沒有銀子，白家要他給五十兩，他便向鄉鄰要銀子。

原來鄉鄰的地掛在顧時安名下，他直言鄉鄰有銀子便給，沒有銀子便記著。如今因為白家的緣故，妨礙了鄉鄰的利益，鄉鄰頓時恨透了白家，抱成一團排擠他們一家。

白薇心裡清楚，只怕顧時安爽快地答應給銀子，就是在這兒等著呢！

他做了好人，是受害者；而他們白家全是狼心狗肺的利益小人。

他想要逼得他們白家在石屏村沒法立足。

白薇見她們噤口，這才看著江氏通紅的眼睛，拉著她回家。「娘，妳別和她們一般見識。在人背後說閒話的長舌婦，那是犯了業障，下地獄要拔舌頭的。」

眾人的臉色頓時很難看。

馬氏朝白薇吐一口唾沫，呸一聲。「我要是生了這麼個沒皮沒臉的小賤貨，早將人按在尿桶裡溺死了，哪能叫她出來丟人現眼！」

白薇臉一沈，將竹簍塞江氏手裡。上前抓著馬氏，動作迅猛，一個過肩摔便將馬氏重重地摔倒在地上。整個動作如行雲流水，一氣呵成。

馬氏被摔得一口氣差點上不來，「哎喲、哎喲」地躺在地上叫。

「嘴巴給我放乾淨一點，下次再讓我聽見妳們說我家閒話，我會教妳們重新做人！」白薇將衣襬拉下來，冷冷地掃了她們一眼。

幾個大嬸被震懾住。馬氏人高馬大，比白薇高了整整一個頭，白薇輕輕鬆鬆就將人摺倒了。她們嚥了嚥口水，覺得屁股痛，想著自家得白白掏出三兩銀子，要落在白家手裡，就憋了滿肚子火氣，可卻敢怒不敢言。

馬氏這一跤摔得結實，腰斷了一般，動彈不得。在鄉鄰面前丟臉令她火冒三丈，白薇看起來嬌小，下手卻極狠，馬氏不敢惹她，只得生生嚥下這口惡氣。

江氏快被嚇死了，怕白薇與人結仇，趕忙拉著她往家裡跑。

幾個婦人這才將馬氏扶起來。

馬氏揉著像是摔成幾瓣的屁股，黑著臉，惡狠狠地瞪著白薇的背影。「天打雷劈的小賤人，早晚老天爺收了妳！」狠狠朝地上呸了一口，恨不得扒了白薇的皮。

「妳少說幾句吧，這白薇跌井裡後變了個人似的，心腸惡毒，都敢打斷顧舉人的手想斷他的前程，妳若惹她急了，得和妳拚命。」

馬氏瞪著眼睛，嗆呼道：「誰怕她？」

白薇遠遠地回頭望去。

馬氏心口一顫，往後退一步，見白薇推門進了院子，才又扠腰罵罵咧咧的，到底氣憤難平，腳步一轉，去了劉家。

里正白雲福坐在竹椅上，捲著褲管，腳上沾著泥，剛從地裡回來。

他手裡拿著麵餅，吃了半張，開口道：「啟複啊，不是我不給你安排活幹，如今這顧時安的事情鬧的，鄉鄰對你家很有意見。咱們村裡給人造房子，活都是安排好的，放在平時若多加你一個，他們不會說什麼。」

白啟複沈默地坐在對面。

白雲福語重心長地說：「你說說，你家幹的是啥事？當初你要收養顧時安，我就不贊成，你卻執意養著。之前你有手藝，家裡條件好，可現在你的手廢了，不能幹活。阿孟唸書不比顧時安差，只是運氣不好。顧時安反正有了秀才的功名，你怎麼就不能供自己的兒子，先幫襯家裡，再提拔顧時安呢？今兒個就不用求到我這兒來低聲下氣地要活幹了。」白雲福當時勸過白啟複，可白啟複怕耽誤了顧時安，村裡會鬧出閒話。「顧時安出息了，也不是給你白家增光，是給他顧家光宗耀祖。他是秀才，若去給人坐館，掙錢比阿孟快，家裡也不會窮成這樣。你白家若有了秀才，誰敢排擠你們？」

白啟複摸著自己的手，沈默不語。

白雲福嘆息一聲。「你既然把顧時安當作女婿養著，就該好好管住白薇，她和沈遇這像什麼話？」眼見顧時安出人頭地了，白薇卻不爭氣地和沈遇勾搭上，白白錯過一個舉人女婿。他要是白啟複，得活活氣死！

白啟複動了動嘴唇，知道白雲福聽信了謠言。他想要解釋，只不過他們白家名聲臭了，顧時安在村裡又是老好人，誰會信顧時安背信棄義？

白雲福讓妻子林氏裝幾斤糧食、幾個紅薯給白啟複。「你二弟在鎮上開玉器鋪子，你問問他，能不能給你活幹。」

白啟複緊了緊手指，到底將糧食收了下來，彎腰向白雲福道謝。

林氏見白啟複離開，才埋怨道：「白薇病得要死了，他二弟都不見過來看，哪會幫襯他啊？要是會幫襯，當初也不會分家，撇開兄弟，自個兒賺得盆滿缽盈了。」將茶碗收起來，又說：「我看白薇是個老實的，一心撲在顧時安身上。究竟是啥情況，咱沒親眼瞧見，你別亂說。白孟是個好的，勤勞又肯吃苦，你有活就幫著點吧！」

白雲福愣怔一下，微微瞇眼，驀地記起一件事。

那時候他勸白啟複供白孟唸書，暫時先別管顧時安。從白家出來時，他在院子門口遇見了顧時安，緊接著就傳出顧時安和白薇訂親的事。

現在想一想，顧時安是怕白啟複放棄他，才提出要娶白薇，等考上舉子就成親吧？那會兒白薇都十四了，哪裡能耽擱？

白雲福越想越覺得這事不簡單，但也只扯了扯嘴角。「不是我不肯幫，因為銀子的事，現在村裡人巴不得將他們一家子趕出去，妳懂個啥？白家的事妳別管，咱不落井下石就好。」

白薇回家後，將薺菜放在廚房。

江氏心急地說道：「馬氏是劉娟的大伯娘，她肚量小、愛記仇，若在馮氏耳邊說咱家閒話，又得鬧騰，妳大哥夾在中間難做啊！」

劉娟是白孟的未婚妻，因為白家拿不出聘禮，遲遲沒有娶劉娟，她娘馮氏對白家很不滿。顧時安中舉後，馮氏稍微有個好臉，來催了幾回，讓白家趕緊定個日子，將婚事辦了。但白薇和顧時安退親後，馮氏再沒有來過，江氏心裡惴惴不安。

「娘，等顧時安拿銀子過來，咱就幫大哥把婚事辦了。」白薇沒有將希望寄託在這筆銀子上，她尋思著弄一套工具，將手裡的瑪瑙石給雕了，送到鎮上去賣，再看看玉器店接不接活。

江氏沒有主見，心事重重地點頭，又叮囑道：「下回不可以再傷人了。」

白薇敷衍地點點頭。她摸著石頭準備進屋子，看見白啟複回來，便笑盈盈地道：「爹，你回來了！」

白啟複黑瘦的臉上露出笑容，提著手裡的糧食和紅薯，和藹道：「丫頭，妳喜歡吃紅薯丸子，讓妳娘待會兒給妳做。」

白薇看著布袋裡的幾斤糙米，接過來，問道：「爹，你哪裡弄來的糧食？」

白啟複笑容不變地說：「爹找到活幹了，明天要到鎮上上工，不會餓著你們的。」

白薇抿著唇，自家在村裡啥情況，她心裡有數。白父右手使不上力，若能找到活幹，就不會歇在家裡好幾年了。這糧食，怕是問人借來的。白薇看著他溫和慈祥的眼睛，在她面前他總是帶著笑，彷彿沒有憂愁煩惱，其實他是將壓力藏在心裡，不願叫他們擔心。

白薇胸口悶得難受，低聲說道：「爹，你沒想過將石雕手藝傳給大哥嗎？」

白啟複臉上的笑容一點一點斂去。他之前打算等顧時安中舉後，再送白孟去唸書的。

「爹，我想學！」白薇目光堅定地看向白啟複。「石雕是大件活，我幹不來，打算去鎮上找師傅學玉雕。玉雕比石雕掙錢，我學好以後，送大哥去唸書。」

白啟複愣住了。

「爹，你做石雕的時候，我經常在你身邊，學了很多東西。你不願讓我吃苦，所以我一個人背地裡偷學，有這個基礎在，我學玉雕肯定不難。」白薇為自己以後做玉雕鋪路，不然她突然會玉雕，不得讓白家人起疑？

「妳從小聰明，想學的話，就去學吧。」白啟複眼睛裡布滿血絲，聲音沙啞。「是爹沒有用。」他從袖子裡掏出一把鑰匙，放在白薇手裡，低聲說：「這是屋後工棚的鑰匙。」

白薇知道屋後有一個簡單的竹棚，平常白啟複都在裡頭做石雕，手廢了之後，便荒廢了。

原以為還要多費口舌，沒有想到白啟複這麼好說話。她看著白啟複凝重的神色，陡然明白過來，或許他並不相信她能做好，只是不忍拒絕而已。

白薇將糧食送到廚房後，去工棚開鎖。本以為會積滿灰塵，裡面卻十分乾淨整潔。心中詫異，隨後又滿腹心酸。這是白啟複一生的事業、全部的心血，他又如何放得下，任它荒廢呢？

白薇站在寬大的木架前，上面擺放著石雕工具，花錘、剁斧、鏨、刻刀等等。每一樣都擦拭得很乾淨，卻沒有一樣是她能用的。

白薇看著掌心的瑪瑙石，微微嘆息。沒有銀錢，湊不齊工具，饒是她心懷抱負，卻寸步難行。光線一暗，她側頭望去。沈遇站在門口，高大的身影將門擋去一半。

沈遇望著她乾淨漂亮的眼睛，開口道：「妳爹說妳要學玉雕？」

白薇蹙眉。

沈遇的目光落在她掌心的石頭上。「這裡的工具不合適。」

「我沒錢買。」白薇無奈。

「……」沈遇默了默。

「……」白薇無語。

「妳先學。」

白薇皺眉，沒有襯手的工具怎麼學？再說了，她也不需要學。

「我給妳想辦法。」沈遇站在白薇面前，她只及他的胸口，襯得她極為纖細嬌小。他頓了頓，又開口，問：「妳在村裡打人了？」

白薇不語，他這是來興師問罪的？

「她們人多，一起動手的話，妳會吃虧。」沈遇不太相信白薇能打趴馬氏。別人上門找他告狀，他頂著「白薇相公」的名義，該為她著想一二。

白薇訝異地看向沈遇，就見他面容嚴肅，十分正經。她不禁勾唇，覺得有幾分意思，笑道：「那下次我套麻袋？」

沈遇認真思索片刻後，不贊同地道：「這種事該找白孟。」

「不能找你？」

沈遇淡掃她一眼，見她眼裡布滿戲謔，低聲說：「可以。」他轉身朝門口走去，腳步一頓，又道：「我是妳大哥的好友。」

白薇把玩著石頭，嘀咕道：「欲蓋彌彰。」

沈遇眉心一蹙，只道：「跟上。」

「有事嗎？」

沈遇默默不語。

白薇跟在他身後，一直走出村子，方才覺得不對勁。「咱們這是要去哪裡？」

「鎮上。」

白薇心思一轉，想到他說的工具一事，遂不再做聲。

兩人不快不慢，走了一個時辰，白薇已滿頭是汗，雙腿發疼。

終於到鎮上一間玉器鋪子門前，沈遇邁步進去，她急忙入內，一眼看見一個男子拿著解玉砂正在磨玉。

男子穿著灰色布衫，坐在木砣前，將已經雕琢好的玉器細細磨光。

木砣是登板連繫著木軸，帶動一個圓形的轉盤，配用解玉砂磨玉。

白薇跟著師父學玉雕，用的是老工藝，保留著古代的這種技藝，並沒用現代化新工藝。現代化新工藝磨削快，製作時間短，玉會有瑕疵，有時候表面會看見黃焦色；而老工藝磨削量小，耗時長，製作的玉器十分精美，是最精細的工藝。

白薇不禁看得入神，腿也不覺得痠痛了，直盯著男子的動作。

沈遇走到桌前，提著水壺，倒一碗茶給白薇。

白薇頂著太陽走了一個時辰，身上汗津津的，在路上只接了兩捧山泉解渴，再沒有沾水，現在又渴又餓。一連喝了幾碗水解渴後，一股鑽心的饑餓感便強烈襲來——咕嚕、咕嚕！

沈遇端碗喝水的手一頓，漆黑的眼睛睨向她。

白薇臉頰微熱，尷尬地笑了一下。

她之前在山上就餓了，為了工具的事，飯都沒吃就隨他來鎮上。

沈遇倒是沒有說什麼，見桌子上有幾張蛋餅，他拿起一張蛋餅給白薇。

一直沒有反應的男子，此時後腦勺跟長了眼睛似的，跳起來，大聲地叫喚道：「沈遇！你給我住手！這是我的晚飯！」將盆子抱在手裡，瞪著沈遇道：「我找你幫忙，你不見人影，來我這兒吃白食你倒是不客氣得很！」謝玉琢細長的眼睛刀子似地刮過白薇。

白薇眨了眨眼，彷彿她嘴裡咬的不是蛋餅，而是一塊玉。她見謝玉琢護食，便撕下半張蛋餅給沈遇。

「妳吃。」沈遇對謝玉琢道：「這是白孟的妹妹。」

謝玉琢撇了撇嘴，眼睜睜地看著沈遇拿起兩張蛋餅疊在一起，捲著往嘴裡塞，他眼睛瞬間紅了。如果不是看沈遇比他高、比他精壯，他幾乎要挽起袖子跟沈遇拚命了。

謝玉琢氣呼呼地將剩下的兩張蛋餅藏裡屋去，沒好氣地說道：「你這尊大佛，今兒個怎麼來我這小廟？」小眼神在沈遇和白薇之間逡巡，眼見三張蛋餅給消滅一空，一陣肉痛。

沈遇喝一口水後，慢條斯理地道：「她在這兒跟你學治玉。」

謝玉琢的臉色頓時很難看，沒得商量地道：「我沒閒工夫教！也沒有玉料給她糟蹋！」

白薇連忙將瑪瑙石掏出來。「不用你教，我跟我爹學過，你的工具借我用就行。」

白孟他爹是石雕匠，石雕能與玉雕混為一談？謝玉琢嗤笑一聲。「我勸妳還是將手裡的石頭給脫手，賣幾個錢，買幾張餅。」

白薇捏緊掌心的玉石，清泠的眼睛定定地注視著謝玉琢。他大約二十出頭，容貌清俊秀逸，細長的眼睛裡透著商人的市儈，正衡量著她的價值，而她在他眼中，明顯一文不值，因此他懶得浪費時間在她身上，又坐回木砣旁，動作緩慢地踩踏木板，繼續打磨玉器。

「木架上擺放的玉器，玉質較差，造型、雕刻、做工水平一般，這是導致你玉器店門可羅雀的原因。」白薇看見謝玉琢白皙的面皮脹紅，惱羞成怒了，便將「你店裡都是仿古玉」的話給嚥回去。

歷史上，漢代谷紋、蒲紋、起牆、一面坡等等治玉工藝失傳，乃是後世工匠也不能及。明清仿古玉受到自北宋以後逐漸掀起的收藏狂熱影響，在利益驅使下，作偽之風盛行。仿古玉風潮形成兩極化，第一種是仿古文化思潮需要，玉質優良，造型雋永，雕刻凝鍊，做工很精細；第二種完全是為了牟利，例如謝玉琢這一種。

她雖然穿越在歷史上沒有的朝代，可從謝玉琢鋪子裡擺放的玉器來看，似乎也是這一種風潮。

贗品橫行。

謝玉琢肺都要氣炸了，有求於他，又將他貶低得一文不值？沈遇上哪兒請來這樣一位神仙？「走走走！我這小廟，容不下您兩位大佛！」謝玉琢咬著牙，只差拿起掃帚趕人了。

白薇的本意是點出謝玉琢的不足，再提出幫他扭轉玉器店即將要面臨倒閉的處境。但顯然謝玉琢的脾氣很差，一點就炸，根本不肯聽取建議。

沈遇神色不動，只淡淡道：「我這幾天有空。」

「你有空、沒空關我屁——」話突然卡住。謝玉琢反應過來，剩下的話果斷地憋回去，當作屁給放了。他看著沈遇，那熱切的眼神，彷彿看見自己的親人般。「沈大哥，咱兄弟倆誰跟誰啊？好得只差拜把子了，不就是借用工具嗎？」謝玉琢拍拍胸脯，保證道：「一切包在我身上！」

他有一箱仿貨要送去府城，城門看守嚴謹，一旦查出是贗品，全要收繳銷毀。

這間玉器鋪子是祖上傳下來的，只可惜他技藝不精，守不住祖業。之前生意勉強能支撐，但對面開了一間玉器鋪子後，生意便一落千丈，餬口都成問題，他才走這種非正經的途徑。

沈遇是鏢師，有路子幫他送貨，只不過這廝假正經，不輕易給他送貨。謝玉琢小眼神瞟了白薇好幾眼，摸著自己的下巴，笑得一臉不懷好意。

白薇見兩人交換眼神，就知道沈遇為了讓她留下來，必定是答應了謝玉琢的什麼要求。

她抿緊唇角，想說什麼，謝玉琢已湊了過來。

「白啟祿不是妳二叔嗎？他家的玉器鋪子就在對面，生意極好，鎮上有一棟大宅子，家裡都請奴僕伺候，妳怎麼不上他鋪子裡去學手藝？」

白薇微微一愣，她爹和二叔、大姑的關係並不好。

白老太太生下白啟複、白啟祿、白雲嬌三人，白啟祿和白雲嬌是龍鳳胎，在白老太太眼中，這是祥瑞，因此格外偏疼那對龍鳳胎。因為白老太太的緣故，白啟祿和白雲嬌的關係親近，與白啟複的兄弟關係並不好，分家之後，再沒有來往。

白啟複只得幾畝地，房子是他做石雕匠蓋的，其餘半點東西都沒有分到。

白老太太跟著白啟祿一起生活，她的銀子全都給了白啟祿在鎮上開一間玉器鋪子，白啟祿爭氣，玉器生意做得風生水起。

白薇冷笑一聲，當初白老太太那一筆銀子，全都是白啟複做石雕匠上交的銀子。白啟祿開玉器鋪子之前，是好吃懶做的閒人一個。

「我不喜歡給親戚幹活，不自在。」

白薇聽見白啟祿一間玉器鋪子這麼掙錢，不禁熱血翻湧，全身充滿了幹勁，用力握緊拳。等她攢夠了錢，自家就開一間玉器鋪子，掙錢供大哥唸書、娶媳婦，不必再為五斗米折腰。人窮志不窮，早晚會出人頭地。

謝玉琢有話與沈遇細談，便領著白薇去後院工棚，偌大的屋子裡擺滿大大小小的玉雕工具。

她得開玉，遂走到架起的木架前，拿著條鋸的一端，來回摩擦切割。

耗費了半天工夫，她切開了玉料，裡面的紋帶顏色鮮明，一層乳白、一層黃褐交錯，似一條彎曲的河流，河水滾滾奔騰，中間偏上面部分是一塊紅色。左右端詳，竟似一個元寶的形狀。拇指摩挲著玉面，白薇突然福至心靈，打算設計一個「財源滾滾」的玉件——奔騰不息的河水，托扶著一個金元寶。

心裡拿定主意，白薇眼見天色不早了，沈遇還在等她，便將屋子收拾乾淨。先回去畫圖，以便早日將玉件給做出來。

沈遇坐在門口，雙腳緊實修長，一條腿伸直，一條腿微屈。天邊暮色斜陽籠罩在他的身上，柔和了他面龐冷峻硬朗的線條，顯得隨意放鬆。

聽到動靜，沈遇側頭望來。

那雙漆黑不透光的眼眸，揉進細碎的光，白薇竟看見從中透出些許的暖。

「走吧。」白薇回神，與沈遇一同出門。

門口停著一輛牛車，沈遇示意她坐上去。

白薇心中詫異。

「走回去天就黑了。」

白薇欲言又止，坐上了牛車。

忽然，對面一個體形富態的中年男子，將一個頭髮灰白的男人推出來，男人一個趔趄，險些栽倒在大街上。

白啟祿從小廝手裡抓起幾個乾硬的饅頭，砸在男人身上，饅頭滾落在地。

「白啟複，咱們早就分家了，你是死是活，和我有啥關係？我不是做善事的，養不起閒人。別怪我不講兄弟情義，拿著饅頭趕緊滾！」

白啟複盯著地上的饅頭，發黃的表皮沾上了一層灰。雙手握成拳頭，眼睛漸漸通紅。

他比白啟祿大兩歲，娘常在耳邊叮囑，說他是大哥，需要挑起養家的重擔，照顧好弟妹，因此七歲他就被送去學石雕，工錢全部上交。直到他二十歲娶妻，才可以留下三分之一的工錢，而弟妹則是有求必應。他不知道自己哪裡做得不好，讓他娘與弟妹對他有這麼大的仇怨。

他的手廢了，不能再做石雕，不出三天，他娘就提出分家。之後他家越來越窮苦，而白啟祿的日子越來越好。每個月給娘送孝敬時，二弟一家子生出防備，就怕他上門打秋風。

白薇從小沒有吃過苦，如今為了養家，她竟想學石雕和玉雕，白啟複心裡格外難受，不願妻兒跟著他受人指點，連一個溫飽都沒有，因此他低下頭，求白啟祿給他安排活計。

白啟複望著鋪子門前貼著的雇人告示，白啟祿有一個石場，需要人看守。「我能幹這個活，不會白拿工錢。」

「那是你幹的活嗎？白啟複，你怎麼這麼心黑啊？別人瞧見我大哥去看石場，整天風吹雨淋的，我還是人嗎？脊梁骨也得被人給戳斷了。你是見不得我好是吧？你現在就是個廢人，好好待在家裡，別出來丟人現眼了！」白啟祿點著自己的臉頰，冷笑道：「你一家子不要臉，我要臉！白薇幹的事，我在人前都抬不起頭來。不管怎麼說，我都是白孟三兄妹的二叔，既然你求上門來了，我就給白薇安排個活。我這兒有幾個老主顧，她若能將人哄高興了，賣出的玉器，我給她百分之一。」

白啟祿高高在上地道：「大哥，飯都吃不上了，要啥骨氣啊？就是陪人喝個酒而已，總比餓死強吧？」

「你——」白啟複難以置信地看著白啟祿。

白啟複滿臉憤怒，衝上前去要打白啟祿。

白啟祿抓住白啟複的手，不屑地道：「打我？就憑你這個廢人？我要是你，不如死了，還能給家裡省一口糧食。」用力推開白啟複後，白啟祿撣一撣身上看不見的灰塵，讓小廝盯著白啟複，轉身進了鋪子。

白啟複像是一下子被這句話給壓垮了，就這麼站在門口，一動也不動，背影蕭索。暮光將他倒映在地上的影子拉得很長，彷彿要將他拉進無盡的深淵。人窮，連活著都不配嗎？

白薇死死盯著「白氏玉齋」，雙手緊握成拳頭，指甲深深掐進掌心。手腕被沈遇扣住了，若不是他按住，以白薇的火爆脾氣，早就打上去了。

她前世生活富足，不說家世，就憑她自己的能力，都夠她一輩子錦衣玉食。

這一世，她穿越在窮苦的農家女身上，也沒有犯過愁，因為她一直深信不疑，無論在何處，都餓不死手藝人，她無法切身體會貧窮帶來的絕望。但這一刻，她看見白父被人極盡羞辱，放棄尊嚴去求人，她才知道貧窮會讓你想做個人都難。

她迫切地希望擺脫現在窘迫的處境，沒有哪一刻有如此強烈的慾望，她想要出人頭地。

看著白啟複步伐沈重地離開，她深深吸一口氣，壓下心裡的憤怒，緩緩鬆開手指，對沈遇道：「謝謝。」白父不會希望他狼狽的一幕被她看見，那太過難堪了，他會更過不去心裡的那道坎。想起今日白父對她說，在鎮上找到一份活計幹，不會讓他們餓肚子。白薇的手指根根收緊，倏然站起身。「我這幾天不回去了，那塊石頭要幾天工時，每天來回走，太耽誤事，我將活幹完了再回去。」

沈遇深邃的眼睛望著她，她眼底似有火光在燃燒，讓人看一眼便熱血沸騰，充滿力量。那是鬥志。他取出錢袋子，放在她手心。

白薇縮回手，不去接錢袋子。「沈大哥，救急不救窮。我們自己立不起來，再多銀子也無濟於事。你的心意我心領了，煩勞你回去後，跟我爹娘說一聲，讓他們別擔心。」

跳下馬車，白薇獨自進屋，撞上謝玉琢。「我這幾日在這裡借住，到時給你算銀錢。」

「欸，不是——」謝玉琢話未說完，就見白薇風風火火地去往後院。

沈遇道：「這幾日你照顧她一點。」在謝玉琢開口之前，拿出一兩銀子放在他手裡，成功堵住了謝玉琢的嘴。

「你和這姑娘是啥關係？照顧到這分上，可真稀奇！」謝玉琢拿著銀子放嘴裡咬一下，真的是一兩銀子。「沈大方，你怎麼就不多照顧我？」

沈遇眉心一沈，眉眼間染上一層冷肅的氣息，甚至透著一絲危險。「謝玉琢。」

謝玉琢見沈遇不悅了，立即識趣地閉嘴。

接下來幾天，白薇一直待在工棚，足不出戶，一心撲在治玉上。

謝玉琢收了銀子，辦事倒也用心，一日三餐定時送進去，也不多留。在他看來，白薇就是鬧著玩的。

白薇餓了就吃，不餓便一直在治玉，似乎不知疲憊。

第四天，白薇終於將玉件給製出來，只差最後一道工序，需要用牛皮造的皮砣對玉器拋光上亮，讓它呈現玉色。她轉動痠痛的脖子，給玉器拋光。直至晌午，終於完工。

雞蛋大小、橢圓形的小雕件，質感細膩，呈半透明，光澤和色彩稍差一些，質地算一般。若是上等的瑪瑙會有一種油脂的光澤，很純正自然，光潔細潤。

不過白薇手中這塊，勝在紋帶和色彩層次好，設計的圖案很有寓意，為它增色許多。

謝玉琢推開門進來送飯時，一眼看見白薇站在窗前，手裡舉著一塊色彩斑斕的雕件，正對著陽光觀賞。饒是他隔得很遠，都能看見她手中的雕件不俗。

一共有三種顏色，分散，零亂，各自為政，卻又奇異地融為一體。

若是叫他處理，必會以一色為主，整件料定會大打折扣。而她的切割構圖非常精妙，分別出色，各得其所，相得益彰。

他湊近去看，料雖然一般，可架不住她雕工好，錦上添花，價格能夠往上翻。

謝玉琢搗著胸口，他覺得自己快要被白薇給征服了。

一個石雕匠，真的能生出個天才玉雕師嗎？

「你有路子出手嗎？」白薇詢問謝玉琢，她對這兒的行情並不瞭解。謝玉琢這般市儈精明的人，想必有他的門路，應該吃不了虧。

「有！」看過這塊瑪瑙後，謝玉琢對白薇的態度發生了大轉變，就連她的頭髮，他都覺得散發出了金錢的味道。「妳將這雕件交給我，價錢包妳滿意，只不過這佣金……」

「我七你三。」

「爽快！」

利益談妥，白薇將雕件給他。

謝玉琢小心翼翼地捧著，細細端詳，越看越被白薇的雕工折服，不禁動起別的心思。轉眼瞅見白薇正在整理工具，臉色一變，立即大喊。「住手！」

白薇疑惑地看著他。

謝玉琢屁顛屁顛地過去，嘿嘿笑道：「這兒我來收拾就好，妳這手可不是用來幹粗活的。」一看見白薇的手，他就覺得看見一座金山。他雖然技藝不精，可有一雙火眼金睛。雖然還未出手，但僅憑白薇的雕工，他就能斷定她的價值。

何況，她才十七歲。

白薇一口氣吐出來後，覺得又累又睏，也懶得和謝玉琢爭，吃完飯就回家了。

第三章

回家後，見一家人全都不在，白薇漱洗一番，便倒在床上睡了過去。一直睡到第二天傍晚，白薇才醒過來。收拾一番後，她前去堂屋吃飯。白父和江氏坐在飯桌前，正準備開飯。白孟去鎮上上工，白離去了書院。

江氏見到白薇杵在門口時，嚇一大跳，立即站起來。「妳啥時候回來的？」

白薇特地看了一眼沈默的白啟複，見他神色如常，心裡微微鬆一口氣，笑道：「我昨天回來的。沈大哥給我找了一個師父，師父誇我底子好，學得很快，指點我一天後，交給我一塊玉料，讓我三天內做好，這才歇在鎮上沒有回來。」

「妳師父怎麼不會疼人啊？這東西是細活，妳剛學三天怎麼夠？瞧妳都瘦了！」江氏很心疼，拉著白薇上桌吃飯。她趕忙去廚房，給白薇取來一副碗筷。

桌子上只有三個蒸紅薯、一碗涼拌苦菜，這個季節的苦菜很老。

白薇拿起一個紅薯，掰開一半，細嚼慢嚥。

吃完半個紅薯，門口傳來腳步聲。白薇側頭望去，就看見謝玉琢風塵僕僕地趕來，臉色十分嚴肅，與他平日嗜呼的作風不太像。她心裡一沈，不知道謝玉琢帶來的消息是好還是壞？不等他進院子，白薇與白父、白母說一聲，起身出去，將人堵在院門口。

「情況怎麼樣？」白薇見他面色嚴肅，手裡還拎著紙包，心裡越發沒有底。

「情況不太好。」謝玉琢歉疚地看向白薇。

白薇動了動嘴角，想問是雕件的問題？還是他人脈有限，不能脫手？

她的雕工絕不會有錯，那就是審美問題了？

家裡的米缸見底了，她急需要銀子，想說價錢低一點也沒關係，只要能夠脫手就好。

「那個孫子，仗著自己有幾個錢，真是欺人太甚！」謝玉琢的情緒十分激動，臉色脹紅，似乎受了氣。「平時親弟弟地喊著，一到關鍵時刻，半點情面都不講。妳的那個雕件，質地雖然差了點，但雕工挺不錯的，他憑啥說只給二十兩？除非妳在一個月內，給他再雕個兩尺高的觀音，送給他的母親做為壽禮，那他能在價錢上翻一倍，給妳四十兩銀子。那是銀子的問題嗎？那是他給的時間太短，壓根兒雕不出來。」謝玉琢到現在還氣憤難平。「他、他簡直太羞辱人了。我是那種為五斗米折腰的人嗎？我當時立馬就答應他了。」

白薇上去就是一腳。

「啊——」

白薇冷眼看著謝玉琢單腳原地跳，她覺得自己是個傻子，竟真的相信謝玉琢，甚至聽見他之前的憤慨之語，還想對他說二十兩也沒有關係，這個價錢挺不錯的，畢竟對她如今的處境來說，算是一筆鉅款，能解燃眉之急。「給我十四兩。」伸手。

「我是在為妳打算啊！妳急需要銀子，所以我替妳將活給攬下來。雖然那個玉觀音一個月做出來有點困難，但我、我也能幫妳打打下手。」謝玉琢意識到不妙，連忙將錢袋子遞給白薇，臉上堆滿了笑，討好地道：「這裡頭有三十五兩銀子，我拿五兩辛苦費就好。」

白薇細眉一揚，嘴邊扯出一抹冷笑。「辛苦你了啊，這麼替我著想。」

「不辛苦、不辛苦。這是我應該做的。」謝玉琢擺了擺手，不敢居功。

白薇接過錢袋子，數出十四兩銀子，剩餘的塞回給謝玉琢。「這是你應該得的。至於那個玉觀音，誰攬下的誰幹。」

謝玉琢簡直快要哭了，沒有想到自己皮一下，竟要承受人生中不能承受之重，他幾乎要流下悔恨的淚水。他是一時被銀子迷眼，被人誇得得意了，這才攬下活。一攬下他就清醒過來了，白薇未必肯答應啊！這才有了進門那一幕。

「薇妹啊，妳人美心善，可憐可憐我這沒爹沒娘的孤兒吧！」謝玉琢可憐兮兮地苦求白薇，就差給她跪下了。

白薇不會輕易攬活，玉雕是精細活，如果為了銀子趕工，雕刻出來的東西就粗糙了，砸了自己的招牌，並不划算。

謝玉琢見白薇無動於衷，直接戳她的軟肋。「十四兩銀子能做啥呢？都不夠給妳哥娶媳婦呢！妳大嫂家要二十兩聘禮，還要求造新房子。如果那尊玉觀音雕出來，就能再得一筆錢，到時妳不但能給白孟娶媳婦，還能給他蓋新房。前幾天劉娟找上妳大哥了，說她娘在另給她說一門親事，求妳哥趕緊攢錢娶她。這幾天妳哥拖著傷腿在碼頭給人扛麻袋，他得扛多久才能娶上媳婦啊？」

他還知道一個了不得的消息，白薇竟是沈遇的妻子，難怪對她那般照顧。他不由得多看了白薇幾眼，發現她五官很精緻漂亮，就是不夠白。謝玉琢「嘖」了一聲，覺得沈遇挺有福氣的，他怎麼就找不到這般漂亮能幹的媳婦？

提到白孟，白薇沈默了。

謝玉琢幾乎要在這沈默中窒息了，良心受到鞭笞，將手裡拎著的烤鴨給她，委屈兮兮地說道：「要不……咱不接這個活？」

白薇知道全家都在為白孟娶媳婦的事犯愁，畢竟劉娟十七歲了，等不了白孟多久。原身不肯退親，不只是因為顧時安背信棄義，會讓鄉鄰看笑話，更因為她等著顧時安中舉，年歲耽誤了下來，在村裡算是大姑娘了，如果又擔上被退親的名聲，日後很難嫁出去。

「玉料呢？」

「啊？」謝玉琢愣了一下，下意識說道：「他點明要岫岩玉，我還得去查訪，看哪兒有上等的岫岩玉原石。」

白薇握緊了拳頭，幾乎要打爆他的狗頭。一個月要雕刻出玉觀音，時間已經太短，每天都需要投入大量的時間，而眼下謝玉琢卻告訴她，玉料還得臨時去找。「滾！」

「欸……」謝玉琢盯著白薇手裡的烤鴨，想分一隻鴨腿。

白薇緊繃著臉，不給他解釋的機會。「明天你若找不到玉料，這活誰要誰接去！」

砰！她將門甩上，積在胸口的鬱氣隨之吐出。

啪！一個錢袋子從天而降，落在地上。

白薇抬頭望去，看見謝玉琢攀在土牆上，朝她揮了揮手。

「妳收下銀子，我心裡踏實。最遲後天……哎喲！」

「砰」的一聲悶響。

白薇撿起一塊石頭，將謝玉琢砸翻在地上。

拍了拍手，堵在嗓子的那口氣徹底順暢了。

江氏一直注意著外頭的動靜，看見白薇又是甩門，又是用石頭砸人，實在坐不住了，連忙走過來問。「剛才來的青年是誰？」

「他是沈大哥的朋友。」

「那妳怎麼不把人請進家裡坐一坐？」江氏很看重沈遇，她一直深信不疑，覺得是沈遇給白薇沖喜才將人給救活過來，因此心裡非常感激他。「妳將人得罪了，阿遇和朋友生出嫌隙可不好！」

白薇想著謝玉琢的做派，挽著江氏的手進屋。「娘，妳別擔心。他這人缺心眼兒，不會放在心上的。」今日若是不治一治謝玉琢，下次說不定還會給她惹麻煩。

沈遇這幾天不在家，只怕是去給謝玉琢辦事了。白薇眉心一皺，他身上的傷還沒好全呢！這樣一想，就覺得方才下手太輕了。

江氏沒有再多問。

白薇將烤鴨放在桌子上，分成五份，一人吃一點，嚐嚐味道。

白孟和白離的留著，等明天他們回來吃。

江氏看著碗裡的烤鴨，眼皮一跳，越發心事重重，再酥香的鴨肉，吃在嘴裡都索然無味。

用完晚飯，江氏收拾乾淨後，進屋對白父說道：「薇薇說今日來的青年是阿遇的朋友，不僅給咱們帶鴨肉，還給薇薇銀錢。若真的是朋友，她怎麼會趕人呢？」

白啟複摸著手裡的刻刀，沒有吭聲，知道江氏是擔憂白薇為了銀子在外面亂來。

他不由得想起幾日前在鎮上被白啟祿羞辱的事情，嘴角往下一壓，眼底霧靄沈沈。

人窮，不配活著。

可更不能死。

他死了，這個家就真的塌了。

孩子們為了將家裡的日子過好，拚著勁一起努力，他更應該好好活著，看著家裡變好的那一日到來。

「丫頭是個明白人，妳別多心，睡吧。」白啟複放下刻刀，脫掉外衣，躺在炕上。

江氏心裡有事睡不著，索性拿著收來的碎布做針線活。趕集的時候拿去鎮上賣，也能買一點糧食。

白薇盤腿坐在床上，仔細數一遍，一共有三十五兩銀子。

她打算等明天白孟回來的時候，拿二十兩銀子給他，讓他去下聘，將日子定下來。其餘十五兩，她留下五兩銀子，買一些玉雕工具，可以在家裡幹活。剩下的十兩給江氏，讓她改善家裡的伙食。

等她將玉觀音雕刻出來，拿到的銀子正好可以辦酒席，如果有剩餘的就給白孟造新房。這樣一想，白薇臉上不禁露出笑容，彷彿看見美好的生活在朝他們招手。

這一晚睡覺，就連作的夢都是香甜的。

大清早起來，神清氣爽。白薇哼著小曲拉開門，迎面與白孟撞上。不過幾天的工夫，他曬得更黑了，身形都消瘦一圈，下頷冒出一層青鬍渣，憔悴不堪，渾身透著疲倦。

「大哥。」白薇見白孟眼睛裡布滿血絲，似壓抑著沈沈的怒火，又透著對命運無力抗爭的無奈。

白孟點了點頭，想對白薇擠出一個笑臉，可臉頰僵硬，根本就擠不出來。他從袖子裡掏出一把銅板給白薇，摸一摸她的腦袋，進了屋子。

白離從外面衝進來，正好看見白薇捧著一把銅板，盯著白孟的屋子出神。

他憤怒地衝上前，一巴掌拍在她的手掌上，銅板滾落一地。「惹禍精！都怪妳！如果不是妳得罪時安哥，大嫂就不會和大哥退親。這銅板是大哥今天結的工錢，他攢著要娶大嫂的，這錢妳也敢拿？妳怎麼就不跌進井裡淹死呢！」

白離向來和白薇不對盤。別人家都是重男輕女，疼愛么兒，在他們家卻是重女輕男，所有好東西都是先緊著白薇，白離心中怎會不委屈？偏偏白薇並不為家人著想，她與顧時安的親事作罷，就該和沈遇好好過日子，而不是與顧時安撕破臉，為了幾十兩銀子，鬧得他們全家遭人排擠，他在書院也被人嘲笑欺負。

白薇冷冷地看著他。

「妳若不掉井裡，家裡攢的銀子正好夠大哥娶大嫂。妳不知道他有多高興，我好久沒有見他那樣笑過了。他打算等時安哥辦的酒席結束後，第二天就去劉家求親，結果妳跌進井裡出事了，家裡的銀錢全掏出來給妳治病。每天半根參，妳整整吃了半個月。全都說妳救不活了，別糟蹋錢，但大哥和時安哥卻不肯放棄妳，借銀子也要吊著妳一口氣。妳和沈遇辦喜事，大嫂對咱家滿腹怨氣，沒有哪家兄長不娶妻，下面的弟妹先嫁娶的。妳得罪時安哥，他是舉人，鄉鄰受他恩惠，誰敢和咱家沾邊？大嫂今早就來找大哥退親，將大哥送的訂情信物給退回來了。妳啥也不知道，就知道問他要錢，妳還有沒有良心？」白離因為顧時安一事，對白薇不滿到極點，現在白孟被退親，他便直接爆發出來。

「啪」的一聲，白薇揚手，一巴掌打在白離臉上。

白離的頭偏向一側，左半邊臉火辣辣的。他捂著臉，難以置信地看向白薇。

「清醒了嗎？」白薇面容冷沈，嘴角透著譏誚。「顧時安給你一口飯吃，讓你對他死心塌地，不問青紅皂白地指責自己的姊姊？不是你姊和你娘不辭辛勞的幹活，顧時安能順風順水地科考中舉？他但凡有點良心，顧念著咱家的養育之恩，就不會將咱家推上風口浪尖，成為眾矢之的！」越說白薇越氣，替原身感到不值。給人洗衣裳、縫縫補補的，最後卻捧出個吃裡扒外的狗東西！她一個栗暴敲在白離腦門上，怒罵道：「不辨是非忠奸，你這些年讀的聖賢書，都讀到狗肚子裡去了？」

白離死死瞪著白薇，不認為自己有錯！

「撿起來！」白薇厲聲道。

白離死強著不動。

白父和白母聽到動靜，從屋子裡走出來。

「發生啥事了？啊？」

白離眼圈發紅，轉頭看向一邊。

江氏看見撒了一地的銅板，蹲著要去撿。

白薇拉著她的手，正要阻止，門口傳來吵吵嚷嚷的聲音。

「白孟，你給我出來！」馮氏還沒進院子，就扯著大嗓門喊道：「娟兒不想鬧得太難看，給你家留點臉面，才私底下和你退親，結果你不領情，還將娟兒訂親的鐲子給摔碎了！白孟，你有沒有良心？娟兒等了你四年，你不提娶她，現在還不許她嫁人了？今兒這事不給我們家一個交代，你們別想有好日子過！」

江氏懵了，劉娟和白孟退親了？

「白薇比娟兒還小幾個月，你們心急火燎將人給嫁了；娟兒給你們家耽擱成了老姑娘，你們家半點動靜也沒有。清水鎮哪家姑娘十七歲還不嫁人？敢情不是你們家閨女，你們不心疼？我算是看明白了，你們這一家子都是黑心爛肺的東西，想拖著娟兒嫁不出去，賴掉聘禮吧！」馮氏生著一張圓盤臉，臉上的表情卻很刻薄，將一塊布擱在江氏手上，布裡頭包著斷成幾截的玉鐲子。「這是對方祖傳的玉鐲子，賠不出一樣的鐲子，拿六十兩銀子出來抵！」

六十兩?!江氏嚇得臉色煞白。白孟回來給了她一吊錢，遠遠不夠六十兩。她這輩子都沒有見過這麼多銀子。

白薇將斷成三截的玉鐲子拿在手裡，是一個翡翠玉鐲子，呈翠綠色，顏色較為鮮豔，純正均勻，半透明，瑕疵少，算得上是一級翡翠。從工藝和色澤上可以判斷出這個玉鐲並不是馮氏口中的祖傳玉鐲。「這個鐲子不是祖傳——」

馮氏兩眼一瞪，打斷白薇的話。「妳說不是祖傳的就不是祖傳的？六十兩，一個銅板都不能少，不然我就去告官，將白孟抓起來下大牢。」

白孟開門出來，臉色陰沈。「我拿去鎮上請人修好。」

馮氏冷笑。「這玉碎了就是碎了，修好也不是原來那一個。我就知道你不安好心，不盼著娟兒好，碎了的玉，再戴著晦氣。」

這玉鐲確實不是祖傳的，劉娟和鎮上有錢人家的老爺好上，那人隨便拿個鐲子哄劉娟高興，讓她和白孟退親。劉娟沒見過這玩意兒，稀罕得不行，天天戴在腕上，馮氏卻是半點也瞧不上，又沒有銀子實在。她尋思著哄劉娟給當了，誰知道今兒一早，劉娟在村口堵著白孟退親，白孟不肯答應，劉娟拿鐲子刺激白孟，不答應便不許白孟離開，結果被白孟推搡一下，鐲子給摔了。馮氏高興壞了，立即拿著鐲子上白家來要錢，半點都不覺得虧心。劉娟被白孟白白耽擱了好幾年，問他家多拿點銀子算賠償。

白薇從白孟的反應看出來，這鐲子的確是他給摔了。

鐲子的玉是好玉，可惜有一截摔出裂紋了，就算包金也遮不住瑕疵。

「這個玉鐲子有大拇指寬，可以做一對耳環、一個玉墜，價值不止六十兩，兩樣搭著一起賣，最少能賣七十兩。我給妳做成耳環和玉墜，妳可以自己留著戴，也可以拿出去賣。」白薇手裡頭沒有那麼多銀子，這三十多兩銀子有其他用處，不能給馮氏。

馮氏不稀罕這東西，她也不識貨，在她眼裡，銀子更實在。何況白家一個破石匠，就白薇這麼個窮酸貨，怎麼知道這鐲子的價值？

「妳少唬我！別玩妳家沒錢那一套，我知道你們問顧舉人要了五十兩銀子。」馮氏的臉色鐵青。劉娟和白孟已經退親，她半點都不怕得罪白家。抓著白孟的手往院門口拽，她凶惡地道：「你們一家子不給銀子，我就帶他去見官。」

白薇衝上去攔馮氏，馮氏發了狠將白薇撞開。

啪！白薇放在袖子裡的錢袋子掉在地上。

馮氏鬆開白孟，衝上去將錢袋子撿起來，拉開一看，估算著有二、三十兩！她兩眼發光，緊接著，又咬牙生恨。「好你個白孟，有銀子都不肯出聘禮娶娟兒。娟兒是瞎了眼才看上你這個軟蛋。」馮氏見白薇冷著臉上來要搶銀子，掉頭就跑，一邊跑，一邊撂下狠話。「我先拿一半銀子，明兒一早再來你們家要。你們若不給，我就去沈遇的鏢行鬧，把你們一家子全都搞臭，我看沈遇還有沒有臉在鏢行混下去。」

白孟被馮氏一鬧，冷了心腸。是他弄壞的玉鐲，哪能讓馮氏搶了白薇的銀子？他立即要去追回。

「哥，你別和她攪和。我去。」白薇拉住白孟的手，抄起門口的竹掃帚衝上去。她打算送白孟去唸書，不會讓馮氏毀了白孟的名聲，他不能插手。

白薇生性好強，要麼不做，要做就會做到最好，努力讓自己變得很優秀，引來父母的關注。同樣地，她獨占慾強，她的東西若不是她點頭，別人休想從她這兒拿走！

前世不管她如何努力，都無法得到父母的注目，或許是父母親緣寡淡。

好在老爺子和師父給的關愛，讓白薇充滿正能量，並沒有變得孤僻陰鬱。

她注重親情，渴望親情，並且十分護短。

白父、白母和大哥對她的好，她全都看在眼裡，並打從心底接納他們。

馮氏欺負到頭上來，並且將她好不容易掙來的銀子搶走，讓白薇徹底怒了。

「薇薇！」江氏攔住白薇，不許她去追馮氏。「咱家理虧，銀子她拿去就拿去了，剩下的再湊齊給她。她若去鏢行鬧，讓阿遇丟臉，你們夫妻會有隔閡的。」江氏敢說這句話，是惦記著顧時安欠的五十兩。馮氏刁鑽潑辣，見錢眼開，蠻不講理，為了銀錢什麼事情都幹得出來，江氏最怕馬氏和馮氏兩妯娌。「薇薇……」

白薇看見江氏的眼睛浮著水霧，布滿哀求，她深吸一口氣，慢慢鬆開握緊掃帚的手指，讓江氏將掃帚拿開。

江氏提著的心這才落回肚子裡。

白薇嘆息，江氏太膽小怕事，這樣會越遭人欺負。只有拳頭硬，別人才不敢輕易招惹。她的瑪瑙雕件能值幾十兩，劉娟這個玉鐲子的價值則在一百兩左右。

馮氏敢拿這碎了的玉鐲子來她家要銀子，可見並不是訂親信物。
隨便出手給劉娟的東西就這般值錢，對方的家世肯定很富裕。劉娟能跟這樣的人好，依馮氏的性格，早就到處宣揚劉娟要做少奶奶，踩白家幾腳了。

可她不但沒有這麼做，甚至壓根兒不知道鐲子這般值錢。

或者是，馮氏不相信對方會給劉娟值錢的玩意兒。

白薇嘴角一勾，逸出冷笑，幾乎能猜出劉娟不是被人養在外頭，就是給人做小。

「大哥，劉娟還沒有和你退親，就跟其他男人好上，這樣的女人不值得你為她傷心難過。你也看見了，馮氏搶走的三十兩銀子，是我在鎮上跟謝玉琢學雕件賣掉得來的銀子。我會掙錢供你繼續唸書，再給你娶個心地善良的媳婦。」

白薇從這件事中看出劉娟不如白離說得那般好，真算起來也該是劉家理虧，還沒有退親就和別人好上。馮氏氣焰會那麼囂張，不過是覺得白家好欺負。

轉念一想，劉娟不嫁進白家，未必不是一件好事。

白孟忠厚老實，人雖然悶卻知道疼人，他適合更好的女人。

她眉眼一彎，拉著白孟的袖子。「哥，你唸書不比顧時安差，咱家自己出個舉人，你說好不好？」

白孟看著白薇清亮含笑的眼睛，神色認真堅定，是對他全心的信賴。各種滋味驀地彙聚在心尖，最後化成一股酸澀，胸口脹得他難受。一直被他護著的小妹，不知不覺間已經長大。「好。」白孟沈聲回道，又問她。「妳跟謝玉琢在學玉雕？」

白薇點頭，面不改色地說道：「我之前跟爹學石雕，有這個底子在，學玉雕上手很快。謝玉琢說我很有天賦，比他都厲害呢！」

白孟不由得被她給逗笑，嘴角微微牽動，寵溺道：「大哥知道小妹從小就很聰明。」

這話聽著就很敷衍。白薇一個白眼翻了過去。

凝重的氣氛頓時一鬆。

白父在一旁看著，沒有做聲，若有所思。

江氏震驚不已。「薇薇，妳真的一天就學會了？那東西一個能掙幾十兩？」感覺作夢似的。

「錢多錢少，得看手藝。」白薇握著江氏無措到不知怎麼擺放的手，安慰道：「娘，妳放心，謝玉琢和大哥也是好友，不會騙我的。」

江氏看向白孟，見白孟點頭，這才稍稍安心。

白薇給家裡交了底後，從剩下的五兩銀子裡分出三兩給江氏。朝白離的位置看去，早不見人影。白薇皺眉，沒有將白離放在心上。

她打算去鎮上將鐲子雕刻出耳環和玉墜，再將東西賣出去。以她的工藝和翡翠成色，七十兩不過是保守估計。馮氏以為占了便宜，殊不知吃了個大虧。

馮氏喜孜孜地回家，來來回回數了三遍，足足三十兩銀子。

之前她還打算拿去當鋪，當個十幾二十兩，這一下多得了十來兩。摔得好，真是摔得好！

「娘，白家怎麼說？」劉娟進她娘的房間，心裡惦記著玉鐲子。

馮氏熱情地拉著劉娟坐在炕上，將白花花的銀子捧到劉娟面前。「這是娘從白家要來的銀子，這只是一半，還剩下一半。等顧舉人將銀子送去，娘再上門去要。」見劉娟一臉不高興，她拉下臉道：「那破鐲子有啥好的？能買肉吃，還是能造房子？妳喜歡這玩意兒，找趙老爺再要一個唄！咱家窮，妳弟來年得娶媳婦，家裡這破房子，誰看得上？」

劉娟看著自家的房子，土牆上裂開縫，屋頂透著星光。「趙老爺說接我去鎮上，給你們一筆銀子，足夠咱家造新房子。」

劉娟的模樣清秀，長相並不出挑，勝在一身皮膚雪白，胸前鼓鼓囊囊，十分有料，屁股又圓又翹，趙老爺就是看中劉娟這勾人的身段。為了讓劉娟入趙老爺的眼，馮氏費了不少工夫。

趙家在清水鎮是有頭有臉的人，想進趙府的女人多得是。劉娟爬上趙老爺的床，他不過玩一玩而已，膩味了再給銀子打發。

牽線的人一早就說清楚了，馮氏心裡有數，因此她動了手段，讓劉娟肚子裡有貨。趙老爺正對劉娟新鮮著，聽她懷了孩子，便打算置辦一間小院養在外面。

馮氏當然不答應，她可是奔著讓劉娟做妾去的。

正好，顧時安中舉了，馮氏心思活絡，打算讓劉娟嫁給白孟，說不定白孟借著顧時安的勢翻身了呢？總比沒名沒分地跟著趙老爺強。結果，顧時安和白薇退親了。

馮氏冷哼一聲。「白家就不是個東西，有銀子也拖著不娶妳。幸好他不娶，妳才能進趙府去享福。」

劉娟聽馮氏這麼一說，心裡頓時不痛快了。她一直以為白家是沒有銀子娶她，所以之前才找白孟娶她，那全是為了她另嫁搭橋的，這樣之後再退親的話白家也沒話說。

可白家明明有銀子。她都那樣求了，白孟竟沒有給她個準話。

馮氏見劉娟對白孟生怨，把銀子收起來，笑咪咪地說道：「娟兒啊，妳想吃啥跟娘說，好好顧著肚子裡這一個，給趙老爺生個大胖小子，將來的日子就不用愁了。」

「那玉鐲子怎麼和趙老爺交代？」劉娟摸著空盪盪的手腕，她有點眼力見，知道那是個好玉鐲。趙老爺說，她這一身白嫩的皮膚，就該用好玉來點綴。

「事情怎麼樣，妳就怎麼和趙老爺說啊！」馮氏斜睨了劉娟一眼，不滿地說道：「讓他趕緊將妳接去鎮上，肚子遮不住了，咱們在村裡就別想做人了。」

劉娟咬著下唇，點了點頭。雖然對不住白孟，可誰讓白孟不能給她過好日子？她不想再過苦日子，苦日子她過夠了！

白離見馮氏鬧上門，白孟摔碎劉娟的玉鐲子，要賠六十兩，不然就將白孟送官，他立即跑來找顧時安，帶著哭腔道：「時安哥，大嫂和大哥退親了，大哥摔壞大嫂的玉鐲子，得賠六十兩銀子。你幫幫我們，上門去勸一勸馮氏吧？」

顧時安的手被白薇打斷後一直閉門不出，在家中養傷，此時見白離上門，他十分詫異。

「阿離，別著急，有話慢慢說。」顧時安放下書卷，給白離倒一碗茶。「你讓我勸馮氏不用你們賠償，還是勸劉姑娘不退親？」

顧時安溫和的語氣撫慰了白離心中的不安，白離像是找到主心骨兒般，一下子不慌了。

「大哥很喜歡大嫂，能不能讓劉家不退親？」

顧時安語重心長地道：「事情一碼歸一碼，就算不退親，這銀子也得賠。況且我出面不合適，你姊不會願意我插手你們的家務事。」

提起白薇，白離出奇地憤怒。

顧時安適時地拿出一包銀子給他。「我打算明天把銀子給你們送去，你來得也巧，正好帶回去。」

白離擺了擺手。「時安哥，爹娘是自願養著你的，哪裡能問你要錢？你……」

「你的臉誰打的？」顧時安忽然問道。

白離心裡委屈極了。「還能有誰？」

顧時安沈默了一會兒後，輕聲勸道：「你姊心地好，就是脾氣急躁了點。她不是有心為之，你別和她計較。你家遇見難處，這銀子收下吧，不然我不好向你姊交代。」

白離感動得不行，心裡更埋怨白薇掉進錢眼裡，六親不認，早晚有她後悔的。他們家冤枉顧時安，甚至打傷他，他都不計較，還記掛著他們。

「時安哥，對不起，我家人誤會你。你放心，我相信你不是忘恩負義的人。」

顧時安眼裡閃過晦暗不明的情緒，唇邊的笑意更深了。「你相信我就好。」

白離見顧時安不生氣，這才高興地往家裡跑。半路上，他碰見劉娟的弟弟劉琦。

「白二哥，你上哪兒去？」劉琦詢問道。

白離見到劉琦，打算探探口風，問一問劉娟為啥要退親？

劉琦東張西望後，湊到白離耳邊，小聲說道：「我在鎮上找到一個來錢快的活，一天能得一兩工錢，每天都是現結銀錢。這會兒只要兩個人，你去不去？」劉琦說著，連拖帶拽，拉著白離去鎮上。

七拐八彎後，兩人來到一條小巷。

白離看見「賭坊」兩字，卻步了。他雖為一天一兩銀子心動，但到底不傻，賭是沾不得的。「你沒說是賭坊。」白離掉頭就走。

劉琦拉住他的手臂，嬉皮笑臉道：「你管這是啥地方幹什麼？你不賭就行了。咱們是來這兒幹活的。」二話不說，拉著白離進賭坊。

裡面鬧哄哄的，烏煙瘴氣。

「現在還早，東家還沒有來，我先摸幾把。」劉琦將白離扔在一邊不管了，自己上桌買大小。

白離沒有見過這樣的場合，不敢亂走，就站在劉琦身邊。

劉琦摸出幾十個銅板做本錢，一炷香的工夫，他就贏了十幾兩。

白離之前還想著回去，這會兒卻看得入神，這銀子掙得太輕易了！

「大！大！大！」劉琦臉紅脖子粗，扯著嗓門低吼，看見骰子是大，立即跳了起來。

「贏了！我贏了！」激動地將銀子全撈到面前，堆起一座小山。

白離粗略估計，得有幾十兩。

「白二哥，你也來試試手氣。」劉琦贏了很高興，拿出二兩銀子給白離，眉飛色舞道：「你家窮得揭不開鍋，如果贏了，你可以買點糧食回去。輸了也沒事，算我的！」

白離心中一動，但還是有點害怕，嚥了嚥口水，想拒絕。

劉琦拉住白離的手，將二兩銀子拍在賭桌上。「買小！」

「小！小！小！」

白離反應過來，想伸手去把銀子拿回來，莊家已經開盅。

「中了！中了！可以啊，白離，你手氣真不錯！平常我贏不了這麼多，今兒你在我身邊就贏了幾十兩，媳婦本都到手了。」劉琦十分激動，又將四兩銀子放在白離手裡。

白離傻了，才眨眼的工夫就贏了二兩銀子？他摸一摸袖子裡的五十兩銀子，要還給馮氏的還差十兩，他再賭兩把就夠數了。於是，白離糊裡糊塗地上了賭桌。

贏了十多兩後，他想收手，劉琦勸他趁手氣好時多撈點，給白孟娶媳婦。

白離嚐到甜頭，也捨不得抽身。但，好運氣似乎被用完，緊接著贏來的全都輸了。

終於，他動了五十兩銀子，先拿出一兩。這次給他贏了一盤小的，之後又輸個大的。

白離輸紅了眼，他想要回本，最後卻將五十兩銀子輸個精光。

完了！白離臉色慘白。

劉琦拿出十兩銀子給他。「我先借你，你贏回來再還給我。」

白離的腦袋都輸懵了，此時只有一個念頭：贏回來！

很快地，借來的十兩銀子也輸光了。在劉琦的煽動下，白離又問賭坊拿了二十兩銀子。全輸乾淨之後，這一次不用劉琦慫恿，白離自己就要去借，卻被劉琦拉出了賭坊。

「劉琦，你放開我。我的銀子在賭坊，我要去拿回來。」白離瘋了似的，一頭栽進賭坊，想要回五十兩銀子。拿不回來，他怎麼向爹娘交代？

劉琦死死拖住白離。「白二哥，你不能再借了。這裡都是利子錢，很高的利，你如果再輸就還不上銀子了。你欠我的十兩不用還了，但向賭坊借的二十兩，若一個月內還不上，他們會剁了你的手。」

白離一個激靈，瞬間清醒過來，意識到自己犯了多大的錯，雙腿發軟地跌坐在地上，渾身發冷。「怎麼辦？二十兩銀子。我還不上啊。」白離幾乎要崩潰了。家裡窮得五兩銀子都掏不出來，怎麼有銀子給他還利子錢？

而且爹娘和大哥若知道他上賭坊，一定會打斷他的腿。

謝玉琢前腳將岫岩玉原石搬回玉器鋪子，白薇後腳跟著就到了。

「薇妹，咱倆真是心有靈犀。我這剛到，妳緊跟著就來了。玉料已經弄來了，妳看著辦吧！」謝玉琢喝下一碗水解渴，拍一拍玉料，讓白薇過來看。「這玉料是我問趙老爺要來的，我跟他說，他若是不給玉料，咱們就推了他的活。昨兒才說的，今日一早他就讓我過去拉玉料了。」咂著嘴兒，羨慕道：「有錢真好。」若讓他去找，快則十天半個月，慢則一年半載，全靠緣分。

白薇輕飄飄地睨他一眼，懟道：「那是，有錢人的快樂是你無法想像的。」扎心了！謝玉琢幾乎要跪下，求白薇帶他去追求這種快樂。

白薇懶得和他鬥嘴，蹲在地上細細查看玉料。

這塊玉料已經切割了一角，正是岫岩碧玉。質地堅實溫潤，細膩圓融，呈湖水綠色，是塊好玉。若是深綠且通透少瑕的話，便是不可多得的珍品。

白薇對謝玉琢道：「我要延個兩天，手裡還有一個活。」

謝玉琢急得上火，巴不得白薇立即動手，可見白薇臉色不對勁，只能癟了癟嘴。「我先給妳開胚子。」

白薇「嗯」了一聲，去工棚將損壞的玉鐲進行設計分割。這種修復方法是為了減少損失，有時候修復後的玉器價值並不比原件低。

她將耳環與玉墜設計成水滴狀，用金邊鑲嵌。水滴玉飾對白薇來說相對較簡單，她耗費兩天的工夫，就能將一對耳墜子與玉墜打磨出來。

謝玉琢將玉料開胚子後，每天都要在工棚前來回轉悠十來遍，嘴裡急得長疱疹。白薇再不出來，他就要破門進去，讓她將玉觀音提上日程了。

他抬手正準備敲門時，白薇從內將門打開了。

謝玉琢愣怔一下，望著冷不防開門的白薇，問：「妳這就忙活好了？」

白薇蹙緊眉心。「你有事？」

謝玉琢觸及白薇清透明亮、彷彿能洞悉一切的眼眸，只得摸著鼻子道：「我不是來催妳的，我一點都不著急。我就是想問妳要不要吃雞，晚上給妳燉個雞湯？」

「好啊，再加半隻烤鴨。」白薇一點都不委屈自己。

謝玉琢瞪大了眼睛。妳怎麼就不跟我客氣一下？我不是真要請妳吃雞啊！我是來催妳的啊！

「妳看我的眼睛，看見什麼了？」謝玉琢低頭湊近白薇，指著自己的眼睛。

白薇歪著頭，認真地看了幾眼，勾唇一笑。「我看見了真誠。」

謝玉琢。「……」說好的洞悉一切呢？

白薇將用一塊布包裹好的玉飾交給謝玉琢，附贈一張耳墜子和玉墜鑲嵌金邊的圖紙。

「你幫我將玉鑲金，加工的費用你暫時替我出，等玉飾出手後，你從中扣取，也可以從玉觀音的手工費扣取。」

趙老爺是大主顧，目前謝玉琢心裡只放了玉觀音這一件事，只要白薇肯立即開工，甭說給她弄金鑲玉，就是她要十隻雞、不帶重複的燉煮，他都能答應！

他接過布包，打包票道：「一切交給我，妳只管做玉觀音。」謝玉琢心下不由得好奇，打開了布包，一大兩小的翡翠水滴頓時映入眼簾，像雨後冬青樹葉般碧綠的翡翠，濃而不淡，飽滿澄瑩。沒有複雜的鐫刻工藝，也沒有精美靈韻的圖案點綴，只是打磨出圓潤的外形。線條流暢，落落大方，卻稍顯簡單普通。可她設計的金邊圖案，紋路意象華美，若將這高雅的翡翠嵌入其中，便頗為相得益彰，會使這華貴的金鑲玉顯得精美而不俗氣。「妙！太精妙了！」謝玉琢神色激動，發現白薇還有設計這一方面的天賦，他真是撿到寶了。「我這就去找人給妳鑲金，只不過妳這嵌玉金邊，看著簡單卻又極考驗工藝，不知道金匠的手藝，能不能做出妳想要的效果。」謝玉琢話雖這麼說，眼底濃厚的興趣卻未減，腳底生風地往外走去。「妳等著，幾天後給妳結果。」

白薇之前讓謝玉琢將原石搬進屋子裡，審料之後，在原石上用墨線畫稿燙蠟，便將活交給了謝玉琢。

謝玉琢將玉料多餘的部分剔除，沿著墨線雕刻出了大體的輪廓。

開胚子後，白薇便在玉料上細繪雕琢。

白薇全心投入工作中，便會廢寢忘食。

沈遇從府城回來，先到玉器鋪子找謝玉琢。

鋪子裡是夥計看守，謝玉琢並不在鋪子裡，聽聞白薇在工棚，他逕自來到後院。

敲門而入，便看見白薇在治玉，旁邊桌子上的午飯一口未動。

沈遇站在她身後，看著她手裡的工具似活了般，行雲流水地雕刻佛像的衣服紋路、配飾，並從服飾的垂墜感及飄逸來呈現衣料質地，繼而豐富它們的表現力。

從這一點，沈遇便知白薇的道行比謝玉琢高深。

白薇爐火純青的雕刻手藝從何而來？她為何要撒謊？沈遇並不去過問。

「飯菜都冷了，妳不吃午飯，肚子不餓嗎？」

沈遇突然開口，白薇嚇得手差點偏了，弄壞玉料。

這塊玉石價值不低，是趙老爺提供的，她雕刻過程一直小心翼翼的，就怕弄壞，到時賣了她也賠不起啊！

「這位大哥，你進來敲個門吧？毫無聲息地出現，嚇死人了！」白薇拍了拍胸口，心有餘悸道：「我這手若一抖，這輩子就得給人為奴為婢了。」

「我敲了門。」

白薇。「……」

沈遇又道：「下不為例。」他觀察出白薇工作時，不希望有人打擾。

白薇見他是個明白人，點了點頭，放下工具，洗手吃飯。

沈遇想跟她說飯菜冷了，要熱一下再吃，可見白薇風捲殘雲，似乎餓極了，便沒有做聲。他從肩膀上取下包袱，拿出一個小布包遞給白薇。「這是金剛石，可以用來刻玉。」

白薇扒飯的手一頓，意外地看向沈遇。「給我的禮物？」

沈遇看著她因為太過驚訝而微微圓睜的眼睛，像極了山裡那隻被他投餵的野貓，表情如出一轍。貓的毛髮柔軟順滑，他的目光落在白薇烏黑的髮絲上，不知她的頭髮是否也如同野貓般柔順？他意識到自己在想什麼，眉心一皺，收回視線。「我去府城看見被人丟棄的金剛石，妳在學治玉，我便撿來給妳，或許用得上。」

白薇無語，這男人未免太耿直。不過這金剛石算是意外之喜，留著以後能鑲嵌寶玉。

「謝謝你，我正需要金剛石呢！」白薇接過布包，眉眼帶笑地道謝。

她看著金剛石灰撲撲的表面，毫不起眼，誰能知道表皮底下會是光華璀璨的寶石呢？而這個時代，極少有人用金剛石鑲嵌珠寶。

沈遇見白薇眼角眉梢處染著笑意，彷彿真的很喜歡，嘴角不由得緩緩揚起淺淺的弧。

「你的傷還沒有好全，出一趟遠門，傷勢沒有加重吧？」白薇記起他的傷。到底是因為她的事情，才累得他去一趟府城的。「我看一看你的傷口好了沒有。」說著，便要去掀他的袖子。

沈遇側身避開，大力扣住她的手，神情嚴厲，言語急促。「白薇，男女授受不親！妳不可對男人這般輕佻！」他比白薇大十一歲，她又是白孟的妹妹，在他眼裡堪比晚輩，她行為出格，沈遇難免如同長輩一般喝斥白薇。

白薇吃痛，想掙脫，但他力氣大如蠻牛，根本掙不開，她委屈地道：「我就是看看你的傷。」

沈遇的表情越發嚴肅。

白薇抿緊嘴唇，新婚夜她還看到他的胸膛和腹肌呢！柳眉一揚，哼道：「那你還抓著我的手？」

沈遇觸電般收回手。

白薇見沈遇避之不及，又看一眼被掐紅的手腕，心裡不舒服，忍不住朝他靠過去，想看他嚴肅刻板的臉崩裂是什麼模樣。「你躲什麼呢？咱倆都在一張床上睡過。我還看過你的腹肌呢！」她右手比著一個八字，眼睛不由得看著他的腹部，笑得肆意輕佻。「八塊。」

沈遇的臉瞬間黑了。

砰的一聲，門被推開，謝玉琢衝進來。「薇妹，哥對不住妳！咱們小鎮上金匠的手藝不行，造不出妳圖稿上的金飾。」話音一落，謝玉琢這才發覺屋子裡的氣氛不對勁。小眼神瞟向白薇，她笑容清淺；又看向沈遇，他烏雲罩頂。這……這是慾求不滿？「我、我這是打擾你倆好事了嗎？」謝玉琢的小心肝顫了顫，忍不住往後退一步。「我、我迴避，你們繼續。」

沈遇拎著謝玉琢的後領，將他提進來。

白薇擔心真把沈遇給惹怒了，因此趕緊正色道：「我重新給你畫個圖紙。」

她拿著毛筆，不多久，一幅珠寶設計圖躍然紙上，接著拿出一塊拳頭大的金剛石，遞給謝玉琢。「你拿錘子砸碎，取羚羊角打磨成圓形。」

謝玉琢看一眼圖紙，設計很簡約，但仍是犯愁道：「羚羊角不好找，就算有，我認識的金匠還是差了火候。」

沈遇將圖紙與金剛石拿過來，嗓音低沈地說：「交給我。」

謝玉琢連忙將翡翠也給他。

沈遇將東西收起來後，準備離開時，似乎又想起什麼，目光冷厲地瞥向白薇，警告她要守男女大防，別對謝玉琢動手動腳。

白薇撇了撇嘴，如果不是他為她負傷奔走，她才懶得管他死活呢！

謝玉琢摸一摸脖子，突然覺得冷颼颼的。他看一眼外頭的豔陽天，奇怪，沒有變天啊！轉頭見白薇繼續開工，不禁湊近看。「妳還沒有開臉？」觀音腳下踩踏蓮花臺，衣袂綢帶飄逸，嫋嫋娉娉。不過一個粗稿，便已窺其形。這份雕工著實了得。

白薇一邊處理衣紋，一邊答道：「臉在人物雕刻中十分重要，是整個作品的靈魂，掌握細微的表情和神態，方能雕刻得栩栩如生。我一直將開臉放在最後。」見他認真在聽，盯著她雕刻的衣紋，她不禁提點道：「人物雕刻需要神形兼備，形賴神而顯，神依形而傳，才能達到最高的意境。」

謝玉琢「嗯」了一聲。

三天時間過去，臉和手都還沒有開始雕刻，照眼下的進程來看，只怕來不及。

「不必太認真，差不多就得了，咱們時間不夠。」謝玉琢給趙老爺下了保證，一個月不完工，半個銅板都不收。以白薇的鬼斧神工，這個「差不多」，其實也差不到哪裡去。

白薇對作品精益求精，半點馬虎不得。聞言，她冷笑一聲。「你可以自己來。」

謝玉琢立馬慫了，在一邊看著不說話。

沈遇辦事很有效率，比謝玉琢可靠。不過五日，他就帶了東西過來。

這段時間謝玉琢則跟白薇學玉雕，給她搭把手。

沈遇一過來，謝玉琢立即跳過去將木盒子奪過來，打開四方木盒。

絲綢上放著金剛石翡翠水滴吊墜，光潔無瑕的水滴蔥翠澄瑩，盡顯盎然春色，又似行雲流水般沁涼心間。外層一圈鑲金環繞，點綴著細碎的金剛石，流光璀璨，高雅華貴；一對耳墜子則是用纏枝紋嵌著一點盈盈翠綠，耳釘處鑲著一顆金剛石。

謝玉琢忍不住拿在手裡端詳。時下人鍾情瓔珞，色彩斑斕，十分華麗。而這簡約不失貴氣的玉飾，就如同一股清流，讓人眼前一亮。

「不知道這玉飾能不能賣出去？」謝玉琢擔心客人的審美，火熱的心瞬間涼了，但轉瞬間，苦著的臉又化成笑臉。「不過這金剛石真好看。」

「試一試就知道能不能賣掉。」白薇活動了下痠脹的手臂，將這套玉飾收起來，裝進包袱裡，真誠地感激沈遇。「做工很完美，符合我的想像。若不是你，還不知道啥時候能將首飾造出來呢！欠你的工錢，等玉飾脫手了，我再還給你。」

沈遇「嗯」了一聲。「我在鎮上遇見妳大哥，妳許久沒有回家，他讓妳得空回去一趟。」

白薇點頭。「我先將首飾拿去放在珠寶店寄賣，待會兒就回去。」

她為了趕工，許久沒有回家了，也不知道大哥可有向顧時安要銀子？沒有人通知她馮氏再上門去鬧，或許是江氏拿著顧時安給的銀子，賠給馮氏了吧？白薇心裡這樣想。

第四章

白薇獨自一個人前去鎮上最大的珍寶閣，鎮上的夫人、小姐常去那兒。

一進門，夥計便領著白薇入內，熱情地道：「小姐，您要挑珠寶首飾嗎？」

白薇搖了搖頭。「我找你們掌櫃，想拿一套珠寶放在這裡寄賣。」

她心裡有一個想法，如果這套珠寶的價錢合心意，她就準備將雕刻玉石的邊角料做成珠寶，然後與掌櫃談合作，放在他這兒寄賣，給他抽成。

夥計並未因為白薇衣著寒酸就態度惡劣，請她稍等片刻，便去請掌櫃。

不一會兒，掌櫃走過來，客氣地道：「敝姓王。姑娘，妳有珠寶準備放在小店寄賣嗎？不過規矩得先說明白。第一，我們這裡的客人都是有身分、地位的人，品相要好。第二，珠寶賣出去，我們需要抽三成利。妳若同意便將珠寶拿出來，我給品鑑是否合格。」

三成的利太多了，她基本上掙不到幾個錢。「王掌櫃，你們抽的利太高了，我——」

王掌櫃打斷白薇的話，目光落在她手中那普通的木盒子上，笑盈盈地道：「沒有辦法，這是鋪子裡的明文規定，我們若為妳更改，那便亂套了。」

白薇遂起身道：「打擾了。」她正想將木盒子裝進包袱裡時，背後有人不小心撞了她一下，木盒子頓時掀翻在桌子上。

金剛石在陽光下散發出璀璨光華，滿室生輝。

王掌櫃的目光瞬間被吸引住了。他在珍寶閣擔任了二十年的掌櫃，眼光毒辣，商機敏銳，只匆匆一眼，便能斷定出那細碎的寶石很不平凡，將那蔥綠高雅的翡翠襯托得十分高貴華美。款式簡約，卻令人驚豔，必然能脫穎而出。

「姑娘，妳可否將珠寶給我看一眼？」王掌櫃從中看到商機，見珠寶已經被白薇收起來，頗為惋惜。「妳有誠意與我們合作，我自當拿出十二分的真誠。抽三成利是店鋪裡的規矩，可規矩是死的，人是活的，咱們可以折衷一個法子。妳開一個價，將珠寶賣給我們，至於是掙錢還是虧本，都與姑娘無關。」

白薇看著熱情的王掌櫃，見他的態度三百六十度大轉變，如何不知他之前提的規矩，不過是想要她知難而退？如今見她真有名貴的珠寶，再提寄賣就是自打耳光，才會換個說法。

按照他提出的方案，他們算是共贏。不過這會兒白薇不會輕易答應的，否則主動權仍然在王掌櫃手中。「多謝王掌櫃的好意，但我不喜歡強人所難。」白薇婉拒道。

王掌櫃心裡癢癢的，迫不及待想知道那是什麼寶石，因此臉上堆滿笑。「姑娘若有其他的要求，大可提出來。我若是能作主，必定會答應；若不能作主也會稟告東家，儘量滿足姑娘。」他心裡已經打起算盤，這套珠寶放在任何珠寶店裡，都不愁賣不出去。就他目前所知，連京城都沒有這種東西。獨一件，價格必定能炒上來。

就算賣不出高價，今後與白薇合作，他壓價也並不違約。

白薇看著眼底精光閃爍的王掌櫃，哪會不知道他心中所想？心中暗罵一句：老狐狸！

「姑娘，妳這一套珠寶，能給我看一看嗎？」

一道蒼老的聲音在身後響起。

白薇轉身看去，說話的是一位鶴髮老夫人。她生得慈眉善目，氣色紅潤，身子骨兒看起來很硬朗，左手被一位三十出頭的婦人攙扶著，身後還跟著兩個婢女。

王掌櫃見到老夫人，愣怔了一下後，連忙起身道：「趙老夫人！您今兒怎地親自來了？可以派人通知一聲就好，我將珠寶給您送去府上啊！」

「今兒天氣好，出來走動走動。」老夫人道：「你去忙吧，不用招待。」

王掌櫃的笑容有一瞬的不自然，看一眼白薇後，恭敬地說道：「您請坐。」

趙老夫人在婦人的攙扶下，坐在白薇旁邊，笑容和藹地道：「小姑娘，我剛才瞥見那套珠寶，看來很別致，和其他的珠寶不同。」

白薇心裡思量一番，將木盒子打開，擱在桌子上道：「老夫人，您請看。」

從她的夫姓與掌櫃的態度，白薇心中隱約猜到眼前這位老夫人的身分了——

趙老爺的母親，她目前正在雕刻的那尊玉觀音的正主兒。

趙老夫人伸出雙手，婦人拿出一副手套給她戴上，小心翼翼地拿起吊墜。

托著翡翠玉石的纏枝紋鑲著細碎的金剛石，陽光折射下珠光流轉，璀璨奪目。

一點翠綠鑲嵌其中，似一汪碧水，一股清涼沁透心間，簡單清爽，又不失貴氣。

翡翠水頭足，金剛石肖似琉璃，卻又比琉璃剔透華美，算得上一件寶物。

趙老夫人越看越喜歡，詢問起婦人。「阿阮，妳喜歡嗎？」她愛不釋手，覺得與趙阮的氣質般配。

「母親，我覺得漂亮。」趙阮一眼就相中了，蒼白透著病態的面容露出一絲淺笑。「冒昧地問一下這位姑娘，這珠寶妳從何處得來？」

趙老夫人聞言，不由抬頭看向白薇。

白薇穿著粗布衣裳，頭髮梳得整整齊齊，綰著一根木簪，容貌倒是標致。裝珠寶用的也是尋常的木盒，顯然與這珠寶並不相配，莫怪王掌櫃輕視她。

「您請放心，這珠寶來路正。」白薇苦笑道：「我大哥無意間撞碎別人的手鐲，已經賠了銀子。我見這玉是好玉，丟了太可惜，便想法子剔除裂痕，再雕刻成耳墜子與玉墜來賣，也好彌補些損失。」

趙阮未料到會有這一樁官司，只不過珠寶的來歷得問清楚，絕無冒犯之意。她語氣柔和地道：「這位姑娘心思靈巧，別出心裁。我今兒與這珠寶結緣，妳開個價。」

王掌櫃聞言，心一沈。這趙家是商戶，趙老太爺的胞妹嫁給一個皇商之後，極力提攜娘家。趙老太爺十分爭氣，短短十幾年，便積攢了豐厚的財富，不說是清水鎮，就是在縣城都是頭一份。不過趙老太爺迷信，認為趙宅的風水旺他，始終不肯搬走，並且嚴令子孫不得從主宅遷離。

王掌櫃原來是打算將這寶貝獻給趙老夫人的，誰知這姑娘走了狗屎運，在他的鋪子裡撞上了正主兒。他上前一步，睨一眼珠寶，不由得問道：「姑娘為何選用纏枝紋？雲紋不是更合適一些？」

白薇笑容不變地道：「祥雲紋固然好，可我更喜歡纏枝紋。它又稱為『萬壽藤』，綿延不斷向上延伸，因此象徵著生生不息，極具生命力。」

這句話令趙老夫人心中一動，不由得看向病弱的趙阮。原來就很喜歡，現在更是合乎心意。「我也喜歡纏枝紋。」趙老夫人指著自己的錦裙，上面赫然是纏枝菊紋。

「我與老夫人的眼光倒是一致，這花紋很襯您。」白薇捧了老夫人一句，然後又真誠地道：「這玉鐲子原來的價值在一百兩左右，我這鑲金嵌上寶石，加上一些人工費，收您一百二十兩。」她笑咪咪地加了一句。「我和您投緣，便不賺您多少錢，當結個善緣。目前來說，這珠寶是縣裡頭一份。」

趙阮心中一動，聽出白薇話中的意思。這套珠寶是目前唯一的一份，但是今後可不是。黃金有價、玉無價，這玉本就是好玉，雖然不值這個價，可勝在這一份做工。「姑娘，妳賺一些辛苦費是應該的。」趙阮對老夫人道：「娘，您便將這套珠寶送給我，算作生辰賀禮吧。」

王掌櫃這才知道，原來是特地來給趙阮挑選生辰禮物的。可這套珠寶只賣一百二十兩，且他一個銅板也賺不到，著實心痛啊！

趙老夫人將珠寶放下，讓婢女付銀錢。

婢女拿出三張銀票給白薇，一張一百兩，兩張十兩。

白薇將銀票收下，說了幾句吉祥話。她心中十分激動，這算是她來這兒後賺的最多的一筆錢財了。如此順利，也算是一個好兆頭。

趙阮不禁問道：「可有配套的玉鐲？」

白薇搖頭，看著王掌櫃陰沈下來的臉，如實道：「沒有，我目前也沒有空造玉鐲子。」

趙阮很失望。

白薇又道：「我今後會與王掌櫃合作，做出了珠寶，就放在他這兒寄賣。您若是喜歡我的東西，到時候來貨了，便讓王掌櫃先給您送一句話。」

「那便這麼說好了。」趙老夫人應承下來。她如何不知道白薇的難處？她若是搶了王掌櫃的生意，白薇將人給得罪了，今後在鎮上的生意難做。

趙老夫人起身，由趙阮攙扶著，再去鋪子裡挑了一對手鐲。

王掌櫃驚訝地看向白薇，對白薇有了新的看法，她並非愚笨之人。

這一次，王掌櫃的態度更真誠了。「姑娘，妳有什麼條件，一併提出來。」

白薇本來就打算和王掌櫃合作，所以在趙老夫人跟前特地說了那一番話，算是賣一個人情給王掌櫃，今後合作起來，他的吃相也不會太難看。「只有一個條件，我送來的東西，按照本身的市價給我。」

王掌櫃沒有立即回話，端著一杯茶慢慢地飲幾口後，合上茶蓋，將茶杯擱在桌子上。「妳給的珠寶，若超過三件沒有給我盈利，咱們的合作就終止，而且妳不得接趙家的活。」王掌櫃不可能好處都給白薇占盡，必然要保住自己的利益。

白薇笑了一下，在合同上添加一句——若不是珠寶本身的問題，是他們的過失導致價值過低，或者是惡意壓價，那她有終止合同的權利。

王掌櫃深深地看了白薇一眼後，簽下契約。

白薇將契約仔細看過一遍，確定沒有問題，這才將契約摺疊起來，放入袖中。

「我若有作品，會親自送來，您不必去催。」

「理解理解。」王掌櫃做這一行，自然清楚，好的作品不光需要高深的手藝，還得需要靈感。他親自將白薇送去門口，詢問道：「妳今兒鑲的是什麼寶石？」

白薇微笑道：「王掌櫃，這是傳家的本領。」

金剛石在這個時代並未用作首飾，大多是用來治玉的。

慈禧逝後口中含的夜明珠，便是金剛石原石。它含有螢光成分的物質，方才能散發出青色磷光。並不是所有的天然金剛石，都含有螢光，她給沈遇的那塊便沒有。

王掌櫃很遺憾，卻沒有為難白薇。

白薇離開珍寶閣後，一眼看見等在不遠處的沈遇。她驚訝道：「你還沒有回家去？」

「等妳一起回去。」沈遇看見她眉眼舒展，心情很不錯，他的嘴角不由得上揚，詢問道：「賣掉了？」

「賣了一百二十兩。」白薇拿了二十兩的銀票給沈遇。「這是給你的。」

沈遇沒有接。

白薇塞進他手裡。「金子和加工費，你總得給人。我不能讓你掏銀子，否則下回都抹不開找你幫忙了。」

沈遇這才將銀子收下，嗓音低沈地道：「金剛石還剩下一半，它太硬了，錘子砸得太細碎，我用羚羊角將它破開，之後用金剛石粉打磨，比羚羊角好用。妳那裡還有一塊金剛石，可以製成金剛刀，今後再要打磨，用這個比較方便。」他見白薇站著不動，睜大眼睛盯著他，活像看見一個怪物，不由得停下腳步。「我說錯了？」

白薇幾乎都要懷疑他也是穿越來的了。可他若真是穿越的人，就不會這般古板了。

她之所以讓沈遇取羚羊角打磨，那是藏了一手，擔心叫別的工匠用金剛石打磨鑽石，今後金剛石的首飾會氾濫，她會失去優勢。

可沈遇竟一本正經地告訴她，得用金剛石粉打磨鑽石，最好能製成金剛刀！這腦子太靈光了吧？看來她得在沒有流傳出去前，趕緊大量生產，多撈幾桶金。

白薇嚥了嚥口水，問：「你怎麼想到的？」

沈遇從她震驚的神情中得到答案，眼中染了笑意。「金剛石太硬，其他工具無法打磨，便以它自己克之，這個法子見效了。」

白薇的嘴角動了動，想問這件事有多少人知道？

沈遇見她欲言又止，洞穿她的心事。「放心，無人得知。」

羚羊角成功率極低，他與金匠嘗試許久，也只成功一顆。他突發奇想地嘗試成功之後，忽而頓悟，白薇能想到以這個做寶石，必然知道如何攻克它。用最笨拙、耗損最大的法子，只怕是不願洩漏出去吧？因此他便將金剛石取走，自己打磨了二十顆，但手藝比較粗糙。

白薇愣怔一下，這才知道小心思被他看穿。她赧然地抓著垂在胸口的髮絲，抬眼望了望天。「天色不早了，咱們買點東西回去。」

沈遇低低「嗯」了一聲，跟在她身後。

白薇先去錢莊兌了一千文銅板，又換了九兩碎銀，準備改善伙食。

買了幾斤肉、兩隻母雞，又去糧油鋪買糧食，精米、糙米、細麵各十斤，和一些調味料。

沈遇接過去，扛在肩膀上。

「我們租一輛牛車，將東西擱在上面，你才不會太辛苦。」白薇看他一副很輕鬆的模樣，卻也知道一路扛回去太累人。擔心他拒絕，她便跺了跺腳道：「我走不動了，腿疼。」

沈遇皺緊眉心，今日並沒有走多少路。回想著上一次來鎮上時，她休息了好幾回，半個多時辰的路，走了一個多時辰才到。

太嬌氣了。

他沒有多說，將米袋放在她腳邊，去租一輛牛車。

白薇不知道他心中的想法，待他租了牛車來後，吃力地將米袋提著放在車上。

「走吧，我們去木匠鋪子。」白薇準備給白老爹買一些工具，讓他編草鞋賣。

她對白老爹的情況瞭解一些，手使不上大力氣，用力會微微發抖。不過這種情況，應該能編草鞋。

白老爹不能掙錢，家裡的重擔全壓在孩子的肩膀上，他心裡不好受，過得太痛苦壓抑了，因此白薇想給他找一份活幹，錢多錢少無所謂，只要他能為家裡出一份力，就不會覺得自己是累贅，是個廢物，能夠解開心結，日子就能夠過得輕鬆。

草鞋耙、草鞋扒、草鞋捶、草鞋扛等工具買齊後，白薇將東西擱在牛車上，又跑開了。

沈遇盯著牛車上編草鞋的工具，抬頭望著她跑遠的身影，深邃幽暗的眸子閃過思慮，她似乎與白孟口中的白薇不同。嬌氣卻不失堅韌，有主見又不缺能力。

在白孟眼中，她是被護在羽翼下的菟絲花，禁受不起風吹雨打。

「你還沒有吃中飯，餓了吧？這家烤鴨特別好吃，皮又酥又脆，吃半隻也不過癮。」白薇將切成塊的烤鴨遞給沈遇，爬上牛車，然後拿出一盒藥膏，將他的手指拉過來，上面布滿道道傷痕。她壓低聲音道：「你別動，我給你搽藥。」

沈遇的手指縮了一下，但她拽得太緊，沒能收回來。

「這一刻，你忘了我是女人，將我當作郎中吧。」白薇將他的手指握緊幾分，拉到面前，輕聲說道：「我病了，也是男的郎中給看的。如果因為男女大防，我不得病死了？」她不愛記仇，之前被沈遇呵斥警告過，心裡雖不痛快，但轉頭就忘了，且沈遇是因為幫她幹活才傷著手，她心裡更是愧疚不已，特地買藥膏給他上藥。

沈遇薄唇緊抿，被她捏在手心的手指似火燒的。她低頭認真上藥，似乎怕他疼，一邊輕輕塗抹，一邊吹著氣，似一縷清風拂過，手指微微發癢，那股癢意直蔓延進心底。這怪異的情緒，令他無所適從。

沈遇猛地將手指收回來。「我自己來。」一開口，方才發現嗓音沙啞，乾渴不已。

白薇看了他一眼，將藥膏拍在他腿上。

沈遇被她一碰，幾乎要跳起來，但見她生氣，腳到底沒有移動，低頭挖著藥膏塗抹。這點小傷對他來說不算什麼，可他若是不塗藥，浪費她的一片心意，她會更生氣吧？

白薇見他老老實實搽藥了，便不再說什麼。

兩個人大包小包地回村，還租了牛車，可驚著鄉鄰了，盯著他們的眼神多了一些別的意味。

白薇一點都不在意，還沒有進院子，她先喊人道：「娘，我和沈大哥回來了。」

江氏聽到動靜，連忙從廚房裡跑出來。看見白薇和沈遇手裡提滿東西，她瞪了白薇一眼，將東西接過來，低聲唸道：「妳怎麼能讓阿遇破費呢？」

沈遇解釋道：「這是白薇掙的銀子買的。」

江氏見沈遇幫白薇說話，臉上立即堆滿了笑。「你倆是夫妻，怎麼還分你我呢？」

白薇。「……」這是親娘！

江氏招呼兩人進屋，催促道：「你們回來得巧，馬上要開飯了，快洗手去吃飯。」

白薇將工具放在院子裡，沈遇扛著米、麵去廚房，而後兩人一同去堂屋，白啟複、白孟、白離都在。

沈遇和白薇各坐一條凳子，她見江氏端著窩窩頭進來，對白啟複道：「爹，我聽說編草鞋能掙不少錢，給你買了工具，你去弄些稻稈回來，可以編草鞋賣。」

白啟複愣住，然後搖頭道：「我不會編。」這種手藝活尋常不外傳的。

「我會啊！等一下吃完飯我教你，很簡單的。」白薇和老爺子住在鄉下時，老爺子喜歡穿草鞋去釣魚，覺得草鞋輕便，很舒服。白薇閒著無聊的時候，跟老爺子學過，給他編過好幾雙。

白啟複眼睛一亮，連說幾個「好」，身上那種頹喪的氣息，似乎也隨著他臉上的笑容消散了。

白薇愉悅地勾起嘴角。他們一家會越過越好的。

白離冷笑一聲。「妳怎麼會編鞋？」

白薇不搭理白離，逕自拿起一個窩窩頭，問白孟。「大哥，顧時安將銀子還給你了嗎？」

白離捧著碗的手一抖，差點打翻在桌子上。

白孟將他的反應看在眼裡，吞下嘴裡的窩窩頭後，不緊不慢地道：「顧時安把銀子給了白離，白離不知道馮氏已從咱家拿走三十兩銀子了，把五十兩全給了劉琦。他再去問劉琦要，劉琦沒給他，算作跟白離借二十兩。」

「是嗎？」白薇看向白離，漫不經心地點了點頭。

白離一顆心提在嗓子，就怕白薇盤根問底，這個家，他最怕的就是白薇。白薇是個瘋子，她發起瘋來，六親不認。見她信了白孟的話，他不禁鬆了一口氣。

一家人吃完飯後，白孟與沈遇一起離開。

白啟複去找稻稈。

白薇和江氏一起收拾桌子，端著碗筷去廚房，幫江氏一起拾掇廚房。

白離心不在焉，在堂屋坐了好半晌後，才磨磨蹭蹭地回自己屋子。

推開門，卻見白薇坐在書桌旁，正在翻看他做的文章。白離的心臟猛地一跳，下意識要逃。

「跑什麼？」

白薇嘴角含笑，那抹笑意卻不及眼底，漆黑烏亮的眼睛裡漫上一層寒霜，令白離的心臟撲通撲通亂跳。

「唸了幾年書？」

白離喃喃回道：「九年。」

「九年，今兒十五歲了，考上童生了嗎？」

「來、來年考。」

白薇沒有再開口，一張一張地看過去。

白離心裡直打鼓，就怕這樣的白薇。她若鬧騰起來，他還能接招，如今這樣不聲不響，像有一把刀懸在他頭上，比劃著怎麼砍下來似的。

白薇看了幾篇文章，毫無靈氣，也無遠見卓識，立意又不明，太過平庸。對白離肚子裡的墨水，她有了一點瞭解。

不是讀書的材料。

她站起來。

白離倏地往後退一大步。

「怕我？做了虧心事？」白薇按壓著手指關節，「咯咯」地作響。

白離的汗毛瞬間立起來，覺得頭皮都要炸了，臉上似乎還能感覺到火辣辣的疼。「我、我、我……」

「銀子在哪兒？」白薇冷笑一聲。「你也就能騙騙爹娘和大哥而已。不老實交代出來，別怪我不認你這個弟弟。」白薇抬腳，乾脆俐落地往白離膝蓋一踹，他立即撲通跪在地上。

白離面色發白，這些天一直提心弔膽，折磨得他吃不下、睡不著，就怕事情爆發。今日被白薇一審問，心裡的懼意頓時達到頂點。

「你也想和顧時安一樣，斷一隻手嗎？」白薇站在白離旁邊，看見他的身子在發顫。「別以為你是我弟弟，我會下不了手。你也知道，我認錢不認人。」

白薇的最後一句話刺激到白離，他突然爆發出來。「是。銀子不是借給劉琦，是我賭掉了。我也不想賭，如果不是妳害得大哥退親，摔壞了大嫂的鐲子，咱家也不用欠劉家六十兩銀子。我就想贏個十兩。劉琦才一刻鐘就贏了幾十兩，他給我銀子讓我賭，我……我明明也贏了，贏了十多兩，可不知道為什麼，我最後全輸沒了。」白離雙手摀著臉，崩潰地痛哭。「我不想的！我不想去賭，我就是想幫家裡還債。輸了、全都輸個精光了。」還欠了賭坊裡的銀子，這事打死他也不敢說出來。還不上，他會被砍手。他心裡又悔又怕，哭得不能自已。

白薇想過很多種可能，獨獨沒有想到白離居然去賭坊。人一旦沾上賭，染上賭癮，這輩子就完了。她克制住怒火。「你自己要去賭的？」

「不、不是，劉……是劉琦，他騙我去鎮上做工，說一天有一兩銀子，去了之後我才知道是賭坊。他說平時自己去總是輸，我給他帶了好運，讓他贏了幾十兩，所以他拿了二兩銀子給我押注，說輸了算他的，贏了算我的。我知道賭不能碰，是他拉著我的手強迫我下注的，結果贏了，我、我就……」白離的腸子都悔青了，他不該貪財。

白薇不信白離的話，瞇著眼，質疑道：「十里八鄉都知道咱家窮，劉琦就是個遊手好閒的混子，真要哄你賭，早就哄你去了，哪裡會這般巧，你兜裡一有銀子，他就找上你了？」

「我沒有騙妳。那天馮氏找上門時，我就去找時安哥幫忙了，他把銀子給我，我立即就回家，結果半道兒上碰見劉琦。我想把銀子放回家裡再去鎮上的，但他二話不說，拽著我去了。」白離說到這裡，也意識到了不對勁。「他知道我兜裡有銀子?!」

白薇知道，白離這是被人上圈套了。

她之前斷了顧時安一條手臂，他並非君子，豈會善罷甘休？

這一筆銀子，她本預料到不會輕易要回來，結果顧時安不但給了，還給得很爽快。這不像顧時安的作風，他不管做什麼事情，都是有目的的。

白薇眼底布滿冷意，她拽著白離的手臂，將他拖去劉家。

劉琦手裡拿著錢袋子，滿身酒氣，深一腳、淺一腳地往白家去，要去通知白離，賭坊催他還錢了，結果迎面撞上氣勢洶洶的白薇，以及哭得一把鼻涕、一把眼淚的白離。

他「噗哧」一聲，笑到一半，突然「哎喲」一聲。

白薇橫掃一腳踹在劉琦的腹部後，拳頭快如閃電，砸在劉琦的眼眶上。

劉琦痛得飆淚，轉身要跑。

白薇朝著他的屁股又踹一腳，劉琦摔在地上，她一腳踩在他的臉上。「劉琦，誰讓你帶白離去賭坊的?」

「咳咳……」劉琦眼睛痛、肚子痛，屁股也痛，被白薇踩著腦袋動不了，他號哭道：「薇姊，誤會啊!我哪有那個膽子哄白離去賭坊?是他跟在我後面……啊!」

白薇用力踩，沒有耐心和他扯淡。「我家窮得吃不上飯，還欠著你家的債，都快餓死了，哪有銀子還啊?你要逼死我家，我哪裡會讓你活命?弄死你，大不了我償，但你家就只有你這根獨苗苗，死了可就斷子絕孫了。」

「我說!我說!」劉琦感受到白薇這瘋女人的腳往他脖子上踩來，瞬間嚇破了膽。「是顧時安讓我找白離上他家去拿五十兩銀子，因為他怕上門去會被你們為難，特地多給我幾個銅板做跑腿費。我鬼迷心竅，見財起意，哄白離去賭坊。」

白薇就知道顧時安不懷好意。劉琦是村裡出了名的混子，顧時安特地找上劉琦，不就是想讓劉琦算計那筆銀子?

劉琦求饒道：「姊!姊!妳饒了我這一回吧，我再也不敢了!」

白薇笑了一聲，問白離。「他是哪隻手抓你下注的?」

白離看見劉琦嘴裡流出血，嚇得雙腿發軟。「右……右手……」

白薇撿起地上的一塊石頭，按著劉琦的右手，砸下去。

「啊——」劉琦蜷縮在地上，左手握著鮮血淋漓的右手，大聲哀號。

白薇發狠道：「這是個教訓。你再敢禍害我家，要你的命!」人窮被人欺，你若不硬氣，早晚被人給逼死。白薇將劉琦掉在地上的錢袋子撿起來，轉身看見白離癱在地上，褲子都濕了，嗤笑一聲。「你再敢進那種地方，劉琦就是你的下場！」

賭博害人害己、家破人亡的例子並不少見。白離沒有主見，意志薄弱，窮日子過久了，尤其容易陷進去。白薇下手狠的原因有兩個：其一是劉琦居心叵測，該受懲罰；其二是要震懾白離。

「不……我不會再賭。」白離嚇尿了褲子，那塊石頭像砸在他的手上般，手指抽搐著疼。他恐懼地盯著白薇，覺得她跌進井裡之後，就變了一個人。心狠手辣，不留餘地。

白薇知道他心裡想什麼，白父和白母認為她是受顧時安刺激，方才性情大變，又怕提起來她會傷心，因此問都不敢問她一下。

她數了一下，錢袋子裡有十多兩銀子，不用想便知是從白離輸掉的五十兩裡抽的佣金。

「讀了九年書，童生都沒有考上，你認為自己是讀書那塊料嗎？」白薇將銀子揣在袖子裡。「誰家的銀子都不是大風颳來的，你想唸書，先將這五十兩掙回來再說。」

「我……」

「你白天和爹一塊兒去鎮上賣草鞋，晚上在家抄書掙錢。」白薇前頭打劉琦的那一拳，右手背骨節又痛又痠，她舉著拳頭，吹了吹氣。

白離脖子一縮，害怕那拳頭砸他臉上，心裡再多的不滿也不敢說出來。

「聽見了嗎？」

「知道了。」白離望著白薇離開的背影，眼淚掉下來，心裡委屈不已。

他考了幾年，考題基本都摸清了，先生也說他明年考上的機會很大。

他又沒有花白薇的銀子，她憑啥要他賺錢，還不許他唸書？白離哭著跑回家。

白薇正在院子裡教白啟複編草鞋。

江氏坐在一邊清理稻稈，見白離擦著眼淚，抽噎著衝進屋子，江氏關切地道：「這孩子出去一趟，怎麼哭著回來？」擔憂地站起來，想進去問一問發生啥事？

白薇拉住江氏，讓她坐下來，冷淡地道：「白離那五十兩銀子被人騙了，他心裡難過，讓他靜一靜。」

江氏瞪大了眼睛。「被騙了？不是借給劉琦了嗎？」這五十兩她惦記許久，一聽沒了，心疼得要命。

「他怕我們罵他，撒謊騙我們的。」白薇不敢告訴白父及白母，白離是上賭坊輸掉的，怕他們心裡承受不住。她岔開話題道：「白離的文章我找鎮上的先生看過了，說他在這上面沒有天賦，我暫時不打算讓他唸書了。」她看兩老一眼，繼續說道：「我尋思著他太單純，才容易上當受騙，所以平時就和爹一起去鎮上賣草鞋，讓他體驗生活的艱辛，豐富他的見聞吧。晚上回家再給書鋪抄書，這樣既可以掙銀子，還能夠讓他將書看進心裡去，對他今後做文章很有用處。」

江氏和白啟複聽說不讓白離唸書，心裡咯噔一下。白離的性子做不來其他的活，不給他唸書，他能做啥？又聽白薇之後的打算，心裡才鬆了一口氣。

「這樣也好。」江氏心疼那五十兩銀子，看著白薇眼底的青影，也說不出拒絕的話。「得讓他長長記性！五十兩銀子哪，可以給咱家造新房子呢！」

白薇看一眼幾間土牆房子，沒有吭聲。

她將從劉琦那兒拿來的十幾兩銀子放在江氏手裡。「大哥讀書有天分，不讀太可惜了。咱家現在有銀子，我也找到掙錢的門路，能供得起大哥唸書。爹明天就帶大哥去鎮上的書院，找大哥以前的先生說個情，將大哥送進書院裡繼續唸書。」

白啟複心裡一直愧對長子，如今自己能編草鞋，便毫不猶豫地答應了。

「這件事上不能馬虎，別省著。」白薇叮囑白啟複要投其所好，別胡亂買東西送。

白啟複記下，等白孟回來，再問問他先生的喜好。

江氏捏著手裡的銀子，她到現在還有一種不真實感，覺得作夢似的。之前事情一樁接一樁地壓過來，幾乎要把整個家給壓垮，窮得都揭不開鍋了。結果，短短的時間裡，他們突然有銀子了。

「妳大哥已經二十多歲，他這個年紀的人，孩子都滿地跑了。」江氏想給白孟娶個媳婦，再蓋一間房子。

白薇手裡有錢，但不敢亂花，如果看中了原石，還得花銀子買。這一行賺錢容易，同樣成本也高。
「娘，婚姻大事不急，娶媳婦不能馬虎。如果有好姑娘，她和大哥都看對眼，就將人娶回家。咱們現在還是以讀書為重。」白薇覺得女子的品行很重要，要賢良、識大體、明辨是非曲直，這樣家庭才會和睦。
況且以他們家現在的情況，沒有姑娘願意嫁吧？
江氏沒有主見，白薇說啥就是啥。她看著一個認真教、一個認真學編草鞋的父女倆，緊抿著的嘴角一鬆，突然覺得日子越來越有盼頭了。

劉琦踉踉蹌蹌地回家。
馮氏提著籃子從菜地回來，看見劉琦渾身是血，嚇得尖叫一聲。「兒啊，你這是怎麼弄的？誰打你了？」連忙朝屋裡喊道：「劉娟！妳快去喊劉郎中過來，妳弟受傷了！」
劉娟從屋子裡出來，看到後嚇一跳，摀著嘴急匆匆去請郎中。
劉琦滿手鮮血，還在往地上滴，他眼裡布滿戾氣，咬牙切齒地道：「白薇那瘋婆娘！」
「小賤人敢傷你？我這就去扒了她的皮！」馮氏氣瘋了，劉琦被她當眼珠子護著，平常一根頭髮都捨不得碰著，如今卻被白薇下狠手打成這般。
劉琦對白薇恨之入骨，沒有攔馮氏。
馮氏一衝出院子，就遇上顧時安。

「嬸娘，您這是上哪兒去？」顧時安左手綁著布掛在脖子上，右手提著籃子，裡面裝著十個雞蛋、一斤糖，溫文爾雅地道：「我聽說劉琦受傷，特地給他送點東西來，讓他補一補。」

馮氏扭曲的臉見到顧時安後稍微緩和了下來，憤怒地道：「白薇打傷了琦兒。你說她憑啥打琦兒？誰給她的膽？我不會讓那賤人好過的，不打斷她的腿，我嚥不下這口惡氣。」

顧時安愧疚道：「都怨我，如果不是我讓劉琦跑腿，讓他請白離上我家拿銀子，就不會惹怒白薇，將怒火發洩在劉琦身上了。」

「這事哪能怨你？」馮氏恨不得白薇去死，咬緊牙根罵道：「我算是看出來了，白家個個都是瘋狗，逮著誰咬誰！顧舉人，你真不容易，攤上這麼個岳家，幸好退親了。」她不好丟下顧時安去找白薇算帳，便將人招呼進屋子裡。「別站著，咱們進屋坐坐。」

顧時安將籃子遞給馮氏，跟在她身後進屋。

劉琦坐在凳子上，見到顧時安，立即站起來。

「你身上有傷，快坐下歇著。也怪我思慮不周，連累你了。」顧時安苦笑一聲。「薇妹她向來溫柔和善，很識大體，我也不知道她為何會變成這樣。」

劉琦面色陰鬱，沒有搭腔。

顧時安瞥一眼他眼底的狠勁，眼神微微一閃，對著滿面恨意的馮氏說道：「您若信賢姪，就別去找白薇的麻煩。我聽說她在鎮上跟謝玉琢學手藝，雕刻玉石。鎮上的趙老爺鍾愛玉石，謝玉琢和他交情不淺，趙老夫人要過壽了，趙老爺委託謝玉琢給他雕一尊玉觀音，算是欠謝玉琢一個人情。您若傷著白薇，白薇是謝玉琢的徒弟，到時他找趙老爺幫忙，吃虧的還是你們。」顧時安滿面憂慮，一副想要幫忙又無能為力的樣子，嘆息道：「在清水鎮，趙老爺要收拾誰，誰又能躲過去？」

馮氏冷笑，心說：趙老爺還是我的女婿呢！謝玉琢和白薇又算個什麼東西？

「你們要是不顧代價和她計較到底，打斷她的手洩恨，謝玉琢更不會放過你們的。畢竟一個學玉雕的，就是靠手吃飯，這樣等於毀了她。」顧時安看見劉娟將劉郎中請來，便站起身告辭，對劉琦說道：「你好好養傷，我就不叨擾你們了。至於我說的話，你們好好想一想。」

馮氏早就想好了。叫劉娟吹吹枕邊風，請趙老爺收拾白家，讓他們一家子在清水鎮活不下去。

劉琦一直沈默著，盯著自己鮮血淋漓的手，不知道在想什麼。

「傷得很嚴重，你是怎麼弄的？中指骨頭斷裂，手筋也斷掉，你這手指估計殘廢了。」劉郎中看了一眼血肉模糊的手，將劉琦的傷口清理乾淨，續骨、上藥。

劉琦眼睛通紅，充滿恨意。

想到顧時安的話，劉琦眼底露出凶光。毀了她，是一個不錯的主意。

白薇那賤人廢了劉琦的手。怒火瞬間燒紅了馮氏的眼睛。

劉娟將劉郎中送走，一進屋就被馮氏拉著手哭訴。

「娟兒啊，妳弟的手被白薇廢了。妳去和趙老爺說，讓他找人打斷白孟和白離的手腳，把他們一家子趕出清水鎮。白薇這不要臉的下賤貨，她不是喜歡勾引男人嗎？就把她賣到窯子裡去，讓男人弄死她。」馮氏心裡恨啊，恨不得白薇去死，又不想她死得太便宜。

劉琦聽說讓劉娟找趙老爺幫忙，醒過神來，連忙阻止。「娘，別去找姊夫。這點小事就找他幫忙，會讓他心煩。等姊進了趙家後，再讓姊夫找白家算帳。」

都說喜歡嫖的人，也就免不了去賭。

趙老爺喜歡女人，尤其愛年輕水嫩又漂亮的女人，可他偏偏不愛賭，甚至說得上厭惡。如果趙老爺知道前因後果，是他設圈套引白離去賭，才被白薇找麻煩，就怕不肯幫忙，還會厭煩劉娟。

馮氏沈著臉，不肯甘休！

劉琦問劉娟。「妳知道趙老爺找人雕玉觀音的事嗎？」

劉娟點了點頭。「老夫人信佛，她八十大壽，趙老爺特地買了一塊玉料請人雕佛像。之前一直沒有找到中意的人，前不久說是相中了一個玉匠，手藝很不錯，聽說是姓謝。」

劉琦確定有這回事，心裡有了主意，又隨口問：「姊，趙老爺啥時候接妳去鎮上？」

「就這個月。」劉娟臉上露出甜蜜的笑，趙老爺打算在老夫人壽辰前，接她進趙家的門。她勸馮氏道：「娘，妳先忍著別去白家鬧，免得讓趙老爺對我不滿。等我進了趙家的門，一定給弟弟報仇。」

有了準話，馮氏喜不自禁。「我知道輕重。」

就讓白薇再多活幾天。

劉家在村邊，村裡的菜地大多在劉家門前那一片，白家有一畝地就在那兒。

那日白薇教白啟複編草鞋後，就揹著竹簍出門，蹲在菜地裡剝爛菜葉，打算撿回去餵她買來的兩隻母雞。江氏不捨得殺了吃，打算養著下蛋。結果遠遠地，看見顧時安從劉家出來，白薇紅唇上揚，露出一抹冷笑，確定是顧時安故意利用劉琦對付白離。

她打傷劉琦，這麼好的機會，顧時安又怎麼會放過呢？

果然，接下來兩天，她看見劉琦在謝氏玉器鋪子門口徘徊，像是在觀察什麼，之後再未出現過。

白薇並不在意，專心雕刻玉觀音，不輕易走出鋪子。

趙老夫人壽辰前幾天，白薇總算將玉觀音雕刻出來，只差最後的拋光一道工序。

一般拋光有專門的拋光師，不過白薇喜歡自己親力親為，她的作品都是自己拋光。

她拿著玉觀音放在乾葫蘆製成的砣具和極細膩的解玉砂漿間，對玉器拋光。

謝玉琢哼著小曲推門進來，看見白薇正在做最後一道工序，驚喜地問道：「已經雕刻好了？」他激動地湊到玉觀音前細細端詳。

觀音大士靜靜地站立在蓮花臺上，神態寧靜安詳，神聖莊嚴。左手持玉淨瓶，右手持柳枝，似有點點水珠滾滾而下，透著無量慈悲。寬袍大袖，衣紋從寬到狹窄，最終逐漸消失，呈現出自然、瀟灑、無拘無束，頗有種仙風道骨之感，隨風飄搖。

每一處的紋理都雕刻得十分精細，線條流暢，層次分明，節奏強烈。無可挑剔。

謝玉琢面露驚嘆，他以往只注重面部神韻，繼而疏忽其他，難怪他技藝不精。白薇雕刻的觀音神態絕佳，連手裡柳枝灑落的甘露水都十分鮮活。毫無疑問，這種「活」才是玉雕的靈魂。

「高，妳真是個高人。」謝玉琢仔仔細細看了幾回，都挑不出任何的瑕疵，心口火熱。

白薇「嗯」一聲，繼續埋首抛光。

「這單生意做成了，我和妳商量一件事。」他想帶著白薇一起幹。

謝玉琢激動地搓著手，在屋子裡疾走幾圈，才稍稍平復下來。

「明天初一，妳大哥進書院，妳要回去一趟嗎?可有準備好送他的賀禮？」謝玉琢想起重要的事情，但說話不忘壓低聲音，就怕驚著白薇，磕碰壞了玉觀音。他極度不滿地道：「趙老爺今日宴請鎮上有頭有臉的人，我知道他手裡有塊好墨，特地厚著臉皮上門去求來，想送給妳大哥，結果他不捨得給就算了，竟還當著我的面贈給顧時安。」

白薇手一頓，眼睛微瞇。

「幸好顧時安有點良心，知道我是要送給白孟，他就轉贈給我了。」謝玉琢提到這個，情緒更加激動。「妳說說，白孟腦子是被驢給踢了嗎？他若自個兒唸書考上個舉人，誰不客客氣氣對他？當年他和顧時安在書院都是高先生的得意門生，但高先生更看重妳大哥。如果不是妳爹出事，哪裡有顧時安的事？妳是沒有看見，趙老爺對顧時安那個態度，簡直就像對親兒子，要供顧時安考中進士為止似的。」謝玉琢咂嘴，心裡羨慕不已。「舉人啊，咱們縣城好多年沒有出過舉人了。」所以顧時安中舉，才會這麼風光。

白薇問他。「你和顧時安很熟嗎？」

「我和妳大哥、顧時安在一個書院唸書的，住一個號舍。不過我和妳大哥的關係更好，和他關係平平。」白孟落榜不再唸書，而謝玉琢自知不是讀書的材料，便回家繼承祖業。「那天上妳家找妳，回去的時候遇見他，閒聊了幾句，他問起妳的事情。我按照妳叮囑我的說辭告訴他，說妳是我的徒弟，跟著我學手藝。真搞不懂妳，有這麼好的手藝，妳為啥要藏著掖著？」謝玉琢倒是很高興，畢竟沒有人知道白薇的手藝，就沒人跟他搶。

「你還和他說了什麼？」

「他問起玉器鋪子經營得如何，我當時嘴快，告訴他在趙老爺那兒接了個活。」謝玉琢意識到不對勁，警惕地盯著白薇。「妳突然問他幹啥？該不會還對他舊情難忘吧？我告訴妳啊，妳現在可是有夫之婦。」

白薇冷笑一聲。「我和他只有恩怨。問清楚只是要提醒你，待會兒請他上門吃個飯，將墨還給他，免得欠他一個恩情，今後他挾恩圖報，讓你為難我怎麼辦？」

謝玉琢狐疑地瞅了白薇好幾眼，想著白薇和顧時安的恩怨，有幾分不確定。

「好，我這就去請他過來。」謝玉琢應下來，心裡卻想看看白薇有什麼圖謀。她要是敢做出對不起沈遇的事情，他就、他就告訴沈遇，讓沈遇收拾她！

謝玉琢去得快，顧時安還未回村，在謝玉琢熱情的邀請下，請顧時安上門做客。

顧時安看了一眼玉器鋪子，不見白薇的人影。

謝玉琢裝作沒有看見他的眼神，挑出一塊玉珮給顧時安，熱忱地道：「顧兄，感謝你將墨讓給我。但我這人不愛占人便宜，你將玉珮收下，我這心裡才踏實。」

顧時安看著桌子上的玉珮，沈默了半晌，問他。「你那尊玉觀音雕好了？」

「今日剛剛完工。」謝玉琢打著哈欠，一副很疲倦的模樣。

顧時安飲完一杯茶後，笑容溫潤地道：「謝兄累了便好好休息一下，明日還要將玉觀音送去趙府，我就不叨擾了。」

謝玉琢歉疚道：「下回再請顧兄喝一杯。」拿著桌子上的玉珮，塞進顧時安手裡。

顧時安沒有推卻，收下玉珮離開了。

謝玉琢疑惑地想著，白薇從一開始就沒有露面，難道真的是不想他欠顧時安的人情？他撓了撓後腦勺，轉身看見白薇毫無聲息地站在門口，驀地嚇一大跳。

「完成了。」白薇邀請謝玉琢去家裡做客，態度難得溫和。「咱買點酒菜上我家去，慶祝玉觀音如期完成，再慶祝我哥去書院唸書？」

「行啊！」謝玉琢匆匆去後院。「妳等我一下。」

他把玉觀音裝箱，將工棚上鎖，然後揣上墨，關了鋪門，和白薇一起回石屏村。

月上中天，鎮上街道冷清，不見一個行人。

片刻後，小巷中走出幾個人，其中兩人肩膀上扛著六、七尺長的竹梯，將之架在一間院子的外牆上。牆壁恰好是六、七尺高，竹梯正適合。

劉琦對另外兩人說道：「你們快點進去找，我在外面給你們望風。」

另外兩人點頭，動作索利地爬上牆壁，又將竹梯搬著放在內牆，爬下去。

劉琦雖不是第一次幹偷雞摸狗的事，心裡仍然很緊張。

不知道過去多久，牆內傳出窸窸窣窣的聲音，劉琦抬頭望去，看見一個人單肩扛著箱子坐在牆頭。很快地，兩個人爬了下來。

劉琦打開箱子，就著月光，看見裡面的玉觀音散發出溫潤澄澈的光澤。

白薇準備小露一手。

打一壺好酒，買一些滷味，兩斤豬肉、一斤羊肉、一小瓶香油。

謝玉琢租了一輛牛車，兩人一同回石屏村。

江氏從地裡回家，看見白薇和謝玉琢回來，高興地說道：「妳今兒回來，怎麼不告訴妳爹？家裡啥都沒有準備呢！」

「我是臨時決定的。」白薇接過江氏肩膀上的鋤頭，扛在肩上。

「伯母，今兒我上門叨擾了。」謝玉琢穿著月白色長衫，他長得白淨，長衫襯得他清俊秀逸，臉上笑容又極燦爛，很討長輩喜歡。他嘴甜地道：「薇妹說您做的菜好吃，我饞了很久，好說歹說，她才肯帶我來嚐您的手藝呢！」他將備來的禮物遞給江氏，摸一摸肚子。「我午飯沒吃，特地空著肚子來過足癮。」

「來就來，帶啥東西？多破費啊！」江氏被哄得心花怒放，她本來就感激謝玉琢，眼下更是喜歡他了。「謝師父，您啥時候想吃了就來我家，只要不嫌棄是些粗茶淡飯。」

「伯母，我和白孟是同窗，您喊我小謝就好。」謝玉琢三言兩語，讓江氏一口一個小謝，別將他當作外人。

白薇望著江氏，她頭髮灰白，滄桑的面容布滿皺紋，眼睛不大好，在陽光下瞇著眼睛。謝玉琢不知道說了句什麼話，讓她笑得合不攏嘴。

白薇將滷味裝盤，打算做蘿蔔塊燉五花肉、羊肉大蔥餡餃子。

她去地裡拔大蔥，看見劉琦坐在牛車上，往鎮上而去。

劉琦之前守在謝氏玉器鋪子門前，她還以為是顧時安煽動劉琦對她動手。

因為正好要雕刻玉觀音，她不輕易出門。

今日邀請謝玉琢回來，有兩個目的——

其一，擔心劉琦讓人盯著她，找人埋伏。她雖然能打，但身邊有個男人要好許多。

其二，她讓謝玉琢請顧時安上門，原來是另有打算，卻意外地聽見顧時安問起玉觀音的事情，因此她今天特地引開謝玉琢。如果他們的目的是玉觀音，一定會在今晚動手。

白薇心裡一直沒底兒，回來的路上沒有遭遇埋伏，她就在猜疑，他們打的是玉觀音的主意。

在白薇眼中，顧時安和劉琦是一夥的，沆瀣一氣。

將大蔥送回家後，白薇對江氏說道：「娘，今晚妳招待謝玉琢。我請人做了金剛刀，今日要交貨，我將這事給忘了，得趕回去，免得讓人等久了。」

「妳趕緊去。」江氏問：「今天還回來嗎？」

「太晚了，我明天回來。」白薇揮了揮手，讓江氏不要送。

她前腳剛走，沈遇後腳就拎著一隻兔子回來。

「你上哪兒捉來一隻兔子？薇薇從小喜歡毛茸茸的東西，她肯定會很高興的。」江氏端著一盆髒水潑在院子裡的一棵棗樹下，提了一句。「她剛剛去鎮上。」

沈遇將兔子放在廚房。「這麼晚還去鎮上？」

江氏嘆氣。「說是找人做啥金剛刀，今兒要給她，她得趕去拿貨。」

沈遇洗手的動作一頓，金剛刀是他找人做的。

白薇在撒謊。

「我去看看。」沈遇匆匆洗乾淨手後，大步去追白薇。

第五章

白薇不知道沈遇跟著她，疾步趕去玉器鋪子。

她並不完全確定劉琦會打玉觀音的主意，因此特地在鋪子旁邊的客棧要了間正對鋪子後院的房間。

打開一扇窗，白薇搬了一張椅子坐在窗前，盯著鋪子的動靜。守株待兔。

她等得快睡著了，又餓又睏，聽見更伕敲了兩聲。二更天。

白薇困頓地打了個哈欠，懷疑她是不是猜錯了？

這時，她瞥見一道黑影坐在鋪子的院牆上，她倏地站起來，隱在黑暗中，目睹兩團黑影爬進院子裡。

她立即走出客棧，卻看見一個人坐在臺階上，背靠柱子。白薇腳步一頓，從他熟悉的側臉辨認出是沈遇。「你怎麼在這裡？」白薇很驚訝。

沈遇正閉眼養神，聽見白薇的聲音，驀地睜開眼睛。黢黑的眼睛在清冷月光的折射下，彷彿有光影流動，格外的懾人。

他時刻保持著警醒，因此雙眼清明，並無一絲睡意。

側目望來的剎那，白薇的心口跳動了一下，拇指不禁刮著掌心。

「等妳。」

他嗓音沙啞低沈，讓白薇覺得耳朵發癢。或許是因為夜色朦朧，這兩個字顯得曖昧不清。可他的神情卻一本正經，彷彿說的是格外正常的一件事。

白薇撇開頭，不去看他。「我現在有點事，你在這兒等我。」說完就匆匆往鋪子跑去，在轉角的地方，後背貼著牆壁，微微探頭去看。

劉琦將箱子打開，盯著裡面的一尊玉觀音，伸手摸一下，手感光滑。「這玉觀音真不錯，可惜不能賣錢。」他倒是想賣，就怕被趙老爺查出來。

石頭搓著手。「劉兄，這玩意兒值不少錢吧？小弟去客棧給你開一間房歇著，明兒找個主顧脫手？」

「這是趙老爺的東西，我哪有那個膽子去賣。」劉琦拍開石頭的手。「我湊合著和你倆擠一晚，天亮回村去。」

石頭驚訝道：「你要把東西帶回村？趙老爺明天不是去你家接你姊嗎？」

「你別管那麼多。」

白薇從聲音聽出是劉琦，她看見沈遇面色嚴肅，準備過去將劉琦捉住，連忙拉住他的袖子，以至於忽略了石頭話裡透露的訊息。「別去，我有別的打算。」白薇擔心被劉琦聽見，拽著沈遇胸口的衣裳，將他的身子拉低，踮起腳尖，湊到他的耳邊，低聲耳語。

她整個人幾乎要貼在沈遇懷中，溫熱的鼻息噴在他耳畔，所及之處的皮膚上冒出一片細小的疙瘩。沈遇緊繃著身體，一動也不敢動，雙手握成拳頭，才克制住將她推開的動作。

「你幫我盯著劉琦，千萬別讓他發現你。我現在回村，先去準備，這裡交給你了。」

白薇略微思索一下，從劉琦的話裡隱約知道了他的打算。

既然不想毀了，又不敢賣，那他偷走是打算給她製造麻煩？

不過她在顧時安眼中只是個學徒，主要責任應該是在謝玉琢身……忽而，她腦中閃過一道靈光——劉琦打算栽贓她？

她是謝玉琢的徒弟，有這個機會偷走玉觀音。

趙老爺很看重玉觀音，若發現是她偷走的，一定會大發雷霆。

她身上有沐浴後清爽的草木香，不斷往他鼻子裡鑽，沈遇的思緒被她的氣息牽引，一時有些遲鈍。反應過來的時候，白薇已經快步離開了。

沈遇皺緊眉頭，白薇是第一個離他那麼近的女人，而且他似乎並不太排斥。

月光在他臉上染上一層寒霜，沈遇目光凌厲地望向劉琦，緊跟而去。

天一亮，劉琦租了一輛牛車回村子。

他拿著麻袋套住箱子，左手拎著，直接去了顧時安家，打算把東西放在顧時安那裡，他再去找白離，哄著白離把玉觀音帶回白家。等趙老爺來接他姊的時候，差不多知道玉觀音被偷，他直接告狀，讓趙老爺去白薇家裡搜。

劉琦一大早上門，手裡又提著一個麻袋，顧時安心裡驀地有不好的預感，還沒有開口說話，劉琦已經進屋，將東西擱在桌子邊，正單手倒水喝。

「顧兒，我先把東西放你這兒，待會兒讓白離過來拿走。」

顧時安連忙將門關上，心裡惱怒，暗罵劉琦是頭蠢豬。不把東西給砸碎毀掉，竟還帶來他家裡？事情如果鬧起來，他也會惹火上身。「我有事要出去一趟，你把東西帶走……」

顧時安話還沒有說完，門外突然傳來里正的聲音。

「顧舉人，你在家嗎？」

顧時安的面色驟然一變。

劉琦心裡打鼓，睜大眼睛看著顧時安：里正來你這兒幹啥？

顧時安沈著臉，讓劉琦藏裡屋去。

劉琦拎著麻袋去往裡屋，他趴在門縫上，看見顧時安拉開門，里正帶著村裡幾個青年站在門口。

里正看著氣質溫潤、風度翩翩的顧時安，詢問道：「時安，聽說你昨日去了謝氏玉器鋪子？」

顧時安袖中的手指收緊，但面色不變地道：「里正，有什麼事情嗎？」

里正想到來這裡的目的，神色不甚自然。「白薇剛才和我說，那玉器鋪子丟了一尊玉觀音，因為你昨兒去那裡坐了一陣子，又問起店家玉觀音的事情，她說這玉觀音的事除了店家和她還有主顧知道外，其他人都不知道，所以她託我上門問一問，你可知道這玉觀音的下落？」

里正說得很含蓄，只差挑明了問顧時安：白薇讓我問你，你將玉觀音偷放在哪裡？

顧時安臉上的笑容僵住了，劉琦現在就帶著玉觀音在他家裡。

若被搜出來，他休想撇清。

「我與店家交好，只是在鋪子裡小坐一會兒，閒聊的時候隨口問一句罷了，並未見過玉觀音。」顧時安覺得很難堪，他克制住憤怒，眼中透著失望和無奈。「以我今時今日的身分，沒有必要為了這玉觀音而自毀前程。」他偷竊一旦查出來，被告上公堂，留有案底，將不能再參加科舉，他不會因小失大。

里正哪裡不知道這個道理？可是白薇咬定是顧時安偷的，他不想理會，白薇就坐在他家門口不肯走，還告訴村民他怕顧時安，才不敢為她討公道，簡直胡鬧！

里正被逼到這個分上，他不想丟了名聲，讓村民說他畏懼強權，才來做做樣子。「白薇起誓，若沒有在你家找到玉觀音，是她冤枉你的，她願意跪在祠堂，接受族法懲罰。」里正訕訕地說道：「時安，你別往心裡去，我就是讓人隨意看一看。」

顧時安沒有動，里正不能強硬地叫人衝進去搜，將顧時安給得罪了，於是進退兩難。

劉琦心慌意亂，沒有想到里正是為了玉觀音而來。見兩人在門口僵持，他慌張地提著玉觀音準備從後門離開，就看見白薇帶著兩個青年從小路上過來。

他眼中流露出懼意，讓白薇逮著是他偷的，趙老爺不會讓他好過的。巨大的恐慌將他籠罩，劉琦的心臟撲通撲通跳動，渾身發抖。害怕到極致，一時惡向膽邊生，他咬緊牙關，目光猙獰。

是白薇將他逼到這個分上的，要死就一起死！

他將麻袋放在地上，打開箱子，拿出玉觀音，狠狠往地上撞去。玉觀音頭部瞬間磕破一塊，布滿裂紋。

劉琦心裡痛快，觀音碎了，他看白薇怎麼交差。

他將玉觀音塞回木箱裡，從後門偷偷溜進一旁的茅廁裡躲起來。

白薇正好帶著人從轉角走出來，望著緊閉的後門，讓兩個青年在門口守著。

「別讓人帶著東西逃了。」

「放心吧，有我們兄弟倆守著。」白金寶和白金玉壓根兒不相信顧時安會偷白薇的東西，心裡挺可憐顧時安的，竟攤上白薇這胡攪蠻纏的女人。他們是聽里正的吩咐過來的，順帶看笑話。

白薇像是不知道兄弟倆心中的想法般，她掃了一眼茅廁，嘴角微微上翹。早就發現劉琦帶著東西要逃跑了，或許是看見她帶人過來，又將東西放回顧時安家裡。

他如果將東西帶著逃跑，她就立即將人捉住。反正是從顧時安家裡出來的，她的目的已經達成。

既然劉琦自己跑了，白薇就裝作沒有看見他。

她繞到前門，里正站在門口，顧時安堵著門，不放人進去。

鄉鄰聽到風聲，人漸漸多了起來，遠遠地看熱鬧。

「顧時安，你真的沒有偷我的玉觀音，幹啥不敢讓里正進去搜？我看你是心裡有鬼！」

白薇冷笑一聲，譏誚道：「身正不怕影子斜，舉人老爺在怕什麼？」

隨著圍觀的人越來越多，顧時安心裡極焦躁，臉色顯得很難看。但他不受白薇激將，看著自己的左手，眉眼冷峻。「薇妹，我以為這條手臂和五十兩銀子，已經將我們的恩怨一筆勾銷。現在看來，妳對我仍是心存怨懟，是想要斷了我的仕途，才肯甘休嗎？」

「那都是老黃曆，早已經翻篇了。顧時安，我現在就問你，敢不敢讓我進去搜？」白薇掃了一圈眾人，目光落在顧時安隱忍的面孔上，勾唇道：「還是你覺得里正不夠資格搜你的屋子？這樣的話，那我只好請人寫狀子，狀告衙門，讓官差來搜。」頓了頓，又加了一句。「如果你不怕丟臉，讓縣城的人都知道咱們顧舉人是竊賊，我是不嫌麻煩。」眼中滿是涼意

「馬上要春闈了，我不想再被你們鬧得分心。」顧時安再能隱忍，面對咄咄逼人的白薇，也忍無可忍。「白薇，如果妳冤枉我，你們白家就從石屏村搬走，離開清水鎮。」

村民們都十分同情顧時安，覺得白薇這女人太惡毒，要毀了顧時安的仕途，因此並不覺得顧時安提出讓白薇一家搬走的要求很過分。

「我也不希望是你，堂堂舉人是竊賊，丟的可是咱們縣的臉。」白薇懶得和他廢話，上前推開他，在屋子裡搜。

顧時安被推得往後退幾步，靠在門板上，緊緊握著拳頭，眼裡一片陰鷙。

他看著白薇搜找的身影，嘴角彎出冷笑。他聽見了劉琦離開的動靜，才會退讓的，只管等著看白薇把自己給作死！

幾個青年也跟著一起進屋去搜。

有的鄉鄰看不下去，勸顧時安別和白薇這瘋婆娘一般見識。

顧時安反過來安慰他們，嘆氣道：「是我辜負她，她做的任何事情，我都願意承受。我是縣城九年來唯一的舉人，被寄予厚望，實在不敢分心，名落孫山讓你們失望，這才提出讓她一家搬出去，希望她能適可而止。現在看來……」他搖了搖頭，對白薇很失望。

鄉鄰聞言，對白薇更加氣憤了，巴不得白家離開石屏村，別再禍害顧時安。

不一會兒，一個青年從裡屋出來，臉色有些不對，在里正耳邊說了一句話。

里正臉色大變，看著顧時安的眼神就變了。

顧時安心一沈，來不及應對，就見白薇拿著摔壞的玉觀音出來，氣得眼睛通紅。

「顧時安！你還有什麼話說？」白薇滿面憤怒，將玉觀音放在桌子上，讓大夥看得清楚明白。「好一個舉人！幹出這種偷雞摸狗之事的舉人，全天下也只有你這麼一個！」

顧時安看到被損毀的玉觀音，腦子一片空白。他以為劉琦將東西帶走了，沒有想到劉琦居然把東西留下，栽贓給他？

白薇看見顧時安眼中閃過震驚，隨即臉色陰沈，冷笑道：「這一次打算說是誰把東西放在你家的？」

顧時安緊抿著嘴角，心中焦躁。「這玉觀音的確是劉琦放在我家裡的。」他並不愚蠢，這個時候哪還不知道白薇是故意陷害他？哪裡有這麼巧的事情，劉琦一來，里正緊接著就到了？

白薇從鎮上回來的時候，一直在村子口的祠堂裡蹲守。從劉琦一進村，她就盯著他，看他要去哪裡。若劉琦一開始就將東西藏到她家裡，她會把東西搜出來，放在顧時安這裡。

結果，劉琦竟直接藏來顧時安家，正中她下懷。

「這和劉琦有什麼關係？因為我弄傷他的手，他想報復我嗎？」白薇冷嘲道：「劉琦根本就沒有去過玉器鋪子，他怎麼偷？再說，若是他偷的，為什麼要放在你家裡？」

從一開始白薇弄傷劉琦的時候，就開始算計顧時安了。

要揭開他的真面目，弄臭他愛惜的名聲。

之後在謝玉琢那裡聽見顧時安問起玉觀音的事情，白薇就有了一個主意。讓謝玉琢請顧時安來鋪子，為的就是事情揭發時，顧時安有去過鋪子的證據，無法洗清嫌疑。

不等她動手，顧時安和劉琦就按照她構想的計劃行事。

顧時安的臉色很難看。

鄉鄰也覺得不對勁，懷疑的眼神紛紛看向顧時安。

「放你娘的屁！琦兒雖然遊手好閒，可他沒幹過偷雞摸狗的事。這些天他老老實實在家養傷，根本沒有去過鎮上，怎麼偷這玉觀音？」馮氏等到趙老爺到家裡後，想來請里正去一趟的，正好聽見顧時安和白薇的話，肺都要氣炸了。「琦兒受傷，你假惺惺來看他，說白薇在給人當徒弟，學啥玉雕，唆使琦兒打斷白薇的手，毀了她這輩子。昨天下午還上我家，說啥白薇他們把玉觀音刻好了，今天要給趙老爺送過去，以後白薇一家子巴著趙老爺就發達了。你想讓琦兒去搞破壞，琦兒又不傻，哪會給你當槍使？

「怎麼，你做了賊被捉住，就把屎盆子扣在我兒子頭上啊？你的心怎麼那麼黑！」馮氏特別護短，之前要巴結顧時安所以對他客客氣氣，今兒一見顧時安潑劉琦髒水，立即翻臉不認人。為了撇清劉琦，她也顧不上是不是在為白薇說話了。「我就奇了怪了，白薇怎麼會擱著你這舉人不要，跟著個窮酸貨？根本是你嫌她是個村姑，配不上你這個舉人，才往她身上潑髒水，說她和沈遇搞在一起吧？」

顧時安的臉色青白交錯，怒氣填胸。他從未唆使過劉琦對付白薇，只是言語暗示。

昨日告訴劉琦，謝玉琢與白薇將玉觀音雕刻出來了，念在趙老爺那一層身分，或許可以做個和事佬，讓他們握手言和。劉琦問過他幾次有關玉觀音的事情，他隱約知道劉琦在謀算什麼，才會給劉琦透露這個訊息。

不料馮氏顛倒黑白，竟說是他懷恨在心，煽動劉琦報復白薇。

「妳胡說！我從未教唆劉琦對付白薇，一直在勸你們和好……」

馮氏冷笑一聲，打斷他。「我就問你，有沒有說過打斷白薇的手，毀了她一輩子？」

顧時安臉色陰沈，十分難看。馮氏太難纏了，斷章取義。

「我再問你，你有沒有說過白薇他們的玉觀音雕刻好了，今天要給趙老爺送去？」

顧時安緊緊握著拳頭，想要辯解，卻無從辯解起。

他若將話原原本本說出來，玉觀音又是在他家裡搜出來，稍微有點腦子的，也會揣測他別有用心。顧時安心裡恨極了劉琦！這個蠢豬是故意將東西偷來他家裡，讓他揹黑鍋的？

馮氏生著一張俐嘴，村民本來不太相信，可看顧時安被堵得啞口無言，擺明了是有這麼一回事啊！村民的眼神頓時就變了。

有人嘀咕道：「老白家本來就是老實人，收養顧時安的時候他才多大啊？哪裡知道他是不是讀書的材料？白孟讀書比顧時安還要好，是因為老白出事才榜上無名，高先生也覺得很可惜。白孟當初不唸書時，高先生都來家裡勸呢！村裡有不少人勸白啟複，說他家困難，先供白孟，顧時安已是秀才，可以開個私塾，周轉一下家中落魄的情況，結果老白沒猶豫就給拒絕了。若真的貪那點銀子，就不會供顧時安繼續唸書，這裡面會不會……」

「你這一說我倒想起來了，顧時安那會兒提出要娶白薇，卻說是中舉後再成親，別是怕老白不供他，才故意要娶白薇吧？現在中舉了……」後面的話沒有說，反而更讓人浮想聯翩。

現在中舉了，顧時安嫌棄白薇配不上他，所以故意往白薇身上潑髒水？

他們之前是恨白家破壞他們的利益，才惡意揣測，敗壞白薇的名聲。

顧時安痛苦地說道：「我也想讓白兄唸書，但他說自己不一定能考上秀才，那樣會白白浪費幾年，所以等我考上舉人再說。以他的才華，我自然相信他的成就不會低於我，又如何會覺得白薇配不上我？她活過來，我比誰都開心。因為認為自己辜負她，之前給她救命的幾十兩銀子不需要她還，還另給五十兩，可她卻覺得少了。」望著自己的斷手，神色越發苦澀。

村民愣住了，白薇嫌銀子少才打斷他的手？不是因為忘恩負義嗎？

一時間，村民搖擺不定，不知道誰說的是實話。

白薇看著顧時安舌粲蓮花，冷笑一聲。「那五十兩銀子，我和爹娘沒看見半個銅板。」

顧時安氣怒道：「我給白離了！」

白離目光閃躲，支支吾吾地道：「你讓劉琦騙走了。」

顧時安錯愕地看向白離，完全沒有想到白離會說這種話。

劉琦從人群裡走出來。「沒錯，是顧時安給我銀子，讓我把白離的銀子給騙走，因為他恨白薇打斷他的手。」堵在後門的青年已經到前面來看熱鬧，劉琦本準備溜走，看見風向全都轉向顧時安，心思一轉，打算誣賴上顧時安。仔細一想，顧時安真的別有用心，是他自己蠢，上了顧時安的當。「我騙走白離的銀子，所以白薇打斷我的手，顧時安讓我以牙還牙，報復白薇。」劉琦冷靜下來後，害怕得不行。玉觀音弄壞了，若揪出是他，殺了他也賠不起，還會害了劉娟。

顧時安又驚又怒。「劉琦，我沒有得罪過你，你何必害我？我從來沒有叫你報復白薇。真相如何，全憑一張嘴，我拿不出證據證明自己的清白。這玉觀音是你今天一早放在我家……」

「顧舉人，我是潑皮無賴，在村裡人嫌狗憎的，你怎麼會讓我進你的屋子？我家窮，哪裡拿得出玉觀音？你看見了都不起疑嗎？還是要包庇我？」劉琦一臉無賴相。

顧時安被噎住。

這個時候，謝玉琢、白孟、沈遇和趙老爺一起過來了。

謝玉琢和白孟本打算去鎮上的，在村口看見趙老爺的馬車，又聽見村民說顧時安偷了白薇的玉觀音，在屋子裡搜出來了，立即想起顧時安問他玉觀音的事情。於是謝玉琢拉著白孟去劉家，喊上趙老爺一塊兒過來。

他一來，看見桌子上磕壞的觀音，都快要哭出來了。「顧時安！咱倆是同窗，這麼多年的交情，你偷我的觀音，對得起我嗎？昨兒個你來我家鋪子，我還贈你一塊玉珮！我就說呢，你怎麼會這麼好心將瑞墨讓給我，原來是早就惦記著我家的觀音。」

顧時安頭昏腦脹，又急又氣。「謝玉琢，我們這麼多年的友人，你不知道我的為人嗎？我如何會偷你的玉觀音，自毀前程？」

「我知道你的心眼比蜂窩還多，真幹出啥事，一點都不意外。」謝玉琢瞪了顧時安一眼，十分氣憤地對趙老爺說：「您看見了，觀音昨天就刻出來了，卻被顧時安偷走，在他家搜出來，現在已經摔壞了，大部分責任在他。」

趙老爺身材高大，四十出頭，蓄著山羊鬍子，儒雅風流。他環顧四周後，精銳的目光落在顧時安身上。「究竟怎麼一回事？」

里正將來龍去脈告訴趙老爺，最後說道：「玉觀音剛剛在顧舉人家中找出來了。」

趙老爺疑惑道：「謝玉琢，你在鋪子裡，有人進門偷你都不知道？」

謝玉琢忙道：「今天白孟去書院，我和白薇一起給他慶祝，昨兒喝高了，在白家留宿一晚，哪裡知道會出這種事情？」

趙老爺皺緊眉頭，沈吟道：「我與顧舉人相識雖短，但他談吐不凡，是個正人君子，不會做出這種事情。這裡面會不會有誤會？」在趙老爺心中，讀書人很高雅，十分有氣節，視金錢如糞土，哪裡會偷盜財物？何況顧時安是舉人，被抓住這輩子都毀了，不像這麼沒有眼見的人。至於報復白薇？更是可笑！

「趙老爺，您願意相信我，時安銘感五內。」顧時安十分激動。「人言可畏，如利劍可傷人。今日所受的一切，我無法為自己辯解。吃一塹，長一智，今後定不會多發善心，當明哲保身，不再讓居心叵測的人誣陷。」今日所發生的事情，顧時安歸結為對他的誣陷。

他忍辱負重。

一直沈默的沈遇，看著虛偽至極的顧時安，抿緊唇角。看見一個壯漢帶著一個瘦小的郎中過來後，他站出來道：「趙老爺，敢問你何謂君子？何謂小人？」

趙老爺失笑道：「這些我不懂，從顧小姪的談吐和品行，我敢說他不是小人。若是一個小人，他的未婚妻溺水病危，也不會向縣太爺借銀兩，欠下縣太爺的大恩情，只為救未婚妻，甚至提出沖喜，耽誤自己的前程。若這都不算是有擔當的君子，那麼，我不知什麼樣的品德，才算君子。」正因為如此，趙老爺深信不疑，這玉觀音一事恐怕是有隱情。

沈遇點了點頭。「顧舉人為救前未婚妻，重金請了鎮上醫術高明的郎中為她治病。」一招手，壯漢帶著郎中出來。

顧時安看見郎中時，臉色煞白。

「很不巧，我當時身受重傷被白兄所救，這位郎中也為我醫治，並診斷出我重傷不治。這個時候，顧舉人提出要給前未婚妻沖喜，白父和白母不願意拖累他，便將兩人的婚約解除。我與白薇男未婚、女未嫁，若是亡故了，只能做孤墳，因此他們想到了顧舉人提的建議，讓我兩人成婚沖喜。若是病好，最好不過；若是好不了，也能葬進祖墳，一舉兩得。」

沈遇昨晚盯住劉琦，聽見他的計劃，得知劉琦打算把玉觀音放在顧時安家中。他隱約猜到白薇的計劃，便讓鏢局的兄弟將這郎中逮回來，說不定能派上用場。

趙老爺心中疑惑。

這時，劉郎中從人群裡走出來，指著郎中大罵。「原來是你這個庸醫啊！沈遇只是失血昏迷罷了，你卻說他重傷不治，白白耽誤好幾天，讓他差點真的沒命了。」

趙老爺的目光沈了下來，別人不知道，他卻是認得那鎮上郎中，一個招搖撞騙的庸醫。

「我、我、我……」鎮上郎中想要辯解，看著沈遇冰冷的目光，頓時噤口。

之前還能說顧時安不懂，被郎中騙了。偏偏沈遇被診出重傷不治後，顧時安才提出沖喜，這就讓人不得不懷疑顧時安的用意了。再昏庸的郎中，失血過多而昏迷也能診斷出來。

「你來說，怎麼一回事？」趙老爺沈聲問道。

郎中顫顫發抖，哆嗦地將一包銀子拿出來，顫聲說道：「顧舉人請我給白姑娘治病，吊著她一口氣。白大公子救了一個傷患過來，顧舉人給我一包銀子，讓我說治不好。不、不過，白姑娘那時候，是真的快不行了。」

郎中的話給了顧時安致命一擊。

村民們震驚了，居然還有這樣的隱情。

白家是老實人，早就把顧時安當作親生的看待，怎麼會拖累顧時安？若沈遇和白薇都治不活，有良心的人或是聰明人，都會讓沈遇和白薇成婚互相沖喜，這樣顧時安還會記著白家的恩情。

可這一切若都是出自顧時安的算計，那就太可怕了。

村民之前如果還高興著村子裡出了個舉人，能讓他們占便宜，現在卻是一點都不這麼覺得了。白家對他有那麼大的恩情，他都無情無義了，何況是他們這些曾笑話過他的人呢？只怕也記著一筆帳等著算吧？這樣一想，村民都覺得有一股寒氣往外冒，恐怖得慌。

沒有人再懷疑這事的真實性了。

白孟衝上前，給了顧時安一拳，砸在他的鼻梁上，鼻子裡立即流出兩管鮮血。知道顧時安推白薇摔進井裡時，白孟就想這麼幹了。他抓著顧時安，一拳拳打在顧時安肚腹，然後一手肘擊他後背，將他打倒在地上，再狠狠踹上兩腳。

顧時安的左手又被踢斷了，整個人蜷縮在地上，滿臉痛苦。

趙老爺搖了搖頭，沒有想到自己看走眼了，對顧時安很失望。這才相信顧時安是記恨白薇，才偷了玉觀音。

謝玉琢慣會察言觀色，立即道：「趙老爺……」

「東西雖然是顧……顧時安偷的，但你也推卸不了責任。那塊原石價值不低，你付一半的責任，也該賠二千兩。」趙老爺顯露商人本色，半點人情都不講。

謝玉琢的臉瞬間垮下來，二千兩。就是賣了祖產，他也賠不起啊！

這時，白薇抱著玉觀音出來。

謝玉琢的腦袋瓜一轉，想讓白薇重新修補，看看能不能抵二千兩？

這一看，發現玉觀音不太對勁啊！

屋子裡光線暗，遠遠望去，大致輪廓是一尊玉觀音沒錯，頭部裂了一大塊口子。

剛剛他只顧著憤怒，倒是忘記細看，這其實是他做的仿品啊！玉質雖然潤澤通透，可卻有瑕疵，大打折扣。

比起趙老爺的觀音，這根本算不得什麼。謝玉琢簡直要樂瘋了。

「哈哈哈哈，趙老爺，錯了！他們弄錯了！我這觀音和您的那尊觀音都鎖在工棚裡，他們沒有見過哪尊是您的，見到是觀音就給偷來了。」謝玉琢笑得嘴咧到耳後根，激動得想要跳起來。

「錯了？」劉琦瞪大眼睛，眼珠子盯著觀音。他只知道摸著滑不溜丟，玉質算是不錯的，又是在工棚偷的，就認定是趙老爺的。趙老爺的是哪一尊，他又沒有看過，何況他們幾人都不是識貨的人。

顧時安也顧不上痛，驚愕地看向謝玉琢。錯了？偷錯了？因為謝玉琢要賠二千兩而產生的那點扭曲快感消失了，隨之而來的是沖天的憤怒。顧時安望向白薇的目光活像要吃人。

趙老爺看到這裡，心裡什麼都清楚了。這一個、兩個的想要算計白薇，卻白白栽在她手裡了。趙老爺深深看她一眼，看破卻不說破，想必另外兩人也心知肚明。

「謝玉琢，既是你的玉觀音，便由你處理。」趙老爺看一眼面目可憎的顧時安，皺緊眉頭。他雖然是地道的商人，在商言商，可卻最重情意。白家撫養顧時安成人，供他唸書考取功名，他卻不知恩圖報，還忘恩負義，失了做人的根本。

陰險、虛偽。趙老爺最忌憚，甚至厭惡這種人。

村民不知道內情，紛紛覺得謝玉琢運氣好，顧時安偷錯了玉觀音，他就不用賠二千兩。

謝玉琢看看離開的趙老爺，又看著鼻青臉腫的顧時安，憋著一肚子火氣，厭惡道：「這玉觀音價值一百兩，你明天將銀子還清給我。若是還不清，我就去告官。」顧時安不讓他好過，他也絕不會留情面。

顧時安冷笑一聲，十分不屑。

謝玉琢的火氣驀地往上躥。「縣太爺和知府看重你，不受理的話，我就上京城去，砸鍋賣鐵也要弄得你身敗名裂！」

顧時安用右手擦去鼻子的鮮血，忍著左手鑽心的痛，輕蔑地道：「謝玉琢，你當真要與我作對？」

謝玉琢挑眉，見顧時安威脅他，冷笑道：「我光腳的還怕你這穿鞋的？」「砰」的一拳砸向顧時安的下巴，怒道：「敢偷老子的東西，打不死你！」接連又往顧時安臉上揍兩拳，然後舉著拳頭在顧時安眼前晃了晃。「老子的拳頭就是這麼硬。看是你弄死我，還是我先毀了你。」

顧時安傷得不輕，根本無法防衛反擊。他嘴角被打裂，嘴裡充斥著血腥味，握緊右手的拳頭，恨意翻湧。

謝玉琢冷哼一聲，拉著白薇去鎮上。沒有看見那尊玉觀音，他心裡不踏實。

村民看著一行人離開，想著自己對白家幹的事，臉上掛不住，紛紛散了。

劉家。

「趙老爺，讓您看笑話了。」馮氏臉上堆著笑，諂媚道：「琦兒的膽子比耗子還小，絕對幹不出偷雞摸狗的事。讀書人的心眼多，咱們小老百姓可惹不起。還是您明事理，要不然咱就吃虧了。」

趙老爺端著茶碗瞧，裡面飄著兩片茶葉，他沒有動。

馮氏嘿嘿笑道：「家裡窮，沒啥好茶，您將就將就。」遞個眼神給劉娟。

劉娟靠到趙老爺身邊，想告狀白孟把她的玉鐲子給砸了。

趙老爺不等劉娟開口，拉著她坐在條凳上，目光看向劉琦。「你說一說，怎麼回事？」

劉琦往後一縮，不敢開口。

「你不說，我若查出來……」趙老爺意味不明地笑了一聲。

話沒有說全，卻讓劉琦脊背生寒，他不敢撒謊，一五一十地交代了。從顧時安拿銅板請他跑腿開始，將顧時安的話一字不差地說出來。

趙老爺沈默不語，顧時安明著是在勸劉琦，實則是給劉琦出謀劃策，教劉琦如何對付白薇。偏偏劉琦蠢笨如豬，真的按照顧時安的話去做。

「你騙白離的銀子，帶他去賭了？」

趙老爺平靜的一句話，讓劉琦心底一顫。他想反駁，但看著趙老爺洞若觀火的眼睛，眼珠子不禁心虛地左右轉動，不敢與之對視。

趙老爺站起身，看了一眼劉娟。

劉娟心頭一緊。

馮氏心裡有不好的預感。她不去向白家要剩下的三十兩，就是因為劉琦拉著白離去賭，她怕事情會鬧到趙老爺面前，哪裡知道，趙老爺壓根兒不是個好糊弄的主。

趙老爺聽到過風聲，知道劉琦好賭，之前並未放在心上，畢竟他要納的是劉娟，和劉家人無關。但今天發生的事情，讓他不得不多思量了。

「劉娟，我看妳不適合進趙家。我在外面有一套宅子，妳就住在那兒吧。等孩子生下，妳如果還有其他打算，我不會虧待妳。」趙老爺不願與劉家有牽扯，不打算納劉娟了。

馮氏倏地變了臉色。

劉娟的臉色發白，手指抓住趙老爺的衣袖，哀求道：「趙老爺，我……您之前說好要納我進府，不會讓咱們的孩子成為私生子。」

「妳願意住在外面的宅子裡，就隨我一起去鎮上；妳若不願意，等妳生產時我再派穩婆過來。」趙老爺心意已決。

劉娟丟掉清白，把自己的一切都給了趙老爺，就是等著嫁進趙家，過上少奶奶般的生活，可現在趙老爺卻告訴她，不打算給她名分了。

劉娟急得眼淚掉下來，哭泣道：「趙老爺，我……你不納我進去，我怎麼在村裡做人？」白家會笑話死她的。

趙老爺不為所動。

馮氏氣瘋了，看著鐵了心腸的趙老爺，一咬牙道：「趙老爺，您說的什麼話？娟兒她都是您的人了，當然跟您走。」等劉娟生下個大胖兒子，就不信趙老爺不答應。

劉娟再不甘心，也只能提著包袱跟趙老爺去鎮上。

趙老爺沒有送劉娟過去，只派管家去安排。他直接回府，給趙老夫人請安。

趙老夫人正坐在院子裡曬太陽，見趙老爺是一個人過來的，頗感意外地問道：「你今兒個不是去接養在外面那個進府？」

「她母親不好相處，弟弟又好賭，品行不端正。與她結親，麻煩。」趙老爺喜歡女人，卻不會被枕邊風吹昏頭腦。「她的前未婚夫叫白孟，我看好白孟他妹妹的雕工，今後會有來往，劉娟不合適進趙家。」趙老爺聽說白孟重新進書院了，若是今後取得功名，他必定要結交的，哪會再沾惹劉娟這個麻煩？之前本不打算納劉娟，是看在她有孕才想給個名分。如今鬧出這事，心思就更淡了。生完孩子，給一筆銀子打發了。

趙老夫人如何不知趙老爺走一步、看三步，懂得取捨？正是如此，才會將家業發展得越發興旺。即便只有萬分之一的可能，他也不會把事做絕了。

「劉娟一家品性不行，既然不打算納她，要斷絕往來，我看她肚子裡的孩子也不必留著了。」趙老夫人將茶杯放在石桌上，沈吟道：「孩子是向著親母的，只要孩子在咱家，就休想甩掉劉家這個麻煩，日後必定會鬧得家宅不寧。」

趙老爺笑道：「您不是喜歡多子多福嗎？」

「我已經有幾個乖孫了，劉娟是為了錢跟你的，又能是個好的？若是個好的，就不會還未解除婚約就跟你，她生的，我怕是個禍根。」趙老夫人沈聲說道：「曼娘和如意兩個不夠好嗎？成日想著外頭的姑娘。若真的貪新鮮，你便找身家清白的姑娘納進府裡，別招惹不三不四的人。」

「兒子知道了。」

趙老爺在趙老夫人這裡坐了一會兒，準備回正院時，管家匆匆回來稟報。

「老爺，劉姑娘請您過去一趟。」

「何事？」

「她說要兩個伺候的人，還說肚子已經大了，沒有合身的衣裳穿，請您過去給她拿主意。」

趙老爺腳步一頓，想著劉娟不甘心且散發著野心的眼睛，趙老夫人的話驀地在腦子裡打轉。良久，他緩緩開口道：「請傅郎中抓副湯藥給她滋補滋補吧！」

管家心中驟然一驚，傅郎中……這是不要這孩子了？

白薇得知劉娟是給趙老爺做小，有些意外，又似在意料之中，畢竟清水鎮沒有哪家能比得上趙家。

白薇挽著袖子，露出一截纖細的手腕，搬了一筐切割下來的邊角玉料放在院子裡。她打算從中挑選一些能用的，雕刻出小物件，再出手去賣。

謝玉琢將玉觀音送去給趙老爺了，不知道能得多少工錢？

折騰了大半日，白薇挑出五塊能用的邊角料，將沒用的玉料搬到後門給扔了，手臂擦拭著額角的汗水，準備將能用的搬去工棚。

這時謝玉琢歡喜地衝進來。「薇妹！薇妹！趙老爺很滿意妳的雕工，給了一筆豐厚的酬金，下次還找妳。」

「多少？」白薇心裡盤算著，這次能多得的話，她就買一套工具放在家裡，不用整天來謝玉琢的工棚。

謝玉琢賣關子。「妳猜。」

白薇尋思著趙老爺出手挺大方的，便比了一根手指。「一百兩？」

「妳還沒睡醒呢？在這兒作夢啊！」謝玉琢翻了一個白眼，將銀子分給白薇。「五十兩銀子，妳三十兩，我二十兩。」

白薇掌心放著三錠十兩的銀子，笑容斂去。

她撿來一塊瑪瑙，只花幾天的工夫，雕刻出來後賣了四十兩；而這尊玉觀音耗費了幾倍的精力，最終她只得了三十兩。

她可是讓那塊玉料的價值翻了兩倍，甚至三倍。看來想掙銀子，還得用自己的玉料。

謝玉琢見白薇情緒不高，手裡捏著的二十兩頓覺燙手。「妳認為我不幹活，拿的卻和妳差不多，心裡不舒服嗎？那、那我就拿十兩？」磨磨蹭蹭、一臉肉疼地撥出十兩，塞給白薇。

白薇將十兩銀子推開。「我是覺得幫別人雕不划算。」

謝玉琢一怔，十分認同。「但我們手裡沒啥銀子，哪裡能買玉料？要買毛料的話，我眼光又不好，若都是些磚頭料，那我褲襠都得虧了。」

磚頭料指透明度差、雜質多、有色有綠或無綠的翡翠原料，多是用來做旅遊工藝品的低檔原料。白薇來了興致，問道：「還可以賭石？」

「我的身分壓根兒進不去。」謝玉琢乾笑兩聲。「咱們連本錢都沒有，不夠身分又沒有裡面的人領路，進不了那個圈子。」

白薇嘆息，還是因為沒錢。

算一算手裡的銀子，她有一百二十多兩，但想買一塊上好的原石卻遠遠不夠。

慢慢積累，一步一步來吧！

「昨天妳還說親自下廚呢，結果人都不見影子。我去買些酒菜回來，邀白孟和沈遇來吃中飯？」謝玉琢詢問白薇的意見。

白薇點點頭，列一張單子給他，讓他照上面的買。

謝玉琢將菜買回來扔在廚房裡就溜了。

白薇生火，將米放入鍋中煮到七、八成熟後，用漏勺撈出來，放入甑中蒸熟。接著將菜洗乾淨、切好，準備下鍋。

謝玉琢將白孟和沈遇安置在鋪子裡，幾個人坐在桌邊。

白孟從書院報到後回來，聽說是白薇要下廚做飯，有些遲疑地道：「小妹……她要下廚？」在家都是江氏做的飯，農忙時才會由白薇下廚，但饒是白孟再不挑，那種滋味……現在回想起來都覺得喉嚨難受。

謝玉琢懵了。「她沒有下過廚？」可她一副成竹在胸的模樣，倒像是有一手高超的廚藝啊！他趕緊問沈遇。「你吃過她做的飯菜嗎？」

沈遇默了默，只道：「你不放心，大可自己下廚。」

謝玉琢乾咳兩聲。「那什麼……咱們不能打擊她，說不定能讓咱們大吃幾碗呢？」

白孟露出一言難盡的表情。

終於，在他們的毫不期待下，白薇將飯菜端了上來。

沈遇聞到香味，頗有些訝異，畢竟白孟的表情讓他們沒有多少期待。

「我做的菜還挺不錯的，你們嚐一嚐。」白薇覺得自己手藝很好，連爺爺那種老饕都誇過的。

這句話，讓做好心理建設的幾個人一下子覺得壓力沈重。他們原來只打算意思意思地吃兩口，但白薇如此自誇，若不捧場地一人吃兩碗，那就是不給面子啊！

沈遇看著面前的水芹菜羹，散發出清淡又馨香的氣味，盛在瓷白的大碗中，如同山澗碧水一般。他倒是沒有拖拉，挾了一根水芹放入口中，頓覺清脆爽口。

白薇笑道：「這是碧澗羹。」

謝玉琢「嘖」了一聲。「這名字倒是清雅。」味道就不知道如何了？

反正沈遇都吃了，謝玉琢便挾起芙蓉雞片。一入口，鮮香的滋味刺激著味蕾，既有雞肉的細嫩，又有蛋清的滑潤，好吃到連舌頭也想一併吞下去。他立即瞪了白孟一眼嚷道：「差點被你給騙了！」

白孟看著兩個人的反應，一時回不過神來。尤其是謝玉琢那激憤又怨念的表情，彷彿在怪他想吃獨食。白孟實在是有苦難言，懷疑地嚐了一塊芙蓉雞片，瞬間被驚豔了一下。「小妹，妳的廚藝……」根本是天壤之別啊！

白薇一個激靈，這才想起原身的廚藝不佳。她眼珠子一轉，淺笑道：「大哥，你都一整年沒有吃過我做的飯菜了，哪裡能和以前比啊？我原來打算等顧時安中舉後露一手的，為此私底下沒少磨練廚藝。」

白孟想起白薇的確有向江氏請教過廚藝，倒不再懷疑了。

謝玉琢同情地睨了沈遇一眼。之前還挺羨慕沈遇的，娶了個這麼能幹的媳婦，能掙錢，又有一手好廚藝，結果，這廚藝卻是為了別的男人而學的。他頓時覺得沈遇的頭上像這碧潤羹那般綠。

幾個人很給面子地將菜碟掃乾淨。

沈遇眉眼舒展，心情很好，這一桌菜是他這幾年來吃過最好吃的一頓。

謝玉琢意猶未盡地舔了舔唇舌，一個飽嗝衝出口，他尷尬地捂著嘴，嘿嘿笑道：「太好吃了，沒忍住，吃撐了，見諒見諒！」他給幾人都倒了一碗茶。「今日請你們來，是有一事要商量。我這祖產鋪子，因為我的能力有限，只能在溫飽上掙扎。薇妹很有天賦，玉雕手藝在我之上，我打算請她合夥，你們怎麼看？」

白孟不懂，徵詢白薇的意見。「小妹，妳覺得呢？」

謝玉琢怕白薇不答應，利誘道：「鋪子裡的盈利，我們對半分。」

白薇想開一間玉器鋪子，但不只要手藝，還得要有本錢和人脈。她只有手藝，其他都欠缺，和謝玉琢合作最好不過。但白薇擔心謝玉琢愛財，亂接單子，因此先給他立下規矩。「可以。不過你接的單子，必須得我先過目。」

謝玉琢爽利地答應，將早已準備好的契約拿出來，給白薇簽下。

顧時安的手骨頭又斷裂了，但劉郎中不肯為他醫治，因為他的真面目被揭穿了，村民很唾棄他。

顧時安臉色陰沈，對白家恨之入骨！

簡單上好傷藥後，他租牛車去縣城。

牛車停在喬府門前，門僕見到顧時安，連忙問道：「顧舉人，您今兒來找縣太爺？」

顧時安溫和地笑道：「有勞您去通傳一聲。」

門僕看見了顧時安臉上的傷，這是縣太爺相中的女婿，可不敢耽擱，立即進去通傳。

不一會兒門僕就出來，領著顧時安去前廳。

縣令夫人范氏坐在黃木椅中，見到顧時安身上的傷時，不由得吃驚。「顧舉人，誰敢對你動手？請郎中看了嗎？」范氏站起來，忙差使奴僕去請郎中來。

顧時安搖頭道：「我辜負前未婚妻白薇，他們對我心中有怨，想要毀我前程，故意使計陷害我，誣賴我偷了白薇的玉觀音，要賠他們一百兩銀子。」

范氏一聽又是白家，頓時滿肚子怒火。「你不用害怕，等老爺回來便派人將那些刁民給抓來，吃一頓板子就老實了。」在他們看來，顧時安是整個長豐縣的榮耀，一個村姑自然配不上他。白家提出退親，如今又三番兩次為難顧時安，范氏氣憤難當。「你早日與馨兒訂親，他們也不敢欺負你。」范氏又提出訂親的事情。當初借銀子給顧時安，就是想讓他擺脫白家的婚事。

顧時安連忙道：「不必大動干戈，不知情的還以為縣太爺以權壓人呢！再說了，白孟的才學在我之上，他如今重新進書院唸書，到時候中舉甚至進士及第也非難事。」

喬雅馨從屏風後走出來，一雙杏眼充滿怒火。「顧郎何必擔心？白孟誣賴你偷盜他的玉觀音，藉機訛銀子，此人品行不端正，我讓爹給他記一筆，到時候他能不能參加科舉都難說呢！」三言兩句便將這盆髒水潑在白孟身上。見到顧時安臉上的傷，她心疼極了。「他們敢傷你，我一定幫你出這口惡氣！」咬牙切齒道。

第六章

白薇與謝玉琢簽訂契約之後，找木匠和鐵匠做了一套玉雕工具，打算放在白老爹的工棚裡。

她先去鋪子裡將幾塊邊角料放在桌子上，拿筆畫初稿。

第一塊玉料設計成一枚如意玉鎖；第二塊玉料則是一塊玉牌；剩下的三塊玉料雜質多，能切割提取出來的，只有做成小耳墜子與玉墜。

接著，幾天的工夫，白薇就將如意玉鎖雕刻出來，和兩對耳墜子、三個玉墜。

這回她沒有鑲金剛石，直接給珍寶閣送過去。

王掌櫃看見白薇送來的如意玉鎖，雕工無可挑剔。這岫岩玉讓他記起前兒個趙老夫人壽辰時，趙老爺送的一尊岫岩玉觀音像。當時引起懂行的人躁動，明裡暗裡向趙老爺打聽從何處得來的，但趙老爺隻字未透露。王掌櫃眼光毒辣，從雕工上揣測是白薇雕的，到底是不太確定。今兒個瞧著白薇送來岫岩玉做的玉飾，幾乎立即就確定了。

「趙老爺那尊玉觀音是妳雕刻的？」幾千兩的玉料，經過白薇一雙巧手，價值翻成上萬兩。王掌櫃蠢蠢欲動，想讓白薇也給他們鋪子裡雕一尊佛像。

「受人之託。」白薇如何不知道王掌櫃的心思？無奈道：「欠人人情，推託不掉。」

這句話，堵住了王掌櫃的請求。

王掌櫃心中遺憾，卻也沒有強求。「這岫岩玉是邊角料，玉料的澄澈性不如那尊玉觀音的玉料。這幾對耳墜子與玉墜，上面也未鑲嵌當初的寶石，價值要打折扣。」他停頓一下，沈吟道：「我給妳四十兩。」

白薇從王掌櫃手中將玉墜拿來，放在掌心對著光，光澤瑩潤透亮。

她似笑非笑道：「王掌櫃，您可別將我當作沒有見過市面的人糊弄。這玉雖然是邊角料，可比起那尊玉觀音的玉質沒得差。我是沒有時間，才未給它們鑲金。我誠心和您做生意，才將這些玉飾送您這兒，您將它們鑲金嵌上寶石後，價值莫說翻幾倍，也定要比它本身的價值高上一半，比起我鑲金好了送來，您要掙得更多吧？」

王掌櫃的臉色微微一變。

「我倆各退一步吧，一口價，六十兩。」白薇報出的價錢很中肯，留有餘地。「凡事留一線人情，日後才能再繼續做買賣，您說是不是？」

王掌櫃嘆息，擺了擺手。「我說不過妳，若不是看在妳雕工好，奔著長久的買賣做，我是不會做這虧本的生意。」

白薇見王掌櫃鬆口，輕笑一聲道：「今日承您的情，下一回給您送好貨。」

王掌櫃心底那點不愉快，在聽見白薇這句話後頓時消散，笑容愉悅地道：「那我在這兒等著妳了。」他寫下書契，給白薇簽個字，再蓋上珍寶閣的印章後，取出六十兩銀票給白薇。

白薇要六十兩現銀，裝在袖子裡，準備去木匠和鐵匠鋪子，看看她的工具做好了沒有。

從珍寶閣裡出來時，一輛馬車從她面前駛過，白薇往後退了一步。

馬車停了下來，車窗簾子掀開，露出一張清美秀麗的面容，少女頭戴珠翠，穿著細棉布長裙，光鮮亮麗。

少女見到白薇，微微愣怔住，一連看了好幾眼，又抬眼看著她身後的珍寶閣，不確定地喚了一聲。「薇薇姊？」

白薇聽見少女喚她，轉頭望去，蹙緊了眉心。

「大姊姊，真的是妳呀！」少女從馬車上下來，站在白薇的面前，熱絡地說道：「妳啥時候來的鎮上？怎麼不去我家坐一坐？這段時間我一直在府城，昨天才回來。聽說妳成親了？我都沒有給妳準備壓箱禮呢！」說著，從袖中拿出一個錢袋子，塞在白薇手裡。「大姊姊，妳一定要收下，這是我的一片心意。」她的目光掃過白薇身上的粗布衣裳，微笑道：「拿去做幾身新衣裳穿。」

白薇古怪地看著她。

她是白啟祿的大女兒，白玉煙。白啟祿一家搬來鎮上後，就沒和他們來往了。

偶爾在鎮上碰見了，白玉煙雖然態度親和，卻不如現在這般熱情。

不過比起白啟祿，白玉煙的態度算得上很好。

白薇將東西推回去。「二妹，妳的心意我心領了。我若拿妳的東西，二叔不介意，奶奶也會上我家扒我一層皮的。」

白玉煙將錢袋子強塞回白薇的手中。「大姊姊，妳安心收下，我不會和奶奶說的。」看著王掌櫃站在珍寶閣門口，她疑惑地問道：「妳來珍寶閣做什麼？買東西的話，去咱們白家鋪子就好。」

白薇對上白玉煙探究的目光，半真半假地道：「我哪有銀子買玉飾？家裡揭不開鍋，我來這兒找活幹。」

「是嗎？」白玉煙狐疑地打量白薇，想確定她是不是在撒謊。

白薇抿緊唇，皺眉。

白玉煙見白薇不耐煩，忽而一笑，挽著她的手臂。「妳是咱們白家的人，怎麼能來別家玉器鋪子幹活？妳跟我回去，我教妳治玉。」

白薇抽出自己的手臂，不想和白啟祿一家有關係。「不用了。我還有事，下次再敘。」不等白玉煙開口，將東西塞還給她後，白薇疾步離開。

白玉煙若真有這份心，也不會等到現在才想著「救濟」他們一家。既然是場面話，自然當不得真。何況白玉煙刺探的眼神，讓她很不舒服。

白玉煙看著白薇離開的背影，臉上的笑容隱去，隨即招來婢女，讓她去問問王掌櫃。

她坐上馬車後，不一會兒，婢女就回來了。

「小姐，白薇是上珍寶閣找活幹的。」

白玉煙皺緊眉心，按揉著額角。是她疏忽了，王掌櫃認識她，兩家是同行。她貿然去問白薇的事，就算白薇真是和王掌櫃合作，也不會告訴她。

白氏玉器鋪子。

白啟祿見到白玉煙，關切地問道：「煙兒，妳休息夠了嗎？怎麼今天就來鋪子？」

「爹，我沒事。」白玉煙心裡想著事，心不在焉地道：「我剛才遇見白薇了，你在鎮上見過她嗎？」

白啟祿臉色一變。「白薇找妳要錢了？之前白啟複找我要活幹，被我趕出去了。呸！老子的錢財就是扔給乞丐，也不會給他一家子半個銅板！」

白玉煙的臉色沈下來。

白啟祿見白玉煙變了臉色，訕訕地道：「煙兒，白啟複一家子就是破落戶，咱有必要在他們跟前裝模作樣嗎？」

白玉煙想說什麼，到底隱忍住了。「趙老夫人過壽，那尊玉觀音是咱們鋪子雕刻的？」

「不是。」白啟祿的臉色變得很難看。「趙老爺已經好久不找咱家做玉器了。那尊玉觀音是誰給他雕的，不論咱們怎麼打聽，都沒有透露半個字。」趙老爺是他們的大主顧，如今被人劫走，白啟祿恨得不行。

白玉煙沒有想到自己出去一趟，竟發生這般大的事情。

會是白薇嗎？白玉煙猛地搖頭否定。

白薇剛剛退親嫁給沈遇，之前一直待在鄉下，沒有接觸過玉雕。就算她學了一、兩個月，再有天賦，也是不可能受到趙老爺青睞的吧？

「我明天去一趟石屏村。」白玉煙心裡發慌，想去打探一下。

木匠和鐵匠將工具都打出來了，一共三十多兩銀子。白薇結完工錢，找了拉貨郎，明天將東西拉回石屏村。

她又去買了幾疋布，讓江氏給家裡人做幾身新衣裳。

江氏和白老爹穿的衣裳打滿補丁。

白孟的衣裳也有補丁，但比起白離稍微好一點，因為他先長個兒，所以江氏會給他做新衣裳，穿不了的舊衣裳改一改再給白離穿。

家裡穿得最好的是她，每年都會做兩身新衣裳。

白薇挑了細棉布和粗棉布兩種料子，各做幾身。粗布穿著幹活，細棉布平常穿著串門子。

準備付銀錢時，最後想了想，又給沈遇選了一疋黑色的棉料。

這一堆布料，花了七、八兩銀子，掌櫃幫白薇搬放在牛車上。

白薇準備爬上牛車時，看見不遠處圍滿看熱鬧的百姓，慘叫聲、求饒聲傳了出來。

她不愛多管閒事，讓人趕車。

這時，人群裡讓開一條道，幾個打人的壯漢離開，看熱鬧的百姓也跟著散去。

白薇這才看清楚倒在地上的少年，正是白離。

她臉色一變，立即跑過去。

白離抱著腦袋，蜷縮在地上，疼得渾身顫抖。

「他們幹啥打你？」白薇拉開他的手瞧。白離被打得鼻青臉腫，眼淚、鼻涕、鮮血糊了一臉。

白離被打得快要斷過氣去，又懼又怕又痛，乍然聽見白薇的聲音，他魂兒都快被嚇飛了。他不敢說實話，因此忍著痛，撿起散在地上的兩本書。「我……我照妳說的去書鋪找抄書的活，可掌櫃嫌我字不好，不願給我抄。我向他借書抄著賣，結果這些人說我占著他們的地盤，找我要銀錢，我不肯給，就打了我一頓，將我賺的銅錢搶走了。」

白薇一肚子邪火往上躥，就要去追那幾個人。

白離趕忙拉住白薇，她若去攔人，就會知道那些是賭坊裡的人，找他要利子錢的。

明天是最後的期限了，他再拿不出錢來，他們就要剁掉他的手。

白離看著手背上被劃開的刀痕，兩股顫抖。「姊，我要回家……」說話的嗓音都在打顫。

白薇氣得抿緊嘴唇，對上白離倔強又慌張害怕的眼睛，到底是扶著他坐上牛車回家了。

江氏看見白離被打得鼻青臉腫，眼淚倏地掉下來。「你這是誰打的啊？他們下手怎麼那麼狠？這是將你往死裡打啊！」

白離一直心驚膽戰，惶惶不安，江氏關心的話，令他當即哭了出來。「娘，我不要去鎮上賣書，我也不要唸書了。」

「不賣就不賣，咱家不缺你這兩個錢。不想唸書就在家歇著，跟你爹一起編草鞋。」江氏心疼壞了，白離遭了大罪，說啥她都依著。

白薇冷笑一聲。

白離嚇得脖子一縮，不敢再哭。

白薇去房裡拿出給沈遇買的傷藥，扔給白離，讓他自個兒去搽藥。

白離立即躲回房間去。

江氏埋怨白薇。「離兒心思簡單，妳做姊姊的要多顧著他。他膽子本來就小，再嚇唬他都不敢出門了。」

白薇心想：他都敢上賭坊了，膽子還小？到底沒有多說，將今兒買的布拿出來。「娘，我買了一些布，妳給家裡人做幾身衣裳。」

江氏驚愕地看著七、八疋布，心疼道：「這得不少銀錢吧？」

「娘，我掙了不少銀子，這些布花不了幾個錢。」白薇知道江氏心疼花出去的銀子，為了寬慰她，便如實說道：「我和謝玉琢給趙老爺雕的玉觀音得了三十兩銀子。咱家許久沒有穿新衣裳，也該換一換了。」

江氏瞪大了眼睛，三、三十兩銀子？「薇薇，掙再多也別亂花，這都是辛苦錢，得好好存著，使在刀口上。」江氏勸白薇省著花，並沒有像其他父母般，要求白薇把銀子上交。

「我知道了。」白薇應下。

她回屋將一百一十多兩銀子全都放在泥瓦罐裡，塞進床底下，再拿小破箱子擋著。

暫時買不了原石，她打算先修新房子。

白孟說不定啥時候娶親，他現在和白離住一間，總不能成親後還擠一起吧？

白離也不小了，快要說親，有新房子的話，姑娘才願意嫁。

在修房子之前，她還得帶著白老爹去一趟縣城，找個郎中給他治手。

這筆銀子她全都給安排好了。

她走出房門，揹著竹簍，準備去地裡剁爛菜葉子餵雞。

白離靠在門板上，手裡緊緊握著藥瓶子，耳邊全是白薇說她掙了三十兩銀子的話。

他動了心思，可想到白薇的手段，身上的傷口又疼起來，膽怯了。

這一晚，白離食不下咽，夜裡更是輾轉難眠。

他躺在床上，看著黑夜被光亮撕裂，陽光灑滿屋子，內心的恐懼幾乎將他吞噬。眼見快要到約定還債的時辰，白離頹喪地爬起來。

看到一家人扛著木架子和鐵器往工棚去了，白離手指交握，手背上的血痕觸目驚心。他深深吸氣，壓下心裡的恐懼，溜進白薇的房間。

寧可事發後被白薇打一頓，也不要被人剁了雙手。

他心裡直打鼓，慌手慌腳地搜找銀子，最後在床底下找到泥瓦罐，手指哆嗦地掏出銀子。數了數，有一百一十多兩。白離吞嚥一口唾沫，這輩子他還沒有見過這麼多銀子。

將銀子全塞進袖子裡，泥瓦罐又放回原處後，他準備拉開門離開。

猝不及防，對上了白薇冷然的面孔，嚇得他跌坐在地上。「妳、妳、妳……」

白薇繃著臉問：「你鬼鬼祟祟在我屋子裡幹啥？」

白離臉色慘白，看見白薇挽起袖子，準備打架的模樣，都快要嚇尿了。「我、我、我……」

白薇直接動手摸他兩只袖子，從裡面搜出銀票和銀錠，臉色驀地陰沈，額角青筋突突跳動。

白離撲通跪在地上，涕淚縱橫地道：「姊，大姊，妳聽我說……」

「白離家是這兒嗎？」粗獷的聲音在院門口響起。

白離緊緊抓著白薇的褲管，哀求道：「姊，妳要救救我！當初我欠了賭坊二十兩銀子，今天若還不上，他們就要剁掉我的手！」
白薇的臉色很難看，輸掉五十兩，還借了二十兩？他的膽腫了嗎？
幾個壯漢走到白薇的屋門前，看見哭得一把鼻涕、一把眼淚的白離，眼底露出狠勁。
「白離，銀子湊齊了嗎？」
白離心膽俱裂，他抱著白薇的腿不肯撒手，哭求道：「姊！我求妳，救救我這一次！我不敢了，我再也不敢了！今後都聽妳差遣！」
白薇看著顫顫發抖的白離，又抬眼看著幾個壯漢，牛鼻大眼，凶神惡煞。她一眼便認出來，正是這幾個人在鎮上打的白離。她問道：「他欠你們多少銀子？」
「不多，一百兩。」錢老四見白薇長得標致，雖然黑了點，也並不影響價錢，遂嘿嘿笑道：「還不上，要麼剁了他一雙手，要麼拿妳來抵這銀子！」
「不……不要剁我的手！」白離手腳冰涼，往白薇身後躲。「我……我只借了二十兩。」
錢老四嘿然冷笑。「你借的可是利子錢。利滾利，之前是二十兩，現在已是一百兩。」
白離懵了，他不知道要還這麼多銀子。他爬著跪在白薇面前，一邊磕頭，一邊哭喊道：「姊，妳有銀子，妳有一百多兩銀子，妳替我還了吧，我會報答妳的。」
見白薇默默不語，白離絕望地意識到白薇認錢不認人，不會救他的！他豁出去，抓住白薇的手，去搶她袖子裡的銀子。

錢老四瞧了，兩眼一眯，大步上前抓住白薇的手，順著白離的手，掏出一把銀子。

白離覺察出白薇要反抗，死死抓住白薇的兩隻手，希望錢老四快點拿了銀子走人。

另外兩人瞧見錢老四掏出了銀子，準備幫忙摁住掙扎的白薇。

白薇在另兩人上前的一瞬，毫不留情地一腳踹向錢老四的褲襠。

「啊——」錢老四雙眼一瞪，夾著腿，捣著褲襠，痛得一口氣上不來。

白薇雙手一擰，白離頓時痛得面孔猙獰，還沒叫出來，就被白薇抓著肩膀摔出了門外。

白薇撿起撒在地上的銀子，往屋子裡一扔。「你們想要銀子，自個兒去撿。」

張老三和胡老二面面相覷，看著白薇纖細的小身板，仍是放心地進去撿銀子。

白薇拿起擱在門口牆壁上的鋤頭跟進去，反手將門關上，揮著鋤頭，朝著撿銀子的張老三後背敲下去。

張老三趴在地上，痛得半天都爬不起來。

胡老二反應過來，握住鋤頭。

白薇用力往後一拉，胡老二慣性地往白薇的方向衝來，她立即幾記快拳打在他的腹部，右踢向他的胸口，待胡老二連連後退，白薇又抱住他的腿將他掀翻在地，屈膝頂著他的肚腹。

「啊——」胡老二發出殺豬的叫聲。

一旁緩過勁來的錢老四握著殺豬的尖刀，滿眼煞氣，對著白薇的後背插下去。

突地，一塊石頭打在錢老四的手臂上，他手臂一麻，尖刀便掉在地上。

沈遇如鷹似狼的眼眸緊鎖著錢老四，滿面冷冽，扣住錢老四的手，「喀嚓」一聲，卸下他的手臂，再將他踹倒在地上。

白薇一雙鳳眼通紅，透著狠勁，她撿起地上的尖刀，插進錢老四的手掌，咬牙道：「要殺我？我先剁了你的手！」

錢老四一聲慘叫，青筋暴凸，雙眼圓睜。

此時爬起來的張老三見狀，忙又趴回去裝死。

「設圈套，騙了傻蛋五十兩銀子，我沒找你們算帳，你們還有臉上門要債，搶我的銀子？」白薇滿肚子怒火，拔出尖刀，鮮血濺地，鋒利的刀刃又擦過錢老四的脖子插進泥地，森森道：「敢搶我的銀子，我就要你的狗命！」

錢老四的脖子一涼，感覺到溫熱的血從脖子滲出來，眼中的戾氣瞬間被恐懼淹沒。「饒、饒命！我、我不敢了！我們再也不敢了！」錢老四渾身顫抖，嘴唇哆嗦著，被刺穿的手掌痙攣抽搐，鮮血流淌。他這是碰到不要命的人。就白薇一個娘兒們，他們哥幾個還能拿住，可現在又多了一個功夫不淺的男人，他們再敢耍橫，命就得留在這兒。「銀子我們不要了！求求妳放過我們！」

沈遇將白薇拉起來，拔出尖刀，看著沾滿血的刀身，擱在桌子上。「下次再敢來尋麻煩，扭送你們去見官。」沈遇看著他們，面色驟然一變，厲聲道：「滾！」

幾個人連跌帶爬地離開。

白薇喘著粗氣，這幾個壯漢是賭坊的打手，有點拳腳功夫。她勝在偷襲，出手快，才能治住他們。「謝謝。」白薇向沈遇道謝。如果不是他及時出現，沒那麼快結束。

「妳今日太魯莽。」沈遇面色緊繃，漆黑的眼睛嚴厲冰冷，不贊同地道：「他們三個壯實的男人，手裡又持著刀械，若一起對妳圍攻，妳哪還會這般輕巧地站在這裡？」方才他進來時看到的情景，現在想一想都心有餘悸。

「我不這麼做，難道要看著他們搶走我的銀子，剁了白離的雙手，還是將我帶去抵債？」白薇知道不能硬碰硬，可眼睜睜讓他們搶走辛苦掙來的銀子，她嚥不下這口惡氣。

沈遇眉峰緊鎖，冷冷道：「妳可以向我求助。」

白薇詫異地看向他。

「這次妳是投機取巧，才將他們給治住，今後若碰見比妳更強的人，妳仍然打算和他們拚命嗎？」沈遇見白薇低垂著頭，像是將他的話聽進去了，臉色稍霽，放緩了語氣。「對待顧時安，妳知道不能正面對上他，會想其他方法撕破他的偽裝。為何如今不懂迂迴？妳這般直來直往，對妳會不利。」

白薇嘴角一撇，她這是量力而行。真的拿不下，她哪裡會對著幹？但她知道沈遇是為她好，便沒有反駁。「我知道了。」

沈遇見她懨懨的，聲音悶悶不樂，便誇了一句。「妳的身手不錯。」

白薇的心情頓時明朗，雙手比劃一招。「我可是練過的，三、五人不在話下。」

沈遇看著她晶瑩明亮的眼眸，驕傲自得幾乎滿溢而出，便默默將「但仍有不足」的話吞嚥下去。他將銀子撿起來，放在她的手心。「行事不能太激進，自己不能對抗的時候，要動心忍性，徐徐圖之。」

白薇連連點頭。「打不過就跑，去搬救兵，再把場子找回來。我記住了。」

「……」沈遇看著白薇眼底的狡黠，暗自吸一口氣，轉身走出屋子。

白啟複和江氏聞訊趕過來，正巧看見幾個凶神惡煞的壯漢狼狽地逃走，嚇得臉色都白了。

一眼看見白離爛泥似地癱在地上，江氏慌張地拉他起來。「怎麼回事？有沒有傷著？」

白離剛剛聽見屋子裡的慘叫聲時，整個人都懵了，此時被江氏一拉一拽，才醒過神來。他看見白薇從屋子裡走出來，不禁臉色脹紅，激動地說道：「白薇，妳的心腸是石頭做的嗎？妳明明有銀子，卻不肯替我還債，把人給得罪了。妳是嫌我礙眼，巴不得我死吧？」白離怕得要命，擔心錢老四今兒吃了虧，下次會找他報仇。「我是妳親弟弟，都跪著求妳，給妳磕頭，願意給妳做牛做馬了，妳怎麼就不肯救我？妳掉進錢眼裡了啊？銀子對妳來說就這麼重要？妳不是能掙錢嗎？一尊玉觀音三十兩，妳多做幾尊，這一百多兩銀子就給掙來了。」白離怒吼著，心裡恨極了白薇。他怎麼就這麼命苦，攤上個冷心冷肺的姊姊。

白薇打心眼裡看不上白離的智商，卻也知道他是弟弟，所以她人生的規劃中，也包含白離。可面臨他的指責，白薇真覺得心寒。她冷笑道：「白離，你自己蠢被人給騙了，我憑啥將自己的血汗錢送給你還債？你有本事去賭、去借利子錢，你就該有膽子去承擔後果。憑啥咱家得給你收拾爛攤子？如果不是我將人打跑，現在你這雙手早給狗叼走了。」

江氏聽明白了，白離去賭坊賭，借了利子錢，被人找上門要債，白薇將人給打跑，白離卻不知錯，還罵白薇冷心冷肺。

「我打死你這個孽子！家裡辛辛苦苦供你唸書，你好的不學，學人家去賭！」江氏從院子裡抽出一根木棍，往白離身上打去。「薇薇掉錢眼裡，你這些天會頓頓有肉吃？還給你裁新衣裳穿？哪家姑娘不是坐在家裡做繡活？為了咱家能有好日子過，薇薇成天不著家，想著法子掙銀子，你不念著恩情，還怪她不給你擦屁股？我打死你這無情無義的白眼狼！」

白離不敢躲，棍子抽打在身上，痛得他跪坐在地。

江氏沒有留情，氣得眼睛通紅，抽他一棍子，就罵一句。「我怎麼就生了你這麼個討債鬼！賭坊是你該去的地方嗎？剁你的手也是活該！怎麼就不剁你的手？看你今後還敢不敢去那種地方！」

「娘，我錯了，我再也不會去賭了。妳求白薇讓她給我一百兩銀子吧，我以後會把銀子還給她的。我不還賭坊的銀子，他們會打死我啊！」白離顧不上身上的痛，哭求著江氏。

江氏氣得倒仰，一百兩銀子啊，虧這畜生說得出口。摁著白離狠狠掐幾下，痛得白離直哆嗦，她恨鐵不成鋼地罵。「打死你也好，我就當沒生過你這個孽子！」全家都吃白薇的、喝白薇的，江氏實在沒臉讓白薇掏出一百兩銀子給白離還賭債。「你給我在這兒跪著！」江氏怒斥著白離，心裡想著白離是甭想再唸書了。今後就讓他跟著白啟複學編草鞋，有一門手藝活，也餓不死他。

白薇看著白離跪在院子裡，肩膀一聳一聳地抽噎，她蹲在木盆邊洗乾淨手上沾的血。

江氏氣得心口疼，直抹眼淚。眼見日子變好了，卻又鬧出這一樁破事。看著白薇袖子上的血，她擔憂道：「妳受傷了？」

「沒有。」白薇伸手給她看，對江氏說道：「娘，妳別擔心，那些人是用不正當的手段騙走了白離的銀子，他們不敢再找我們要銀子的。下次再來，咱們就去告官。」

「當真？」江氏嘴裡雖然罵得狠，但白離到底是她肚子裡掉下來的一塊肉，她哪會不擔心？

「我怎麼會騙妳？不信妳問沈大哥。」白薇給沈遇使了個眼色。

沈遇點頭道：「他們不敢再來。」

江氏一顆心總算落回肚子裡，回頭瞪著白離。「今天不許吃飯了，跪到明兒再起來！」

白薇扶著江氏進屋，把銀子全都放在桌子上。「娘，這些銀子我打算一部分拿來造房子，一部分給爹治手，剩下的一些我想請鄉鄰去山上撿石頭。」白薇沒有本錢，打算從小做起。她在山上撿到過瑪瑙，可見這一帶或許有瑪瑙礦脈。她打算請鄉鄰撿瑪瑙石，然後在家裡治玉，放在謝玉琢的玉器鋪子賣。待積累了本錢，再做大。

江氏想拒絕，但白薇提的其中兩件事是她的心事，她說不出拒絕的話。

「薇薇，娘就收下妳的銀子。這筆銀子算是跟妳借的，等妳哥出息了，讓他慢慢還妳。」有了銀子，江氏便尋思著買塊地，將造房子的事情提上日程。

「好。」白薇點點頭，並未放在心上。

江氏又說：「妳想請鄉鄰撿石頭，娘給妳找靠得住的人。」

「行啊，那就辛苦娘跑腿了。」白薇應承下來。

一輛馬車停在村口，白玉煙從馬車上下來。

馬氏瞧見了，連忙上前，諂媚道：「煙兒，妳怎麼來了？上嬸家喝碗茶吧！」

白玉煙婉拒道：「嬸，我是來找大伯的。」

馬氏頓時變了臉色。

白玉煙的眼光微微一閃。「我大伯家日子不好過，聽說大堂哥去書院唸書，我給他們送點東西來。」

馬氏翻了一個白眼，酸溜溜地說：「煙兒，妳大伯家可發達了。白薇能幹啊，拜個師父學玉雕，攀上趙老爺了，哪裡還需要妳接濟？」

白玉煙面色發白，捏緊手指，真的是白薇搶了趙老爺這大主顧？她花了不少工夫才拿下趙老爺的，才一會兒沒有盯著，就給白薇撬走，她著實不甘心！「嬸兒，妳知道大姊跟著誰學玉雕？」白玉煙努力回想，鎮上並沒有這般有本事的能人。

前一世，白薇退親後跟白啟複學石雕，憑藉著她的天賦，竟無師自通的學會玉雕，幾年之後名揚京城。如今，白啟複的手廢了，白薇卻還是走上這條路。

難道命運真的無法扭轉？白玉煙否定，她已經改變了自家的命運。

馬氏回憶著，不確定地道：「好像是一個……姓謝的。」

謝玉琢嗎？白玉煙不相信，謝玉琢就是一個半吊子，能教白薇什麼？難道說，一個有天賦的人，哪怕沒有名師指點，依然能攀上頂峰？她緊咬住下唇，不願承認自己比不上白薇。

白玉煙站不住了，告別馬氏，去往白家。

看見白離跪在地上哭，白玉煙眼光微微一閃，問道：「二弟，你這是怎麼了？」

白離看見溫柔的白玉煙，紅腫著眼睛說：「我……我被人騙去賭坊，借了利子錢，欠賭坊一百兩銀子。白薇不肯替我還債，還向我娘告狀，娘打了我一頓。」白薇雖說那些人不敢再來，但他認定那是白薇騙江氏的。「二姊，妳能借我一百兩銀子嗎？」

白玉煙為難地蹙眉。

白離心下失望，親姊都不願意幫他了，何況是堂姊？

「我身上沒帶那麼多銀子，這樣吧，明天你去鎮上找我，我給你一百兩。」白玉煙安慰白離。「你是我弟弟，我肯定要幫你啊！大姊不幫你，是因為她沒有銀錢吧。」

白離激動極了，感激道：「二姊，妳真好。妳救了我，今後妳說啥，我都聽妳的。」接著又憤怒地道：「白薇她手裡有銀子。她和謝玉琢一起給趙老爺雕了個玉觀音，得了三十兩。在她心裡，壓根兒就沒把我當親弟弟。」若白玉煙是他親姊姊該多好啊！

真的是謝玉琢啊？前一世，謝玉琢是跟著白薇混出個人樣，卻不是她的師父。

白玉煙心裡有些慌，事情還是超出她的掌控了。她進屋去，江氏外出不在家。

「妳怎麼在這兒？」白薇正巧從工棚回來，看見白玉煙，很詫異。

「大姊，我聽說妳在跟著謝玉琢學玉雕？正巧我手裡頭有一塊玉牌，妳給我看一看？」白玉煙從腰間取下一個荷包，從裡面拿出一塊玉牌。

白薇將手洗乾淨，坐在凳子上，雙手接過。玉牌的正面雕刻著河流、長城、雲霧、迎客松，呈現出一幅俊秀壯麗的山水國畫。背面則是雕刻著幾句話：滾滾長江東逝水，浪花淘盡英雄。是非成敗轉頭空……

「這枚玉牌取名『錦繡山河』，妳覺得如何？」白玉煙說話間，一瞬也不瞬地盯著白薇。

白薇臉色凝重，目光凝視著長城。這個時代並不存在於歷史上，沒有所謂的長城，自然也就沒有這首〈臨江仙〉。

「二妹，我拜師不久，沒有老道的眼光，分不清好和壞。」白薇將玉牌遞回白玉煙面前。「這幅畫很漂亮，詞句也好，是妳設計的嗎？」

白玉煙笑容不變地說：「這是我在一本書上看見的，覺得不錯就用在這玉牌上。」其實她是剽竊白薇前世的作品。她神色自若地問道：「大姊，有什麼不對嗎？」

白薇注視著她，想從她臉上看出端倪，可白玉煙從容不迫，沒有半點破綻，白薇不禁皺緊眉心。難道她猜錯了，白玉煙不是穿越的？

白啟祿哪裡懂玉器？四年前卻突然之間就開了玉器鋪子發家。眼下看到這塊玉牌，這才懷疑起白玉煙。但她不敢貿然去試探，如果真的是，自己也會暴露。

「我覺得這玉牌比謝玉琢雕的還要好，是妳雕的話，我正好可以向妳請教如何治玉。」

「謝玉琢能得趙老爺欣賞，手藝也不差吧？」

白薇不動聲色，應對白玉煙的試探。「謝玉琢做仿品的技術不錯，他給趙老爺雕的那件玉觀音，用了看家本事。」

「是嗎？他分妳幾十兩銀子，大姊也快出師了吧？」

「我才學一個月，哪有這樣的本事？謝玉琢怕趙老爺看出玉觀音是仿作的，向趙老爺舉薦的時候非說是我雕刻的。」說到最後，白薇有些啼笑皆非。「我打算找鄉鄰去撿石頭，從石雕開始學，讓我爹指點，練練手。」

白玉煙知道謝玉琢是做贗品的，白薇這樣解釋，也就說得通。但心裡卻懷疑謝玉琢下血本，請高人雕玉觀音，再說是白薇雕刻的，藉此籠絡住趙老爺這大主顧。

畢竟她沒有和白薇撕破臉，白薇沒必要騙她。

何況，白薇若真的有爐火純青的手藝，沒有必要藏著掖著。

白玉煙心裡盤算著，在白薇的技術純熟前，要將白薇上一世的成名之作率先給雕刻出來。沒了這些經典之作，白薇還能像前世那樣名揚天下嗎？

探清楚底細後，白玉煙又坐了一會兒，便打算回鎮上，並沒有問白薇和沈遇成親的事情。一走出屋子，她在院門口撞見了沈遇，她腳步一頓，心思很複雜。

重新開始後，白玉煙一直在接近沈遇，鏢行的人幾乎都認識她了，他卻從來沒有正眼看她。

前一世，白薇這個時候根本沒有嫁給沈遇，她便以為自己有的是時間，打算慢慢培養和沈遇的感情，卻沒有想到從府城回來後，就聽說沈遇和白薇成親了。她再恨、再不甘心，又能怎麼樣？

「沈大哥，許久不見，沒想到你成了我的姊夫。」白玉煙臉上的笑容牽強，將那塊錦繡山河的玉牌遞給沈遇。「這是我親自雕刻，贈給你和我大姊的新婚賀禮。」話雖然這麼說，可這卻是男子戴的配飾。

沈遇認識白玉煙，她經常去鏢行送吃食，鏢行裡的兄弟全都認識她。若是一段時間不去，便會問他是否將她得罪了？沈遇覺得莫名其妙，她就是突然出現的人，對他很熱情。

「妳不用破費，給妳大姊就好。」沈遇對這種不矜持、端莊的姑娘，向來避之唯恐不及。

白玉煙望著他冷漠疏離的面容，將玉牌強行塞在他手裡，摀著臉跑了。

沈遇皺緊眉頭，抬頭看見白薇倚在門口看戲，便將玉牌給她。「妳妹妹給妳的賀禮。」

白薇揚眉，看著沈遇舀水洗手，便握著玉牌蹲在他身邊。「這塊玉牌她之前給我看了，我覺得能值不少錢，不如賣了，銀子咱倆平分？怎麼說都是祝賀我倆新婚的，人人有份。」

沈遇手一頓，側頭看向白薇。她那雙黑白分明的眼睛清澈似冷月，倒映著他稜角分明的面容。他的身影占據她的整個瞳仁，她的目光專注得彷彿其他的景物再入不得她的眼睛。

白薇見他盯著她的眼睛不說話，便湊近他的臉，也盯著他的眼睛。「你在看什麼？」

他看著她突然放大的臉，心口猛地跳動一下，急急後退一步，就看見她唇角上揚，流露出調侃，頓時抿緊了唇角。「隨妳。」沈遇收回視線，進了屋子，吁出一口氣。

白薇撇嘴，拋擲著手裡的玉牌，神情玩味。白玉煙拿給她鑑定，轉手卻贈給沈遇，作為他們的新婚賀禮。

真夠有意思。

白老爹從鎮上回來，他賣了十雙草鞋，一共掙了三十文錢。

他滿面笑容，手裡拎著一包點心，特地買回來給家裡嚐嚐鮮。

白薇拿著一塊桃酥咬一口。「爹，明天你別去鎮上了，我帶你去縣城治手。」

白啟複一愣，摸著自己的右手。「不用了，我這手治不好，別浪費銀子。」

「爹，不論治不治得好，咱得試一試。」白薇神色認真，勸慰道：「治好了，你可以再做石雕，別荒廢了手藝。」

白啟複還要再說，江氏拉住他的手。「孩兒他爹，你就聽孩子的話吧。若能治好，你還能幹回老本行，治不好就繼續編草鞋。咱也不氣餒，還是靠手藝吃飯。」

白啟複沈默半晌，這才點了點頭。

白薇和江氏鬆了一口氣。

這時有人在院門口喊。「江氏，妳在家嗎？」

江氏連忙起身，應聲道：「在呢！方嬸兒，您有事嗎？」

「妳不是說要石頭嗎？我家裡堆了一筐石頭，揹來給妳挑挑，看有用得著的嗎？」方氏頭髮雪白，又黑又瘦，是個六、七十歲的老嫗。她身邊跟著一個十三、四歲的姑娘，一樣面黃肌瘦，穿著一件打滿補丁的衣裳，揹著竹簍。

「妳們趕緊進來。」江氏招呼兩個人進屋。

方氏讓劉露將背簍放在院子裡，卻不肯進屋。

白薇聽到動靜出來，心中很驚訝，沒有想到江氏的辦事效率這麼高，她還沒說要啥石頭呢！

江氏可憐方氏，老伴和兒子過世，媳婦也跑了，只留下個孫女，兩人相依為命。

「薇薇，妳瞧一瞧，看這些石頭能成不？」

白薇瞥見劉露腳上穿著一雙破洞的鞋子，露出兩個大腳趾頭。她收回視線，蹲下來挑揀石頭，打算沒有找著有用的，也給點錢買下來。

突然，她目光一亮，快速拿開其他的石頭，將最底下的那塊搬出來。

翡翠分為山料和籽料。

山料是原生礦開採出來的翡翠原料，沒有受風化形成的外層包皮。

籽料是在河床或者其他地方堆積，經歷百年、千年雨水沖刷，風吹日曬形成的翡翠，有一層風化包皮。

白薇拿出一塊拳頭大的石頭，表面呈灰色細皮，有一種樹脂光澤。放在陽光下，光澤豔麗且自然，綠的走向比較清晰，手感滑順，因為翡翠密度大，比同等大小的石頭要重。

白薇心中很激動，原本沒有抱希望的，沒想到卻給了她一個大大的驚喜。

方氏見白薇許久沒出聲，遲疑道：「ㄚ頭，這些石頭都不行嗎？」

「大娘，您先等一等。」

白薇抱著石頭去工棚，開一個口，瞬間出綠。

一種凝重的湖綠色，乍看近似湖藍色，放在陽光下呈翠綠色，變幻莫測。

白薇的血壓瞬間飆升了。

帝王綠！竟是帝王綠！

江氏帶著方氏和劉露進來，就看見白薇捧著石頭，點穴似地給定住了。

「妳這孩子，石頭行就行，不行就不行，怎麼這麼為難？」

江氏擰著白薇的胳膊，看著切開的石頭，油綠得彷彿要滴出來一般。

方氏佝僂著背，粗糙的雙手捏緊衣角。「丫頭，大娘不是難纏的人，妳只管說實話。」

「薇薇姊，我在河裡摸田螺，見這石頭好看撿回來玩的。」劉露舔著乾得脫皮的嘴唇，眼神露怯，小聲地說道：「妳喜歡，我送給妳。」

白薇回過神來，摸一下被江氏掐痛的手臂，連忙說道：「妳們誤會了，這塊石頭很值錢。咱們都是鄰里鄉親，我不坑騙妳們。但究竟值多少錢，目前我心裡沒個數。妳們若是信得過我，我將它雕刻成玉器賣了，得的錢咱們一人一半？」

方氏懵了，聽不懂白薇說的是啥，無措地說道：「大娘不懂這些，妳若覺得這石頭可行就留著。」

「妳們是村裡的好人，我們相信妳。」劉露乾淨純粹的眼睛，流露出對白薇的信任。

這一老一少，都是老實本分的人。家裡日子不好過，才會聽見風聲就立馬過來。

白薇從江氏手裡拿出九兩碎銀及一吊錢，放在方氏手裡。「大娘，您先拿著這些銀錢，等我將這玉石刻出來賣了，再將剩下的銀錢給您送去。」頓了頓，她又壓低聲音道：「妳們只有兩個人，今日這石頭賣多少錢，不能透露出去。」

方氏心知白薇是怕給她們招禍，感激地握著她的手，眼眶濕潤。「丫頭，大娘謝謝妳。妳是個實心腸的孩子。」

白薇是憑良心做事，問心無愧。

那一筐石頭，白薇從中挑出兩塊瑪瑙石，質地一般。

劉露喜歡手感光滑、潤澤沁涼的石頭，無意間倒是撿著寶了。

白薇有點可惜石頭太小，如果很大一塊的話。隨即又拍了拍腦門，能有那麼小塊也是她走狗屎運了。

天色擦黑，白薇漱洗完回屋後，將石頭放在枕頭邊，左摸右摸，愛不釋手。

沈遇穿著一件單薄的長衫進來，從櫃子裡抱出鋪蓋鋪在地上。

白薇看他在地上鋪一層草蓆，一床被子有一半墊在身下，一半蓋在身上，不禁皺起眉。這樣睡著不舒服，但想讓他回自家去住，又怕江氏和白啟複擔心。她心裡越發堅定要盡快造房子，這樣可以多出一個房間給沈遇。

「你得空的時候，可以找塊風水好的地，讓我娘買下來造房子。」白薇側躺著，面朝沈遇，和他閒談。

沈遇拉著被子蓋在胸口，閉眼睡覺，冷不防聽到白薇的話，他睜開眼睛望過去，目光驀地一滯。

她的膚色偏黑黃，顯得胸前那一抹白膩尤為扎眼。

白薇順著他的視線低頭，交領衣襟鬆散，她身子又側躺，擠壓著那一團似要跳出來般。

她老臉一紅，攏緊領口，轉身背對著沈遇，心快要從嗓子跳出來。

這具身體該長的一點沒少，該少的一點不多。

屋子裡的氣氛尷尬，又有一些微妙。

沈遇喉結滑動，張口想說什麼，但嗓子發緊，又熱得乾渴。他抬手摸一把臉，又重重搓揉一下眼睛，忽地十分認同白薇的話，得趕緊造新房子了。孤男寡女共處一室，難以避免一些突發的狀況。沈遇打住念頭，坐起來將蠟燭吹滅。「我明天就去看地。」

「嗯。」

天濛濛亮，白薇起床時，沈遇已經不在屋子裡。

換好衣裳出門，剛好看見沈遇挑了一擔水去廚房。

白離還跪在原地，霜打的茄子般蔫頭蔫腦。江氏狠了心，夜裡在窗戶邊盯著他，白離心裡犯怵，不敢站起來。他看見白薇，仇視地瞪著她。

白薇冷笑一聲，去廚房幫忙。

沈遇將一缸水挑滿後，坐在院子裡劈柴。

江氏看著堆成小山高的柴禾，對沈遇是越看越滿意。「妳弟要是有女婿這麼能幹該多好啊！」

「妳就別瞎想了。這幾個月不許白離去鎮上，就留在家裡下地幹活，跟著爹編草鞋也成。他要是敢離開石屏村，就敲斷他的腿。」白薇俐落地攤蛋餅，沒有壓低聲音。

白離聽見了，一股火氣直往上躥，卻又不敢發作，簡直快要氣炸了！

江氏深以為然。「我看著他，不給妳惹禍。」

白薇笑了一下，一張蛋餅就著一碗稀粥喝了。

那塊帝王綠裝在竹簍裡，再放入幾塊普通的石頭遮掩，白薇帶著白老爹一起去縣城。

有了白離偷銀子那一件事，石頭擱在家裡她不放心。

正好可以去鑑定一下價值，她也好規劃如何設計這塊石頭。

白老爹從昨晚開始就一直沈默無話，他從未想過這手還會有治好的一天。

白薇也不知道怎麼勸白老爹，畢竟能不能治好，她心裡也沒有底，就怕給了希望，得來的是失望。

坐牛車一個時辰到了縣城後，白薇和白老爹去往沈遇推薦的醫館。

白老爹以前常來縣城，輕車熟路的。

對面駛來一輛馬車，白玉煙和喬雅馨坐在裡面，正在討論三年一度的選寶大會。

「煙兒，妳這次準備什麼作品參賽？」喬雅馨喜歡白玉煙雕刻的玉件，在選寶大會上兩人結識，成為閨中密友。「三年前的選寶大會，妳才十三歲就奪得了魁首。這幾年妳的手藝越發純熟了，這次的魁首一定非妳莫屬。」

白玉煙因此一舉成名，白氏玉器鋪子在鎮上才會那般興旺。

白玉煙對這次選寶大會的魁首依舊志在必得，謙虛地道：「我還沒有想好，得好好和爹商量一下。」

喬雅馨挺期待好友能再次奪魁。

白玉煙掀開簾子，看見白啟複和白薇，目光一頓。「我看見大姊了。」

喬雅馨一怔，白玉煙的大姊不就是白薇？

那個女人打斷了顧時安的手，還誣賴他，敗壞他的名聲，她正愁不知道如何找白薇算帳，給顧時安出氣呢，這個女人倒是自個兒送上門來了。順著白玉煙的視線望去，見白薇拉住白啟複避開牛車，喬雅馨眼中閃過一抹厲色，招來婢女，讓她吩咐車伕朝白薇撞過去。

第七章

一輛馬車突然失控，朝白薇疾駛而來。她面色驟然一變，將白啟複朝一邊推去。

路人驚得慌不擇路，紛紛往一邊湧去。

白薇被人推了一下，摔倒在地上，竹簍裡的石頭全都甩飛出去。她顧不上被石頭砸痛的肩膀，立即爬起來，將石頭撿起來裝進竹簍。

車伕拉住韁繩，馬車停了下來。

白玉煙掀開車簾，透過縫隙，看見白薇散落在地上的石頭。

陽光照著那抹濃沈的翠綠，刺得白玉煙瞳孔一縮。

翡翠？白薇怎麼會有翡翠？

想起那驚鴻一瞥，品相很不錯。她幾乎克制不住，想要下馬車，細細品鑑那塊翡翠。

「沒用的東西！連個人都撞不到。」喬雅馨氣急敗壞，雙目噴火，拉著丫鬟罵道：「妳讓車伕再去撞，直接輾過去。」

白玉煙醒過神來，她倒是希望喬雅馨撞死白薇，一了百了。可她在這輛馬車裡，白薇若死在車下，對她很不利。

「馨兒，馬車停下來了，妳再撞過去，太過刻意。妳是縣令千金，會惹人非議的。」白玉煙拉住喬雅馨，規勸道：「顧時安欠謝玉琢一百兩銀子，我剛才看見白薇的竹簍裡有一塊頂部發綠的石頭，妳要過來，我給妳一百兩銀子，妳拿去給顧時安。我已經想好選寶大會要雕刻的玉件，就是少了一塊中意的石頭，她那塊剛剛好。」

喬雅馨猶豫了，搶東西勢必要出面，對她可不利。

白玉煙出謀劃策道：「白薇驚擾到馬匹，差點傷著妳，可見她別有居心。妳該直接讓人捉拿她，打她幾十板子審問，她就會說出實話。」

喬雅馨喜不自禁。「還是妳聰明。」賞白薇一頓板子出氣，又能拿走石頭，一舉兩得。有了名目，喬雅馨立即掀開簾子下馬車。

白薇氣勢洶洶地站在馬車旁邊，臉色難看，先發制人道：「你們怎麼駕車的？路邊有許多百姓在行走，若撞傷人了，賠幾個錢就能了事嗎？」

百姓心裡也有怨氣，若撞傷他們，賠的銀子也就是醫藥費罷了，但耽誤的工時怎麼算？白薇這句話說到他們心坎上，頓時激發出怒火，有人想跟著說幾句，被一旁認出喬雅馨身分的人給拽住，搖了搖頭。他們可惹不起縣令千金。

「妳說這句話好沒有道理。我的車伕駕車十分老道，馬車也從未撞過人，剛剛會突然失控，是因為妳竹簍裡的東西刺激得馬兒發狂，妳現在卻倒打一耙，我看妳是別有居心。」喬雅馨指使著車伕，厲聲道：「你去她竹簍裡搜。」

車伕跳下馬車，就要去搜白薇的竹簍。

白啟複擋在白薇面前。「竹簍裡裝的是石頭，馬根本看不見裡頭的東西，怎麼會刺激到妳的馬？」

「是不是，搜了就知道。你們推三阻四的，不會是真的藏了見不得人的東西吧？」喬雅馨冷笑一聲。「給我搜。」

車伕推開白啟複，一手抓住竹簍就要扯下來。

白薇扣住車伕的手腕，用了巧勁一擰，一腳踹在車伕的膝蓋上，將他的手反剪在身後。

喬雅馨氣壞了，指使跟在馬車旁邊的粗使婆子。「她是土匪細作，要捆我去做人質。妳們兩個快把她抓起來，帶回去關進大牢裡，讓人嚴刑審問。」

百姓嚇一大跳，看著白薇的眼神都變了，紛紛退遠了。

土匪燒殺劫掠，無惡不作，百姓都深惡痛絕。

白薇看著是一個普通的弱女子，但卻兩三下就擒住人高馬大的車伕，讓人不得不懷疑她的身分。而且喬雅馨在縣城並不囂張跋扈，往日也沒有傳出過壞名聲，這話或許可信。

白薇從百姓之前的態度就得知喬雅馨的身分不一般，此時喬雅馨的這番話更是讓白薇認出了她的身分。望著馬車上掛著的喬府牌子，縣令不就是姓喬嗎？

當初顧時安向縣令借銀子給她治病，當時她以為是縣令看中顧時安的才學，今日她全明白過來了。她們無冤無仇，甚至都沒有見過面，但喬雅馨眼中對她的敵視卻很明顯，撞她是在為顧時安出氣吧？她可不傻。

「我們是本本分分的老百姓，我爹之前是石雕匠，給縣城不少人做過石雕，大多都認識他。」白薇看著朝她走來的婆子，眼底布滿厲色，譏誚道：「若真有土匪當街綁人，那是咱們縣太爺不作為，才讓土匪氣焰囂張嗎？若是如此，等京城裡來人巡查時，我們可以請願讓朝廷派得用的人來，免得百姓出個門都得惶惶不安，擔心被土匪擄走。」

「妳！」喬雅馨氣紅眼睛，白薇竟敢這般貶低她爹。她嬌蠻地喝令道：「你們趕緊把她抓起來！」

白玉煙忍不住掀開一點車簾，看見婆子和車伕圍住白薇，要將她制服，提著的心便放了下來。喬雅馨極痛恨白薇，若將白薇關進大牢，只怕會廢了白薇，這樣就不必擔心白薇會成為自己的絆腳石了。

白薇瞥見晃動的車簾，眼睛微微一眯。在婆子撲過來的一瞬，她從竹簍裡拿出一塊石頭道：「我的竹簍裡裝的是石頭，用來做石雕的，真的刺激不了妳的馬。不信妳看。」手一揚，石頭飛出，砸在馬身上。

白玉煙的眼皮一跳，就聽見馬匹嘶鳴，緊接著馬車劇烈震動，疾奔起來。

「啊——」白玉煙整個人摔在馬車上，滾出馬車。她驚恐地看著馬蹄從她頭頂跨過去，嚇得半死。

喬雅馨的臉色鐵青，這個賤人竟然敢砸她的馬。

白薇見闖禍了，懊惱地說道：「抱歉，沒有控制好力道，砸著馬了。但妳也看見了，我得將石頭砸在馬身上，才會驚著馬。喬小姐，妳真是誤會我了。」她回頭看一眼趴在地上、驚魂未定的白玉煙，驚喜地跑過去叫道：「二妹！妳在這裡真是太好了！妳快替我解釋，我不是土匪。」

白玉煙全身疼痛，狼狽不堪，心裡恨死白薇這賤人。

「二妹，妳怎麼了？被馬撞倒了嗎？」白薇扶著白玉煙起來，嘀咕了一句。「喬小姐像是故意針對我似的，可我和她素不相識，她為啥要冤枉我啊？我看她馬車上掛著的牌子是喬府，咱們縣太爺也姓喬，和顧時安有交情，難道喬小姐是為了顧時安出氣？也不對啊，她都沒有見過我，怎麼認出我的？」

白玉煙心口猛地一跳，本還想推波助瀾，利用白薇砸馬一事把她抓起來，出一口惡氣的，可此時怕白薇猜出是她在從中作梗，將事情給鬧大，因此連忙壓下怒火說道：「大姊，妳當然不是土匪。我是看妳被刁難，才過來解圍，結果被馬給撞倒了。」不等白薇說什麼，白玉煙就對喬雅馨道：「喬小姐，她是我堂姊，妳誤會她了。我為她剛才的莽撞向妳道歉。」語畢，拿出一個荷包，忍著痛，走到喬雅馨面前，將荷包放在她手裡，給她一個眼神，讓她息事寧人。

喬雅馨皺眉，對白玉煙臨時倒戈有些不滿，卻又不得不給她面子。「算了，這次就放過妳。今日這事放在別人身上，可不像我這般好說話。」

白玉煙千恩萬謝。

喬雅馨帶著婢女離開。

白薇冷眼看著白玉煙和喬雅馨做戲。如果不是她剛剛瞥見白玉煙坐在馬車上，所以故意弄出這一齣，今天想要脫身怕是不容易。

白玉煙這一摔也不冤，喬雅馨能認出她，白玉煙功不可沒吧？

白薇詢問道：「二妹，妳摔得嚴重嗎？要不要去醫館看傷？」

白玉煙的右手使不上勁，動一動就鑽心的痛，大概摔傷了。她現在最不想看見的就是白薇，白薇臉上的笑，讓白玉煙心裡很憋悶。正要拒絕，白啟複先她一步開口了。

「大伯要去醫館治手，妳正好跟我們一塊兒過去吧？」他心裡挺感激白玉煙的，是她給白薇解圍。

白啟複要治手？白玉煙愕然，目光晦暗地盯著白啟復的手。時隔多年，他的舊傷應該治不好了吧？

前一世，白家長房十分風光，而他們二房卻落魄不已。

獲得重生的機會後，白玉煙決心改寫命運，因此要從根源上斬斷白薇走上治玉的道路——她雇人廢掉白啟復的手，讓白薇無法跟著白啟復學石雕，更無法無師自通地曉得治玉。而她則搶占白薇的機緣，令二房興旺起來。

若是白啟復的手治好了，一切難道又要回到前世的軌跡嗎？

白玉煙心潮不定，左手收緊了拳頭，臉色蒼白道：「那就一起去吧。」

幾個人去往神農醫館。

白玉煙讓郎中先給白啟複治手，他的手是陳年舊傷，每到陰雨連綿的天氣，骨頭就會痛。

郎中沈吟道：「這手先針灸一段時間，每日用藥擦拭，十天半個月後我才有準話。」

白玉煙道：「郎中，您一定要醫治好大伯的手。他是石雕匠，這身本事荒廢可惜了。」

「石雕匠？那是可惜了。」郎中攤開一包銀針，往白啟複手臂上的穴位扎去。「往年選寶大會，只有玉器才能參選，這次的選寶大會，石雕也可以。這手若是沒有傷著便能參加，如果能夠奪魁，你的身價就水漲船高嘍！」

「選寶大會？」白薇一臉疑惑。

白啟複盯著郎中扎針，一邊回答白薇。「選寶大會三年一度，在縣城召開，由鑑玉人評定能否參選，最後賣出的價錢最高的玉器，獲得魁首之稱。」

白薇皺眉。「這樣不是會有人作假？」若是有人自己炒高價錢，再自己買下來，便能獲得魁首。

郎中失笑道：「小姑娘，這可作不得假。接受邀請參加選寶大會的貴賓，全都是有背景和底蘊的人，對玉器有鑑賞能力。主辦方還會邀請鑑玉人來進行投票，綜合評估。往年都是票選最高的作品，賣出了最高的價錢，眾望所歸。若想要在這個玉器圈子混下去，都會守規矩，不會壞了行規。」至於怎麼個規矩法，郎中卻是沒說。

白啟複知道得也不多，慈愛地注視著白薇。「妳認真跟著師父學，下一屆選寶大會就能夠參加，便能知道他們的規矩。」

寶源府城盛產玉石，本該富庶才對，可卻沒有出眾的玉雕師，礦脈採出的玉石被毗鄰的府城兩大世家把控，取代了寶源府城，被冠上「玉石之都」的稱號，頗受朝廷重視，歷屆太守都是任期一滿便回京述職。

寶源府城的太守，已經連任十餘年。眼看著隔壁府城的同僚走了一波又一波，他急得腦袋都禿了。正好，宮廷玉匠師段羅春返鄉養病，太守親自上門拜訪，兩人一商量，便整出這選寶大會來。前三名帶到段羅春面前，若是通過考核，便會由段羅春收入門下。

事關太守的升遷大事，又有一尊大佛鎮守著，誰敢暗箱操作？

白玉煙跟著段羅春學了一年，將白氏玉器鋪子做得風生水起。她自然知道段羅春的真本事，也知道當年白薇嶄露頭角，十分得段羅春欣賞，收她做關門親傳弟子，將自己畢生絕學全都傳授給白薇。而她利用白薇前世名聲初顯的作品得了魁首，段羅春卻說她心氣浮躁，急功近利，並不滿意。

這次去府城，一為拜訪段羅春，二為去石場挑選原石。白玉煙準備將白薇前一世名動京城的作品雕刻出來，讓段羅春對她刮目相看，收作關門弟子。

她邀請道：「大姊，妳若真的很好奇的話，這次我帶妳一起去見見世面，等以後妳參加了比賽，心中便會有數。」讓妳親眼看著我如何用妳的作品名揚寶源府城，乃至整個西嶽國。

就算白薇學會治玉又如何？自己已經搶先白薇一步嶄露頭角，遠遠地撇下白薇，成為她仰望的人了。這樣一想，白玉煙便穩定了心神。

白薇有一塊帝王綠，動了參選的心思，但面上不顯半分。「好啊，先謝謝二妹了。」她看著白玉煙的右手，關切道：「二妹，我爹的手已扎了針，讓郎中給妳看看手吧，別耽誤了醫治。」

白玉煙的手很痛，不知道具體情況如何，但她過來並不是為了治手的，而是想知道白啟複的手能不能治？如今想通了，白啟復的手是好是壞，白薇都對她構不成威脅，白玉煙便不想多留。「不必了，我的手只是擦傷而已，讓丫鬟塗抹傷藥，過兩天就會好的。」

白薇也不勉強，她等等還有別的事情要做，也不方便帶著白玉煙。

白玉煙告別白啟複和白薇後，去了縣城最大的一家醫館，請郎中看診。

「姑娘，妳的右手傷到了筋骨，這兩個月都不能使勁，也不能幹重活。」郎中檢查完傷勢後，著醫女為她塗抹跌打損傷藥酒。

白玉煙臉色大變，選寶大會剩下不到兩個月時間，她這手傷了，還怎麼雕刻玉器，參加選寶大會？她急切地問道：「有什麼法子能好得快一點嗎？」

「傷筋動骨一百天，沒有其他法子。」郎中搖頭，讓白玉煙慢慢將養著。

白玉煙一口牙都要咬斷了，心中越發痛恨白薇。

白啟複的手扎完針了。由於每天都要扎一次，來回不方便，白薇尋思著，讓郎中寫下要扎的穴位，帶回去請劉郎中給白老爹扎針。

白啟複動了動手，眼角染上笑。「丫頭，扎針後，這手不怎麼疼了。」

「這是好兆頭。你一定會治好的，到時候咱父女倆一起參加選寶大會。」白薇揹上背簍，臉上難得地露出笑意，望著車水馬龍的街道，說：「爹，我今年想去試一試。」

白啟複一愣，看著白薇微微仰著臉，暖陽灑在她的臉上，那般笑容燦爛，從容自信。她側過頭來，堅定的眼神充滿對生活的熱情，那是小女娃該有的蓬勃朝氣。他微微一笑，不忍拒絕。「好。」

「我試一試，就當見見世面，說不定運氣好，我取得名次了呢！」

白啟複聞言笑了。「妳還年輕，多看看也好。」隨後，在前頭領路。

白薇的手指握著竹簍背帶，跟在白啟複身後去往「天工會」。

天工會的名字，取自「巧奪天工」。

天工會實則是一間古玉鋪子，裡面只有一個髮鬚灰白的老頭躺在竹編躺椅中，手裡握著一個玉扳指賞玩。

聽到動靜，老人側目望來，渾濁的眼睛微微眯著打量白薇和白啟複，而後坐起身，問：

「報名嗎？參加石器還是玉器？若是玉器，你們有上等玉石嗎？」

白薇連忙放下竹簍，掏出那塊帝王綠。「老先生，我拿這個參賽。」

老人眼睛一亮，將原石捧在手中，取來一根瑪瑙棒敲擊，傳出風鈴一般清脆悅耳的聲音。「小姑娘，這塊玉是好玉，妳別糟蹋了，不如開個價賣給我吧？」

白薇婉拒，將原石拿回來。「老先生，無論成敗，我都想一試，不留遺憾。」

老人氣鼓鼓地瞪著白薇。「小姑娘，白玉煙是個例，不是每個人都有她那份開闊的思維，能刻出奇特的玉器。妳再錘鍊個幾年，再好好雕琢這塊玉吧。」

白薇笑道：「多謝老先生好意，我心意已決。」

老人心疼地看著白薇手裡的那塊帝王綠翡翠，簡直拿她沒有辦法，只能氣呼呼地給她報名。「十二月初一，妳記住日子。」老人仍有點不甘心，又問：「當真不賣？」

白薇心思一動。「您出多少銀子？」

老人連忙比出兩根手指。「老夫是惜玉之人，給妳二百兩。」

「謝謝老先生，我不賣。」白薇看著老先生噎得臉紅脖子粗，似乎看見了爺爺的影子，不禁嘴角含笑道：「您要真的喜歡，就在選寶大會拿下它吧。」

老人氣得在屋子裡急轉幾圈，最後朝白薇遠去的身影說道：「不自量力！」

白薇將喬雅馨那一筆帳算在顧時安頭上，如果不是他在喬雅馨耳邊搬弄是非，喬雅馨也不會無故針對她。

而且顧時安是個小人、偽君子，他若做官，對大哥是一個威脅。

若能找到證人，擁有顧時安謀害她的證據，他就無法參加科考了。

白薇打定主意後，便去找里正，讓他問一問，九月十五那一日傍晚，可有人在村東頭地裡撿到一根銀簪子？若歸還給她，她會給十兩銀子酬謝。看見誰撿了、或者看見誰經過那處，來里正這兒報信，也都能得五文錢。

如果真的有目睹顧時安推白薇的人，那麼聽見這個消息，就會知道白薇真正的意圖。

之前白薇不找目擊證人，那是因為顧時安在村裡名聲好，無人敢得罪他，但現在不一樣了。

這個消息一出，傳到顧時安耳中，他立即就知道了白薇的意圖，臉色頓時陰沈。

他仔細回想，那一日他辦酒席，大多人都來家裡恭賀他，所以早早就從地裡離開，的確沒有人會出現在地裡，可他心中卻莫名地發慌。白薇不死的話，事情不會輕易結束的。

果然，天色擦黑，門板被敲響了。

顧時安正在吃飯，心口猛地一跳，手上的碗差點打翻在地上。

「誰？」顧時安放下碗，站在門後，沒有開門。

「顧舉人，是我，劉燕。」

顧時安聽到女子的聲音，鬆一口氣，這才將門打開。

劉燕穿著粗布衣裳，頭髮梳成一條麻花辮，用一根紅色布頭繩綁著。她相貌普通，輪廓與劉娟相似，是劉娟的堂妹。

劉燕東張西望，見四周沒人，趕緊推顧時安進屋。

「妳找我有事？」顧時安心中疑惑。他們從未有過來往，他不知道劉燕上門的目的。

顧時安皺緊眉，神情不悅。

劉燕渾不在意，她四處打量著顧時安的屋子，簡陋卻整潔。看著桌子上的飯菜，其中有一碗紅燒肉，她立即用手捏起一塊放入嘴裡。許久沒有吃肉了，乍然吃到肉，香得她舌頭都要嚼了吞進去。她索性上桌，大口往嘴裡塞肉塊。

顧時安臉色鐵青，看著她的吃相，覺得反胃，準備攆人。

劉燕將三、五塊肉全都吞進去，滿嘴油光，舔了舔嘴唇道：「顧舉人，你家的肉菜真好吃，明兒我還上你家來吃飯。」

顧時安忍無可忍，臉色極難看。「沒事的話妳可以走了。」

劉燕嘻嘻笑道：「我正事還沒有說咧！」攤開手心道：「我馬上要嫁人了，嫁妝還沒有著落呢，你給我二十兩銀子唄！」

顧時安看她有恃無恐，心裡驀地有不好的預感。

「你賠給白薇五十兩，又給了謝玉琢一百兩，怎麼就不肯給我二十兩呢？你就不怕我告訴白薇，你把她推進井裡，等她快淹死了再救上來的？」劉燕手抓著辮子甩，繞著他轉。「你殺人一事被發現，名聲可就壞了，不能參加科考。我才要你二十兩銀子，挺厚道的吧？」

劉燕兜頭一桶冷水澆在顧時安頭上，胸腔裡翻湧的怒火一下全滅了，他目光陰冷地盯著劉燕，變化莫測，不知道在想什麼。

「我撿到你寫給白薇的退婚書，白薇不肯退親，你想保住自己的名聲，所以殺人滅口。」劉燕手裡捏著把柄，一點都不怕顧時安。

顧時安如墜冰窟，渾身發冷，咬牙切齒地道：「我給！」轉身去拿銀子。

劉燕得逞了，笑嘻嘻地道：「你別怕，就我一個人看見了。你給我封口費，我就不會透露給別人。」

顧時安哪裡有銀子？謝玉琢那一百兩還是喬雅馨給的。他手上也只剩十多兩。

劉燕數了一遍，十六兩銀子。她臉一沈，問：「顧舉人，你這是啥意思？」

「剩下的我慢慢給妳。」顧時安見劉燕臉色緩和了些，又說道：「那退婚書……」

「退婚書？你拿五十兩銀子來換吧！」劉燕將銀子揣兜裡，準備回家，站在門口對顧時安喊道：「對了，你家的肉真好吃，明天給我家送一碗啊！」看顧時安腦門青筋暴凸，又笑道：「我看白薇不順眼，心裡是向著你的。」

顧時安氣紅眼睛，看著滿桌狼藉，猛地掀翻桌子。

劉燕聽到屋內傳來一聲悶響夾著碗碟摔碎的聲音，撇了撇嘴。之前顧時安的名聲好，她可不敢聲張。現在鄉鄰人人都怕他翻舊帳，她才不怕。只要握著這個把柄，就不用為銀子發愁了。

劉燕回到家時，瞧見劉娟裹著棉襖站在門口，馮氏扯著大嗓門正在咒罵。

「沒用的東西。給妳十兩銀子就打發了，還想吃雞蛋？餓死鬼投胎的賤人！連個男人都勾不住，妳還有啥用？快去洗衣裳。」馮氏提著兩桶髒衣裳擱在劉娟腳邊，指使她去河邊洗。

快十一月的天，天氣雖然還算暖和，但早晚卻天涼。

劉娟小產沒幾天就被趙夫人趕出來，回娘家坐小月子。馮氏見她只得十兩銀子，翻臉無情，指使她幹活。

「杵著幹啥？還得老娘找牛車拉妳去啊？」馮氏一臉刻薄，擰著劉娟的耳朵，力道大得似要把耳朵揪扯下來。馮氏心裡恨啊！她費盡心思將劉娟送到趙老爺床上，眼見肚子裡揣著貨，他們一家要翻身了，卻因劉娟貪嘴亂吃東西，沒能留住肚子裡的孩子，趙老爺把她給趕出來了。一只破鞋，還能值幾個錢？「老娘早晚把妳給賣了！」馮氏剜了劉娟一眼，轉身進屋。

劉娟臉色煞白，眼淚湧出來，忍下委屈，挑著桶去河邊洗衣裳。

劉燕之前嫉妒劉娟攀上趙老爺，現在看她被灰溜溜地趕回來，心裡很痛快。

「堂姊，做人得有自知之明，我看妳這張臉就是命裡帶窮，何必瞎折騰呢？現在身子給人騙了，銀子又沒撈著。白家今兒買地要造房子了，白孟又回去書院唸書，妳說妳當初若老老實實跟著白孟，別說過得多闊氣，至少頓頓有肉吃啊！總比嬸娘賣了妳好吧？也不知道是會把妳賣給七老八十的鰥夫，還是瞎眼瘸腿的男人？」劉燕幸災樂禍，嘲諷道：「白孟對妳一片癡心，妳這麼會勾男人，把他勾上床，他家敢不娶妳嗎？」

劉娟緊咬著嘴唇，賣女兒的事情，馮氏真幹得出來。想著自己被賣給瞎眼的、瘸腿的，她就害怕，那些人倒真的比不上白孟。

如果白薇不鬧，趙老爺也不會知道劉琦賭博，早將她納進趙家了，就算孩子保不住，也不會趕她走。劉娟恨恨地想著，心裡便拿定了主意。

沈遇辦事效率很快，已經相中一塊地，依山傍水，風景好，風水也極佳。

江氏把白離鎖在家裡，跟著沈遇去看地，對他選的地很中意，特地找里正問了價錢。

那塊地連著一片荒山，要買的話，荒山也得一併買下來，由於荒山上都是石頭，壓根兒不值錢，算了十兩銀子，總共得要三十兩銀子。

江氏拿不定主意，正好白孟今天會回來，她打算等一大家子到齊，商量好再下決定。

此時沈遇坐在堂屋裡，看著白薇在院子裡晾衣裳。等她進來後，他將一個布包推向她。

「金剛石刀。」

白薇連忙放下盆，打開布包，裡面是一整套的金剛石刀頭。她既驚喜又意外。「你居然給我做了一套？多少銀子？我拿給你。」

「不必了，就當作我給的伙食費。」沈遇拿著一包金剛石碎屑，遞給白薇。「這是金剛石粉，我收集起來的，妳打磨金剛石的時候可以用上。」

白薇不得不感嘆沈遇心思細膩，考慮得很周全。

他不肯收銀子，因為白薇琢磨著給他雕一塊玉牌，算作辛苦費。

她喜孜孜地將金剛石刀頭收起來，打算就用這一套工具來雕刻那塊帝王綠去參賽。

白孟回來的時候，天色擦黑。

一家人上桌吃飯，白離不肯出來，在屋子裡鬧絕食，讓江氏鬆口放他去鎮上。

白薇冷笑一聲。「他不吃就算了，省下的糧食拿去餵雞還能下兩個蛋，比他吃了強。」

江氏憂心忡忡地看一眼緊閉的門。

白孟開口道：「娘，他年紀不小了，餓不著。」

江氏嘆息一聲，便將那塊地的事情說了一遍。「你們覺得不划算的話，咱們再重新挑一塊地。」

白薇和沈遇這段時間相處下來，知道他辦事挺牢靠的，因此想都不想地道：「就那塊地吧！」荒山買下來也不錯，以後說不定能用得上。

白孟沒有意見。

江氏就笑道：「那我待會兒找里正把地給買了。」

「我和妳一塊兒去。」

吃完晚飯後，白薇叫上沈遇，和江氏一起去了里正家。

劉娟得知白孟回村，正好這個時候找上白家，和白薇他們錯開。

她緊張地敲響白家院門。

白孟在溫書，聽見敲門聲，以為是小妹他們折回來了，起身拉開院門，見到是劉娟，不禁皺緊眉頭。「妳來幹什麼？」

劉娟捏緊衣襬，看著白孟英俊的面孔，臉色微微發紅。「阿孟，我有話和你說，我們找個沒人的地方，不會耽誤你太多時間的。」

「我們之間沒有話可說，該說的在妳退親的時候全都已經說清楚了。」白孟準備關上門。「妳回去吧，給人瞧見了，會傳出閒話的。」

劉娟心急地用手擋著，整個人跟著擠進門內。

白孟往後退一步，避開劉娟的投懷送抱。

「阿孟，咱們怎麼就沒話說？那麼多年的感情，你說放下就放下了？」劉娟被他避如蛇蠍的動作刺激得臉色發白。

「事情已經過去了，沒必要再提。」白孟用劉娟當初的話堵住她的口。「妳說得對，我很無用，聘禮攢不起，娶媳婦的房子也沒有能力造，跟著我得一輩子過苦日子。妳既已跟著趙老爺了，就好好和他過日子吧。」

劉娟的臉色煞白，當初為了擺脫白孟，她說了太多不堪入耳的話。

白孟說得很含蓄，她之前的原話是：我不會跟著你過苦日子，也不會養著兩個老的和兩個小的。連娶媳婦的房子都沒有，還和弟弟住在一塊兒，將來媳婦是不是也得和弟弟共用啊？你若真的為我好，就別擋著我享福的路子。你看趙老爺出手多闊綽？這個玉鐲子你一輩子都買不起。我已經和趙老爺睡了，肚子裡還有他的孩子，你若想要做便宜爹，不介意自己的女人和別的男人滾炕頭，那我就在家等你來娶我。

白孟被她刺激得差點沒瘋了，壓制住怒火掉頭就走，她又攔住他要婚書。白孟將婚書扔給她後，將她一把推開，結果鐲子砸在地上。劉娟那時氣壞了，便朝他罵道：憑你家這窮酸樣，還想娶媳婦？你這麼沒用的廢物，壓根兒就不配娶媳婦，誰跟了你那是倒了八輩子楣！

劉娟這會兒想起來，臉皮火辣辣的，慌亂地說道：「阿孟，不是這樣的，你聽我說。」她抓著白孟的袖子。「我是騙你的，其實我跟趙老爺是清白的。咱倆青梅竹馬，你還不知道我是啥樣的人嗎？若真的嫌棄你，早就和你退親了，怎會等到現在？是我娘，我娘逼我的，我沒有辦法，真的沒有辦法。」

白孟蹙緊眉，將劉娟推開。

「阿孟，我心裡喜歡你，是逼不得已才說那些話傷害你的。趙老爺雖然有錢，可我不喜歡他。你要了我吧，我身子不乾淨了，我娘一定不會把我送給趙老爺的。」劉娟豁出去了，他越推，她反而纏得越緊，抱著白孟，往他嘴唇上親過去。

白孟沒有想到劉娟這麼大的膽子。他臉色一冷，用力將劉娟推倒在地上。「劉娟，請妳自重！」

劉娟看著白孟冷酷無情的臉，心涼了半截。她如今只能賴上白孟，總比隨便被賣了好。聽到門口有動靜，她咬緊牙根，猛地解開衣裳，往白孟身上蹭去。

「阿孟……不、不要。」劉娟胸前衣裳敞開，吃定了白孟不敢推她，整個人便纏上白孟，抓著他的手往身上摸。聽見門被人推開，劉娟立即帶著哭腔喊：「救命！阿孟你住手！」

白孟臉色鐵青，反握住她的手，將她扯下來。

劉娟挺著胸脯，還想要再往他手上湊時，一隻手從後面猛地把她拉開，她還沒有看清楚是誰，只覺頭皮劇烈一痛，接著「啪啪」兩巴掌已打在她臉上，她整個人都懵了。

白薇冷著臉，想著劉娟竟來噁心白孟，不禁怒火中燒。

「劉娟，妳臉不要了，總要做人吧？」白薇掐著劉娟的後頸往牆壁上撞去。「妳再敢噁心我哥，我就把妳幹的醜事全都抖出來，看妳以後在村裡還要不要做人。」

劉娟尖叫一聲，腦袋撞在牆壁上，頓時眼冒金星。

「妳再敢上我家，我打斷妳的腿！」白薇抓著劉娟，扔出門外。「還不快滾！」

劉娟臉色慘白，卻仍咬著牙道：「白薇，妳血口噴人！我來找妳哥讓他別還那三十兩銀子了，結果他二話不說就拉我進門，撕開我的衣裳。妳現在卻倒打一耙，往我身上潑髒水，說我勾引妳哥，妳這是想逼死我！我的身子已經被妳哥給看光，我沒臉活了。被你們作踐死，我不如撞死在你們家門前證明清白。」劉娟閉著眼睛，發狠地一頭撞在牆壁上，而後跌倒在地上。

「兒啊！我的兒啊！妳死了，叫娘怎麼活啊？」馮氏和劉燕趕過來時，看見劉娟往牆壁上撞去，馮氏立即乾哭幾聲，惡狠狠地瞪著白薇，咒罵道：「天殺的賤貨！娟兒招妳惹妳了，妳竟逼得她去死？今兒不把話說明白，老娘和妳拚命！」

白薇冷笑道：「妳問問劉娟她幹的啥醜事。」

劉娟腦袋劇痛，眼前陣陣發黑，見鮮血流下來，嚇懵了，哭喊道：「娘，我的身子給白孟看去了，他們卻往我頭上扣屎盆子，說我勾引白孟。我不活了，活不下去了！」

「妳別怕，娘給妳討公道！」

劉娟撲在馮氏懷裡，悄悄用力在自己胸口掐出紅印子。「他們一家欺負人，記恨我退親，要毀我的清白。」她猛地站起來，絕望道：「娘，妳別攔著我，他們不肯娶我負責，我還活著幹啥？」說著，又要往牆壁上撞去。

馮氏死死地抱住劉娟。「妳這是在娘的心窩上捅刀子，要逼死我啊！村裡的姑娘多是十五歲前就嫁人了，可憐妳被白孟白白耽擱成老姑娘，眼見退親了要跟趙老爺過好日子，卻又被他這黑心爛肺的東西給糟蹋了。命苦啊，咱娘倆的命咋那麼苦啊！」

母女倆抱頭，哭得撕心裂肺。

這裡鬧的動靜太大，引來不少鄉鄰。有人眼尖地瞧見劉娟胸口上的紅印子，義憤填膺道：「劉二家的，白孟毀了劉娟的清白，他肯定得娶劉娟進門。我們這就去找里正和族長來，給妳們作主。」

鄉鄰很快就將里正和族長請過來。

馮氏撲通地跪在族長腳邊，嚎啕大哭。「族長，你可得給我們娘兒倆作主啊！白孟這禽獸不如的東西，污了娟兒的清白卻不肯認帳，還反咬一口，把屎盆子往娟兒頭上扣，不給咱娘兒倆留活路啊！」

劉娟抱著胸口，抽抽噎噎地在一旁啜泣。

族長年逾六十，是村裡的老秀才，很有名望，處事公道，令人信服。他穿著灰色直裰，精光矍鑠的眼睛掃視一圈後，看著衣裳凌亂的白孟，沈聲問：「白孟，她們說的可是真的？」

白孟一臉怒氣。「族長，您該清楚我的為人。我和她解除婚約後，兩個人再沒有關係，又怎麼會對她做出這種事？」

族長沈默，心想：這種事情，可不是憑你一、兩句話就能講得清楚的。

劉娟站起來，指著白孟哭罵。「你是啥意思？我還能誣賴你？你有沒有良心啊？我求你住手，喊救命，結果白薇來了就給我兩耳光，推著我去撞牆，還威脅我，若敢把這事宣揚出去，她就打斷我的腿。這話也有鄉鄰聽見了，你不肯認帳，鄉鄰能還我清白。」她額頭一片瘀紫，糊著鮮血，紅腫的臉掛著淚痕，看起來狼狽不堪。

鄉鄰看劉娟弱小又無助，頓時憤怒不已，紛紛替她打抱不平。

「我親眼瞧見白薇抓著她丟出來，還惡聲惡氣地說要打斷她的腿，逼得劉娟去撞牆。」馬氏站出來說：「族長，哪個女人會拿自己的清白去誣賴人啊？白孟雖看著實誠，您可別忘了那顧舉人。」

「對，我也瞧見了。而且劉娟的胸口還有紅印子呢，這還能有假嗎？」

「白孟，劉娟本來就是你的未婚妻，你既看了她的身子，乾脆就娶了她吧！」

「你倆這麼多年的感情，能看著她去死嗎？你家都是實誠人，娶了她，這事也就解決了。」

馮氏是想把劉娟給賣了，可劉娟如今是一只破鞋了，能值幾個錢？剛剛劉燕說劉娟來找白孟，打算賴上白孟，她便動了心思，若劉娟和白孟好，她還能撈幾十兩聘禮。

「族長、里正，白家今兒不給個說法，我們娘兒倆就一人一根麻繩吊死在他們家門前。」馮氏打定主意要賴上白孟。

白孟臉色鐵青，但這種事他還真的拿不出證據。

「你們這麼熱心腸，怎麼不叫你們家兒子娶了劉娟？」白薇冷笑道：「劉娟當初嫌我家窮，瞧不上眼，攀上了鎮裡的趙老爺，現在又突然回頭賴上我哥，想來是被趙老爺拋棄了吧？」

劉娟也不反駁，只一個勁兒地哭。

看在鄉鄰眼中，她這是被白薇欺負得狠了。

「白薇，有妳這樣說話的？妳自個兒被人拋棄投井，現在想逼死劉娟，心怎麼就這麼狠呢？看光劉娟的是白孟，占了便宜想不負責，哪有這樣的好事？」馬氏跟著冷笑一聲。「虧白孟還是讀書人呢，咱們去書院，找他的同窗和老師評評理，看他幹了這種禽獸事，該不該負責。」

族長皺緊眉頭，白孟進書院是花了大力氣的，若鬧到書院裡，白孟就別想做人了。

「白孟，你還沒有娶媳婦，不如娶了劉娟吧！」族長很看重白孟，希望他能為村裡爭光。「兜兜轉轉，你倆還是攪合在一起，這也是緣分。」

「沒門！」白薇一點面子都不給，直接拒絕。「我家再窮，也不是撿破爛的。」

「賤人！妳說誰是破爛？妳才是給男人捅爛的賤貨！」馮氏朝白薇衝過去，雙手往白薇臉上撓，憤怒地罵道：「老娘撕爛妳這張臭嘴！」

白薇抄起一根扁擔，劈在馮氏的脖子上，又往她肚子捅去。

「哎喲！」馮氏歪著脖子慘叫一聲，肚子裡的酸水差點給白薇捅出來。她一屁股坐在地上，順勢倒在地上打滾，叫道：「救命啊，殺人了！白薇殺人了！」

鄉鄰趕緊抓住白薇。

族長沈著臉道：「白薇，妳哥毀了劉娟的清白，娶她是應該的。妳說是她賴上妳哥的，那也得拿出證據來。」

白薇掙開箝制，眼睛裡燃燒著怒火，看著劉娟一副小媳婦似的，哭得傷心絕望，冷冷道：「不是要證據嗎？請咱們村的劉郎中來給她把脈。」白薇看見劉娟驀地睜大眼睛，眼底一片冰寒。

馮氏心中發慌，連忙從地上爬起來。「白薇，妳又想做啥么蛾子？我是看出來了，你們一家都是黑心肝、爛肚腸的東西，都不是個好貨。族長和里正來了還這麼蠻橫囂張，娟兒真嫁給妳哥也沒好日子過。就當我們倒楣，白白給惡狗咬了一口。我明兒就去鎮上書院好好和山長說，看他這種德行的人還配不配讀書。」馮氏拉著劉娟就要跑。

白薇一個擒拿，制服住劉娟，露出一口白牙，森森道：「跑啥？真的是我哥占妳便宜，一定負責到底。如果不是，這事沒完。」

劉娟渾身一顫，寒毛直豎。

里正瞧著不對勁，也攔住馮氏。「妳別怕，真的是白家的錯，我們會為妳們討公道。」

馮氏心裡急啊！劉郎中一來，就全完了。她想拽著劉娟逃跑，可里正卻堵著路。

「我……」馮氏剛一張嘴，劉郎中已經來了。

「誰要治病？我剛才聽見有人喊救命。」

馮氏氣得跳腳，恨不得給自己一大巴掌。

「劉郎中，請您給劉娟號脈。」白薇強硬地將劉娟拽到劉郎中跟前。

劉娟不肯伸出手，白薇蠻勁一使，幾乎要扳斷她的手，痛得劉娟不敢硬來。

馮氏衝上前，擋在劉娟面前。「妳哥占娟兒的便宜，郎中能看出啥？」

「劉娟磕破了頭，我請郎中看傷啊！」白薇揚眉，意味不明地道：「妳們以為要看啥？看劉娟是不是清白之身？這個郎中是瞧不出來的，得找兩個村裡的嬸兒給劉娟檢查。」

馮氏和劉娟臉色大變。

鄉鄰此時也覺得不對了，白薇哪有這麼好心，請郎中來給劉娟治傷？聽她話裡的意思，劉娟早就不是清白的人？難道……

鄉鄰見馮氏和劉娟臉色發白，一副慌張又害怕的模樣，也不敢再幫她們出聲了。

里正媳婦和另一個婦人拉開了馮氏，白薇立即拉直劉娟的手，遞給劉郎中。

劉郎中給劉娟號脈後，眉心一跳，道：「這事真的冤枉白家了。」

族長問道：「怎麼一回事？」

劉郎中如實道：「脈象微弱，沈細，是氣虛血弱之症，剛剛小產不久。」

眾人瞬間呆若木雞。劉娟被接去鎮上也才前不久的事，今兒個就診出已小產，可見早就失德不貞，爬上趙老爺的床，珠胎暗結了。畢竟趙家是什麼樣的人家？劉娟的樣貌又不拔尖，怎麼入得了趙老爺的眼納她進府？

有個婦人就說道：「哎喲，我才想起來，近兩個月前我去鎮上時，曾看見過劉娟親密地偎在趙老爺身邊呢！」

又有鄉鄰說道：「不對啊，劉娟和白孟退親還不到一個月咧！」

所以，是有婚約時就和別的男人勾搭上了？

白孟當初那般爽快地和劉娟退親，是因為知道她不是清白的身子了？這樣的話，白孟現在又怎麼會沾劉娟的身子？

「我在河邊洗菜時，瞧見劉娟挑著兩擔衣裳在洗，她剛剛小產，怎麼小月子都不坐？不會是給趙老爺拋棄了，成破鞋後又想賴上白孟，讓他撿這只破鞋穿吧？」

眾人看著母女倆的眼神就不對了。

看來白薇沒有撒謊，劉娟是高攀上趙老爺後才和白孟退親的，被拋棄後又想回來賴上白孟。

劉娟大驚失色，慌慌張張地收回手。

醜事被抖漏出來，馮氏恨不得找條地縫兒鑽進去。她拉著袖子遮住臉，避開那針扎般刺在臉皮上的眼神。

白薇冷冷道：「我家雖然窮，但志不短，有骨氣。當初劉娟追求富貴，我哥既然成全她，就不會再做小人。若真的心裡不甘，早就鬧到趙老爺跟前了，何必等到今天？」

剛剛她看著劉娟撒潑，血染紅了褲子，想到謝玉琢說過趙老爺的品性，說他喜歡年輕貌美的女人，能進趙家的少之又少，而劉娟能讓趙老爺納她，白薇猜測是有了身孕。古代注重子嗣，不會讓血脈流落在外。但劉娟去鎮上不過幾天便又回來了，還死皮賴臉地想纏上白孟，肯定是被趙老爺給拋棄了，她這才要請劉郎中過來。即便她猜錯了，劉娟肯定也不是清白的身子，她才會先說要再叫上兩個嬸兒給劉娟檢查，還白孟一個清白。

大家訕訕的。「薇丫頭，這事也不能怨咱們，咱也是被她們給騙了。劉娟看著老老實實的，怎麼知道她是個不要臉的小蕩婦。」

和林氏一起拉著馮氏的婦人，一口唾沫吐在劉娟臉上。「無媒苟合，妳這種沒皮沒臉的賤貨就該浸豬籠。別丟了咱們大夥的臉。」

「對！劉娟犯了淫邪之罪，就得拉去浸豬籠。」

鄉鄰之前有多麼憐惜劉娟，現在就有多麼的激憤，恨不得她去死，紛紛喊著要拖劉娟去浸豬籠！

馮氏嚇得雙腿一軟，兩股發抖，跪在地上求饒道：「族長、里正，劉娟她不是未婚先孕，趙老爺許諾要抬她進門，孩子沒有保住才休她回來的，怎麼就要浸豬籠啊？」

白薇冷冷道：「她還沒和我哥退親的時候就不守婦道，和趙老爺在一起，這筆帳得算一算吧？」

劉娟臉色慘白，意識到事情的嚴重性，跪在白薇腳邊，磕頭求饒。「白薇，我錯了！我不該打妳哥的主意。妳放過我這一次吧，我不會再招惹白孟了。」

馮氏連忙附和，想糊弄過去。「是啊是啊，這是誤會。妳哥之前不肯退親，他現在還沒有娶媳婦，和劉娟也般配，所以我們就想著……」

「想著我家是冤大頭，接手劉娟後，妳再順便要幾十兩聘禮？」白薇看著馮氏心虛的模樣，就知道自己說中了，冷笑道：「這件事不能姑息。若開了頭，今後都有樣學樣，會壞了鄉里的風氣。族長、里正，您們認為呢？」

「對，這件事不能姑息。就算不浸豬籠，也得把他們一家子趕出石屏村。」鄉鄰們怕劉娟哪天賴上他們的兒子，嚷嚷著要趕走馮氏一家。

馮氏一臉菜色，慌亂無措地道：「族長，趕走我們一家子，你們這是要逼著我們去死啊！」她拽出劉娟，用力掐擰她的皮肉，痛得劉娟瑟縮。馮氏自保道：「都怪這死丫頭，她自個兒做出的下作事，就讓她自己吃這惡果！把她趕出去就成，我就當沒生過這個賤人。」

劉娟激動地說道：「娘，是妳把我送到趙老爺床上，我不願意的！若非妳逼我，我哪有膽子和趙老爺亂來——」

馮氏兩巴掌打在劉娟臉上，橫眉豎眼地罵道：「閉嘴！老娘真要賣女求榮，早就把妳賣到窯子裡了，哪能讓妳在這裡丟人現眼？」

劉娟摀著臉，不敢吭聲。

「你們要趕就趕她走，我又沒做這醜事，你們憑啥把我趕走？想把我趕出去，除非我死了！」馮氏一屁股坐在地上，耍起無賴。

族長和里正面面相覷，商量一番後，里正說道：「劉娟做出這種事情，按照族規，輕者趕出村子，重者浸豬籠。馮氏，妳做為她的母親，沒有管束，反而攛掇她做出傷風敗俗、不守婦道的事情，我和族長商量過了，決定把你們一家趕出石屏村。」

馮氏一聽，當即就要撒潑。

里正立即警告道：「劉琦惡貫滿盈，妳不搬走，我們就揭發他的罪行。」

馮氏懵了！她剛剛當機立斷地捨棄劉娟，就是為了要保住劉琦，現在里正掐著她的命脈，她哪裡還跳得起來？

里正又道：「限你們三天內搬出村子。」

馮氏癱坐在地上，茫然地望著前方，腦子裡一片空白。

劉娟沒有想到只是想賴上白孟，最後竟落得這樣的下場，腸子都毀青了。「娘……」

馮氏回過神來，「啊」地叫了一聲，一頭將劉娟撞倒在地，騎坐在她身上，幾巴掌打在劉娟的臉上，扯下她一把頭髮，怨恨道：「都是妳這個討債鬼！老娘上輩子欠了妳的，這輩子來要債！妳怎麼就不死在外頭，要來禍害我和妳弟？」

鄉鄰紛紛退後，誰也沒有上前幫忙。

有人撿起一塊石頭，砸在馮氏的腦門上。「趕緊滾吧！別把人打死在白家門前，髒了人家的地，再訛上。」

「滾！快滾！」

鄉鄰紛紛跟進，撿到什麼東西，就用什麼砸。

馮氏一臉凶狠勁被砸得氣焰頓消，灰溜溜地跑了。

鄉鄰臉上臊得慌，給白薇他們道歉後，又快速散去。

里正對白薇道：「不能趕盡殺絕，若把劉娟浸豬籠，這件事鬧大了，今後白孟科舉，有人來查到這麼一樁事，對他總歸不好。把他們趕出去了，也妨礙不到你們。」

白薇感激道：「多謝您和族長還給我哥一個公道。」

里正擺了擺手，對白孟說道：「你別放在心上，好好唸書，給咱白家光宗耀祖。」

白孟拱手。「姪兒不會辜負大家的厚望。」

全部的人都離開後，江氏還懵懵地站在原地，沒法回過神來。

她想不通，自家怎麼就攤上這麼一樁事？好在還了白孟一個清白。

白薇看江氏嚇得不輕，問道：「娘，地買好了嗎？」

江氏往臉上一抹眼淚。「剛剛談妥就有人請里正過來，說咱家出事了。」

「妳別擔心，事情已經處理好了。」白薇安慰江氏，不見沈遇人影，便問：「沈大哥上哪兒去了？」

「那塊地是咱村裡共有的，里正一人答應也不行，得挨家挨戶找鄉鄰按手印，全都同意才可以，阿遇找鄉鄰按手印去了。」江氏心涼半截，也不知道鬧了這事後，鄉鄰還願不願意答應。

白薇也皺緊了眉心。「我去找他。」

江氏催促白薇快去。

第八章

白薇剛走一小段路就碰上沈遇，他邁著穩健的步伐，從黑暗中一步一步朝她走來。她的目光撞進他那雙漆黑的眼睛，像夜幕下的海面深邃幽靜，平和無瀾，削減了平日裡眼中的銳氣，柔和了硬朗的輪廓，顯得有些平易近人。

她臉上揚著一抹淺笑。「回來了？」

「地契拿來了。」沈遇頷首，將地契遞給她。「馮氏不肯答應，里正說不必理會他們，作主將地賣給你們。」

白薇有些意外，想來今天這一鬧，鄉鄰覺得愧對他們，所以沒有為難，算作彌補了。

如果不是劉娟這樁事，這塊地不會這般輕巧到手。

「辛苦你了。」白薇將地契接過來，發現裡面有一張二十兩的銀票。「這是你的？」

沈遇低聲說道：「我們兩個短時間不會挑明，我會住在妳家裡，總該分擔一點。」

白薇想了想，將銀票收下。她若是拒絕，沈遇只怕會在其他地方補償，住著也不心安。

沈遇見她爽快地收下，嘴角微微上揚，問道：「還有兩個多月過年，若現在準備造房子，年前可以造好。妳有什麼想法？」

「先挑個黃道吉日，我和工匠商量一下，看造一間什麼樣的房子。」白薇心裡有想法，她想造一座四合院。白老爹和江氏住在北房，白孟住在東面廂房，白離則是西面廂房。她實際上還沒有嫁人，跟著白老爹和江氏住在北房，各不影響。院中種一些花草樹木，一家人坐在院中聊天、飲茶，孩子們在院裡奔跑玩鬧，十分安適。這是她想像中一家人住在一起的歡樂場景。白薇愈想心中愈火熱，遂道：「四合院吧！我們就造個四合院。」

「好。」沈遇注視著白薇，她的眼睛晶瑩明亮，閃動著對未來美好憧憬的光芒。

馬氏暗罵劉娟和馮氏是紙糊的老虎，一點能耐都沒有，被灰溜溜地趕出石屏村。

劉燕心情很好，挽著馬氏的手臂。「娘，二嬸一家被趕出去，那二叔留下的地就是咱們的了。」

馬氏心裡記恨白薇，希望馮氏能鬥倒她，倒是沒有想其他。劉燕一提醒，她便回過神來。劉貴雲去得早，馮氏手裡捏著幾畝地，現在被趕出去，這地就是他們家的了。

「我都忘了這一件事。有了這幾畝地，娘多給妳置辦一點嫁妝。」

劉燕一喜。

馬氏心情大好，和劉燕回家，看見當家的拿著一兩銀子回來。「這是你的工錢？」

劉貴松說：「白啟複家買了一塊地，這是村裡人分的銀子。」

「多少銀子賣了？」

「三十兩。」

馬氏頓時拉長臉。「怎麼三十兩就賣給他們？」

「村裡人都同意，咱家不答應，鄉鄰會有意見。」劉貴松坐在炕上，看著幾間屋子，泥牆裂開縫，窗紙破了幾個窟窿，風呼呼地往屋子裡吹。他抹了一把臉，嘆道：「白啟複家前段時間還窮得揭不開鍋，轉眼就頓頓吃香喝辣，還有錢造房子，他家怎麼就有這造化？咱們生的都是閨女，怎麼就他們姓白的閨女有大出息？」

馬氏心裡酸溜溜的，沒能反駁，那白啟祿也是靠著閨女翻身的。

白薇拜個師父，得貴人相助，日子也好了起來。

劉貴松喝下一碗水，看著低頭不做聲的劉燕。「妳給她說親吧，早些嫁出去。」換點聘禮，家裡造個體面點的新房子。

「這事不用你管。」馬氏早相中了鎮上賣豆腐的曹家。

劉燕聽見劉貴松羨慕白啟複和白啟祿生的閨女個個都能幹，心裡很不是滋味，轉頭出家門。不就是造房子嗎？她也能！

顧時安見到劉燕，溫潤如玉的面孔瞬間陰沈下來。

「顧舉人，白薇家裡要造新屋子了，我家的屋子很破，你拿一百兩銀子給我，我家也要買塊地造屋子。」劉燕伸手要錢。

「我才給了妳二十兩銀子。」顧時安額角青筋突突跳動，攥緊拳頭。

劉燕不屑地道：「二十兩銀子和你的前程比，算啥啊？」

顧時安烏雲遮臉，冷冷地盯著劉燕，她一臉無畏的無賴樣，讓顧時安心裡生恨。

劉燕就是一條吸血蟲，被她纏上不會有安寧日子。

他有野心，絕對不會止步於舉人，哪會讓劉燕毀了他？

「我只是一個窮舉人，哪有這麼多銀子？」顧時安目光沈斂，在劉燕面前放下了偽裝。「我推了白薇，但她還活著，妳就算告去縣衙，他們能把我怎麼樣？」

劉燕變了臉色。

「妳要一百兩銀子，我可以給妳。白薇讓我名聲掃地，卻還好好地活著，不報這個仇，我心裡不痛快。」顧時安去裡屋拿出一個布包給劉燕，嘴角難得地流露出一絲笑意。「我先給妳三十兩，事成之後，再給妳一百兩。」

足足一百三十兩，比她要的還多！劉燕拆開布包，裡面有一包藥粉、三錠十兩的銀子。

顧時安要買白薇的命！

劉琦躺在炕上，喝一口酒，往嘴裡丟幾粒炒黃豆。

馮氏臉色蒼白地回家，額頭上鼓著一個包，一身泥灰，蓬頭垢面。

劉娟畏畏縮縮地跟在後面，鼻青臉腫，臉上有幾條抓痕。

劉琦吃驚地問：「娘，妳和姊這是怎麼了？白薇打妳倆了？」

馮氏絕望地號哭道：「兒啊！里正把我們一家趕出石屏村了！咱們沒地、沒銀錢，怎麼活啊？都怪白薇那賤人，她把咱們往死裡逼。你姊是要賴上他們，可占便宜的是白孟，他一個大男人能吃啥虧？看光你姊的身子後，白薇反過來要讓里正抓她浸豬籠，還把我們一大家子趕出村子。」馮氏恨死白薇了，咒罵道：「天打雷劈的賤人！心腸這般歹毒，她會不得好死！」

劉琦心裡恨白薇廢他的手，現在白薇又害他們一家被趕出石屏村，一股邪火倏地往上躥。「我這就去找她算帳！」

「你別去，里正讓咱家三天內搬出村子。咱們惹不起她，躲得起。」馮氏怕了，劉琦不會是白薇的對手。

劉琦看著馮氏一臉菜色，沒有以往的囂張氣焰，只坐在板凳上唉聲嘆氣，而劉娟臉色蒼白地跪在門口，死氣沈沈。

他心裡恨意翻湧，白薇害得他家不安寧，他也不會讓白薇有好日子過！

盯著角落裡他偷來的一桶桐油，劉琦眼裡一片陰狠。

夜色深沈。劉燕把銀子藏好，從廚房裡拿出兩個窩窩頭去了隔壁。

劉娟穿著一件單衣，跪在院子裡凍得瑟瑟發抖。

「姊，我是恨妳不潔身自好，才賭氣亂說，妳怎麼就真的去幹了？」劉燕把窩窩頭和五兩銀子塞給劉娟，無奈地道：「我家裡窮，在村裡說不上話，只能幫妳這麼多。」

劉娟眼裡含淚，很感激劉燕。「妳能來看我就夠了。」對劉燕的怨恨隨著窩窩頭和幾兩銀子散去。

「妳心地善良，怎麼就命運坎坷呢？」劉燕替劉娟打抱不平。「我從小看不慣白薇，小時候她家條件好，成天穿新衣裳在咱們面前顯擺，後來又有個爭氣的未婚夫，張口閉口都是今後要做舉人夫人，好不容易顧舉人拋棄了她，但誰叫白薇命好，還有男人肯要，家裡又買了地造新屋子，日子越過越好。老天爺不開眼，像她這種心腸惡毒的女人，就該遭天譴！妳放寬心，早晚有人被她逼急了，和她同歸於盡！」

劉娟的指甲掐進掌心。

「河邊有薺菜，妳採來做些餡餅和餃子吧，多備點乾糧，銀子能省就省一點，我先回去了。」劉燕站起身，走了幾步，又回頭叮囑劉娟。「妳注意一點，那一片長了水毒芹，幾年前有頭牛吃了被毒死，妳可別當水芹採了。」

劉娟點了點頭，心思活絡了起來。

第二天，劉娟緩過勁來，一瘸一拐地去村頭屠夫家買一斤肉，再繞去河邊採一半薺菜、一半水毒芹。

準備回去的時候，恰巧遇見劉露。

劉露低著頭，盯著鞋面上的洞，喊了一句。「娟姊姊。」

劉娟的心提了起來，試探道：「妳來採薺菜嗎？我採完了，妳去其他地方找一找吧。」

「沒有了嗎？」劉露抬頭望去，光禿禿一片。「薺菜只有這一片有，奶奶讓我採去包餃子送給薇薇姊，我再找一找。」

「我分一點給妳吧。」劉娟心思一動，從竹簍裡抓出幾把薺菜給劉露。「夠了嗎？」

「夠了！」劉露欣喜道：「娟姊姊，謝謝妳！」

「我採到一點水芹，包餃子比薺菜香，也給妳一點。」劉娟拿了一把水毒芹給劉露。

劉露瞧了一眼，像是水芹，便收下來，歡歡喜喜地回家。

劉娟看著劉露遠去的背影，冷笑一聲。

白薇毀了她，讓她沒有活路，就算死她也要拉著白薇一起死！

至於劉露若吃死了，就只能怪她命不好。

水毒芹和水芹長得很相似，劉露分不太清楚，包好餃子就送去白家。

院門沒有鎖，江氏將白離鎖在他的屋子裡。劉露交代了白離一聲，便將餃子放在廚房。

劉琦蹲在白家廢棄的祖宅裡，等劉露離開後，提著一桶桐油上白家，打算晚上放火燒死白薇一家洩恨。

「白離，你在家嗎？」劉琦進了白家，一邊扯著嗓子喊，一邊在屋子四周潑油。

他特地打聽了一番，白啟複去鎮上賣草鞋，白薇和沈遇去找工匠商量造房子的事情，江氏去了地裡，現在只有白離一個人在家。

白離被江氏鎖在屋子裡，看不見院子裡的情況。

若撞見白家人，他就拿「找白離」做藉口。

白離聽見劉琦的聲音，瞪著眼睛，氣憤道：「你來幹啥？」

「沒啥，找你借點銀子。」

白離氣得踹門。「我哪有銀子借你？你們一家都不是好東西！你禍害我，你姊想賴上我哥，你快點滾出我家！」

劉琦眼裡閃過陰狠，懶得和白離計較，潑完桐油，去廚房洗手。

一眼看見裝在盆裡的餃子和餡餅，劉琦拿起一個餃子塞進嘴裡，肉餡很足，他囫圇吞下後，抱著餃子盆去找顧時安。

比起他，顧時安更恨白薇。劉琦準備拿這事討好顧時安，再找他借點銀子。

顧時安見到劉琦，立馬將門關上。

「顧兄，你別關門，我有好消息告訴你。」劉琦用手擋著門，順勢擠進來，覥著臉道：「我姊包了餃子，我給你送一點過來。」將一盆餃子和餡餅擱在桌子上，他坐在條凳上，覺得胸口發悶，遂拉鬆衣襟，又發覺雙手發麻。「顧兄，上次我可沒冤枉你。你瞧著我是個渾球，特地請我去找白離上你家來拿銀子，想讓我動貪念好坑他一把。」劉琦難受地按著胸口，嘿嘿笑道：「白薇讓你名聲掃地，我給你出口惡氣，在她家澆上了桐油，今晚只要往她家扔一把火，他們一家全都得見閻王。」

顧時安驚詫地看向劉琦，卻並不意外。他們家是因為白薇的緣故方才被趕出石屏村，劉琦怎麼會不恨？

劉琦樂不可支，又拿一個餃子塞進嘴裡，手指叩擊桌面道：「顧兄，你拿一罈好酒過來，咱倆喝一杯慶祝慶祝。」

顧時安可不想惹這個麻煩，皺眉道：「你拿著東西回去。」

劉琦豁然站起來，指著顧時安，還來不及開口，就一頭栽倒在地上。

顧時安臉色驟然一變，連忙蹲在他身邊，聲音透著慌亂地問：「劉琦，你怎麼了？」

劉琦渾身痙攣抽搐，不一會兒就斷了氣。顧時安嚇得跌坐在地上。

這時，里正白雲福在外喊道：「顧舉人，你在家嗎？白啟複昨兒買地，村裡分銀子，你這一份我給你送過來了。」他敲門，因為門沒有關嚴實，一敲便開了，屋裡的情景頓時暴露在白雲福眼前——劉琦趴倒在地上，嘴邊有嘔吐物，而顧時安則一臉驚慌地跌坐在地上。

他愣住了，吶吶地道：「顧舉人，這是……」

「里正，劉琦送餃子來給我吃，可他剛進來就倒下了。」顧時安亂了分寸，趕緊打斷白雲福的話。「他的事情和我無關，當務之急，先去請郎中來。」

白雲福匆匆去將劉郎中請來。

劉郎中為劉琦檢查，他臉色發青，嘴唇烏紫，渾身肌肉收縮。再看一眼吐出來的穢物，掰開一個餃子，嗅出水毒芹的氣味。「他是中毒。」

白雲福看向顧時安。

顧時安急忙說道：「這是劉琦自己帶來的，他剛才從白薇家過來。」

劉琦說是劉娟包的，送來給他吃，顧時安腦筋一轉，立即將這口鍋甩在白家頭上。

若真查起來，劉琦今日的確是去過白家。

白雲福神色古怪，語氣也變了。「顧舉人，我知道你和白啟複一家撕破臉，心中對他們存有怨恨，但是人命關天的事情，可不能亂說！再說，馮氏一家和白啟複一家結怨，劉琦去白家也是去鬧事，他們還能給劉琦餃子吃？」不轟出來算客氣的了。

顧時安目光沈痛，苦澀道：「我不會因為個人恩怨就隨便冤枉人。劉琦進門的時候，就和我說過他剛才從白家過來，今晚要放火燒死白薇一家。他是咱們村的渾人，白薇害得他們一家被趕出去，他如何會善罷甘休？或許白家也有防備。」他看了一眼餃子，其中意味不言而喻。

白雲福領會顧時安的意思，這是說劉琦人品奇差，白家怕他報復，先下手為強？他半信半疑，看見幾個鄉鄰探頭探腦，好奇地往裡面看，便吩咐他們通知白薇和馮氏來顧時安家一趟。

顧時安眼底一片陰鬱，沒有想到禍從天降。他的思緒快速轉動，想著如何將這件事扣在白薇頭上，將她除了。這樣也能撇清自己，還他一個清白。

「琦兒！琦兒！」馮氏披頭散髮地衝進來，腳上連鞋子也沒有穿。她的眼睛通紅，看見劉琦一動不動地躺在地上，緊繃的一根弦斷裂，整個人撲過去，抱著劉琦失聲喊道：「琦兒！你醒醒，別嚇唬娘啊！快醒醒啊！」

劉娟臉色煞白地站在門口，聽著白雲福告訴她娘，因為餃子餡有水毒芹，劉琦吃了餃子中毒死的。可毒餃子不是給白薇的嗎？怎麼就毒死劉琦了？指甲摳破掌心，劉娟卻絲毫不覺得痛。

「是你！是你害死我的琦兒！」馮氏雙眼猩紅，猛地朝顧時安一頭撞去，把顧時安撞倒在地上，跨坐在他身上，抓著餃子往他嘴裡塞。「你毒死我的琦兒，就給他賠命！」

顧時安驚恐地瞪大眼睛，咬緊牙關，拚命掙扎。

馮氏將劉琦視作命根子，劉琦死了，她幾乎發瘋，力氣出奇的大。

顧時安掙不開，嘴巴已經被馮氏掰開，將餃子強硬地塞進他嘴裡。恐懼將顧時安籠罩住，他雙手掰著馮氏的手，向白雲福求救。

白雲福忙招來兩個壯漢一起拉開馮氏。

「放開我！你們放開我！顧時安殺了我的兒子，他就得給我兒子償命！該死！他該死——」馮氏扭動著身子掙扎，瞪著眼睛怒視著顧時安，眼睛裡洶湧的恨意讓人心顫。

鄉鄰勸馮氏冷靜。「馮氏，兇手不是顧時安，他說餃子是從白啟複家裡拿過來的，里正已經讓人去白家將人請來。等揪出兇手，妳去縣衙報案，縣太爺會給妳作主的。」

顧時安將嘴裡的餃子吐出來，提著茶壺往嘴裡灌水漱口，心有餘悸。他目光陰冷地盯著馮氏，拎著茶壺的手青筋凸出，恨不得殺了這瘋婆娘！

馮氏聽不進勸，坐在地上號哭。

顧時安壓下怒火，對眾人說道：「殺了他，我會揹上人命。我和他的那點恩怨與我的前程比起來，根本微不足道。但白家不同——」

「我家怎麼就不同了？」白薇和劉露一起趕來。她環顧四周，目光落在劉琦身上，嗓音清脆地說道：「我和馮氏結怨，他們一家被趕出去，恩怨就一筆勾銷了，我缺心眼才會在餃子裡下毒。毒死他對我有啥好處？反而會毀了我哥的前程。況且，劉琦心裡痛恨我，我家真給他餃子，他會吃嗎？」白薇冷笑道：「我心裡反倒很疑惑，就算真是我送餃子給劉琦好了，那他不該帶著餃子回家嗎？怎麼就上了你家，還正好毒死在你家？」

顧時安表情一滯。「他告訴我，今晚要放火燒死你們。」

「因為玉觀音的事情，他把你給得罪了，把要放火燒死我一家的事告訴你，那不是自找死路？」白薇專門找顧時安話中可反駁的漏洞。「我家和馮氏一家結仇，他們家只要出點意外，很容易就會讓人懷疑是我家幹的，難免會有人心懷鬼胎，栽贓嫁禍。」

肉餃子可是稀罕東西，劉琦不拿回家，反而送來給顧時安吃，誰都不會相信。

白雲福覺得白薇說得很有道理，反而顧時安的話站不住腳。

顧時安最愛惜名聲了，白薇讓他名聲掃地，他肯定會懷恨在心。毒死劉琦，嫁禍給白家，也不是沒有可能。

白雲福問：「顧舉人，餃子是從白家拿來的這話，全都是你的一面之詞，你可有證據嗎？」

證據，他哪裡有證據？顧時安急得渾身冒出冷汗。白薇的反駁讓他啞口無言，他腸子都悔青了，剛剛不該把這盆髒水潑在白家頭上。忽而，他看著裝餃子的盆，嘴角抑制不住的上揚。「這餃子盆是白家的。」他在白家住了十年，白家的一景一物，他都十分熟悉。之前心思沒有放在上面，才一時沒有瞧出端倪。「每家每戶的盆碗，底部都會刻有一家之主的名字。」顧時安捏住了證據，亂了的思緒便鎮定下來，重新恢復冷靜，思維又變得縝密起來。「這個盆底鑿了一個『複』字。」

村裡辦喜事，都是挨家挨戶借桌凳盆碗，因此都會打上記號，以免弄錯。

白雲福把餃子倒出來，盆底果真有一個「複」字。

「里正，你大可去問，這之前劉琦有沒有去過白家？」顧時安有底氣，越來越從容。從這個盆聯繫上劉琦之前的話，他推測出這盆餃子或許就是劉琦在白家順手牽羊來的。

白雲福看向鄉鄰。

鄉鄰啥也沒有看見。

白薇嘴角噙著笑，並不急於辯解。

顧時安見狀，心一沈，有一種不好的預感。

果然，白薇笑盈盈地說道：「顧時安，你家裡也有不少我家的東西吧？」

顧時安愣住，恍然記起，他之前為了避免閒言碎語，便從白家搬出來。但他家早被親戚搬空了，而白啟複傷著手，日子艱難，也沒有閒錢給他置辦家具，因此大多用具都是從白家搬過來的，其中也有碗盆。順著白薇的視線望去，他桌子上的茶壺正是白家拿來的。

白薇說道：「真的要搜，在你家也能搜出幾個有我爹名字的碗盆。」

顧時安臉色鐵青。「白薇，妳胡攪蠻纏！」

「我說的是大實話，哪句是瞎說的？」白薇往前走一步，站在顧時安面前，氣勢逼人道：「我爹在鎮上賣草鞋，我和沈遇與工匠在商量造房子的事情，我娘在地裡幹活，白離一直鎖在屋子裡。一個人都不在家裡，誰拿餃子給劉琦？」

白薇步步緊逼，顧時安幾乎毫無招架之力。「白離被鎖，難道就不能支配劉琦？劉琦在妳家四周潑了桐油，讓人去察看便能確定他究竟有沒有去過。」

白薇面色一變。她和沈遇回來的時候，白離說了劉露送餃子過來，放在廚房裡，他肚子餓了，要吃餃子。可她去廚房卻沒有見到餃子，白離這才吐露劉琦來過。

餃子必定是被劉琦偷走了。

她準備去找劉琦時，沈遇聞到了桐油氣味，他發現家裡被人潑了桐油。

而這個時候劉露也來找白薇，她聽到消息，說劉琦在顧時安家吃餃子中毒而亡，里正正好撞破，顧時安堅稱餃子是從白家拿去的，里正已經派人來白家。

劉琦和顧時安因為玉觀音有過節，劉琦前腳在白家潑桐油，後腳就去顧時安那兒，白薇不得不懷疑，顧時安是和劉琦聯手想謀害白家。

正好顧時安將劉琦中毒死亡的矛頭指向白薇，她就將這口鍋扣實在顧時安頭上。

「你這般肯定劉琦在我家潑桐油，難道你和劉琦是一夥的？還是說……」白薇目光森森。「你指使劉琦縱火燒我家房子？」

顧時安道：「白薇，妳別顧左右而言他。我就問妳，敢不敢讓人去查？」

白薇抿緊唇角。

顧時安見狀，越發開懷。「里正，你快讓人去察看。」

劉露焦急不已，她為了將竹籃拿回去，才將餃子拿去廚房，裝在白家的盆裡。顧時安拿來說事，雖然被白薇避過去，但里正若派人去查，發現白家的確被人潑了桐油，這裝餃子的盆就會成為鐵證。「薇薇姊。」劉露急得要哭了。

這時，鄉鄰回來告訴里正，白家被潑了桐油。

顧時安忍不住笑了。「妳還有什麼話說？」

白雲福失望地看向白薇。「我說過，他們一家離開石屏村，妨礙不到你們一家了，何必呢？」

「里正，我真要害劉琦，不會拿自家的碗給他，白白留下證據。」白薇背脊直挺，十分坦然。「顧時安，劉琦去過我家，並不能說明什麼。也可以是你指使劉琦縱火燒我家屋子，之後他找你邀功，你端出這盆餃子給他吃，毒死劉琦再嫁禍給我。說不定你還想將劉琦的屍體放在我家，再一把火燒了，等到時候大火撲滅，還可以說成是劉琦要燒死我們一家，結果火勢太大，劉琦沒能逃出去，才和我們一起被燒死。只可惜，你還沒有實施完後面的計劃，就被里正撞破了。」白薇說得有鼻子有眼，彷彿真的親眼瞧見。

這一盆髒水兜頭潑下來，顧時安頓時暴怒，額頭青筋直跳。「白薇！縱使妳伶牙俐齒，也得拿出證據。」顧時安攥緊拳頭，眼中布滿戾氣。「我做餃子毒死劉琦，栽贓給白家，家裡該有殘留的水毒芹。按照妳說的，里正來的時候劉琦剛死，我應該來不及去處理。」

白雲福覺得有道理，便讓人去搜，對兩個人說道：「你倆都有嫌疑的話，就將你們綁去送官，由縣太爺審案。」

劉露心中焦灼，頻頻看向白薇。

白薇目光冰冷地射向劉娟。

劉娟瞳孔緊縮。劉露和白薇在一起，顯然白薇是知道了。不等她多想，鄉鄰在廚房餿水桶搜出了水毒芹，還有一些餃子和餡餅。

顧時安懵了。

「是你！真的是你這畜生害死我弟弟！你怎麼這麼心狠？他和你有多大的仇怨，要賠上一條命！」劉娟衝上前撓花顧時安的臉，憤怒地罵道：「我昨天看見你採水毒芹時還沒往心裡去，哪裡知道你是要用來害我弟弟的！」劉娟牙齒打顫，渾身忍不住抖動。

白薇明知她才是兇手，卻冤枉顧時安，沒有揭露她。

劉娟很害怕，馮氏若知道真相會要了她的命。她只能順從白薇的意思，誣賴顧時安。

借刀殺人、栽贓陷害是顧時安慣用的伎倆，但和白薇退親之後，他接二連三的被陷害，實在憋屈得要命。

在他家找出水毒芹，加上劉娟的指控，顧時安坐實了殺害劉琦的罪名。

相比起顧時安，劉娟更恨白薇，不可能替她說話。

白雲福厲聲說道：「把他綁起來，押去送官！」

「我是舉人，誰敢綁我？」

兩個壯漢把他摁倒在地，用麻繩捆綁起來。

顧時安雙眼圓睜，張開嘴，還沒有說話，就被人拿起桌子上的抹布堵住了嘴。

白雲福萬萬沒想到顧時安是個心狠手辣的人，也不禁慶幸他來得及時，撞破了顧時安，沒讓他陷害白家。他完全信了白薇瞎編捏造的話。「馮氏，我會寫狀紙，將證據一併送去縣衙，縣令會給妳一個公道的。請妳節哀順變。」

馮氏快要哭暈過去，在鄉鄰的攙扶下，一起去縣衙。

顧時安憎恨地瞪著白薇，凶狠得彷彿要將她生吞活剝。

白薇揮了揮手，見顧時安面容扭曲，氣得要吐血，不禁勾唇。

她雖然誣衊顧時安，但如果里正沒有恰巧碰見，顧時安未必不會將劉琦扔進她家，再點一把火燒了他們。比起劉娟，顧時安的威脅更大，所以知道劉琦死在顧時安家裡，她就打算利用這件事扳倒顧時安。她向劉露要來剩下的水毒芹、餃子和餡餅，沈遇會武功，便讓他潛進顧時安家，把東西放在顧時安家的廚房裡。

她原打算留作底牌的，沒有想到顧時安自己開口說要搜廚房。

「薇薇姊，劉娟如果說實話，縣太爺放了顧舉人，日後他會報復妳的。」劉露忍不住替白薇擔憂。

「不用擔心，她不敢說出來。」白薇盯著劉娟的背影，眼底閃過厲色。

這個女人太過惡毒了，恨她無可厚非，但為了毒死她而傷害無辜的人，死有餘辜。

她不禁慶幸，劉琦和劉娟都心懷鬼胎，才會因此遭了報應。

沒有劉琦的陰差陽錯，他們一家和劉露一家都會被毒死。

劉燕遠遠地看著顧時安被綁走，幾乎咬斷一口牙。她怎麼也想不到劉娟辦事不力，沒有毒死白薇，反倒毒死劉琦，還連累了她的搖錢樹。她恨聲暗罵。「沒用的東西！」

白薇和劉露在岔路口道別，抬眼看見沈遇站在不遠處等她。

他身形挺拔，目光如炬，神情冷峻。

「妳太冒進。」

白薇正準備道謝，卻被沈遇一句話堵回來。

「我若不這麼做，劉露沒法脫身。」劉露能證明水毒芹是劉娟給的，但是劉娟一句認錯了便能摘清。畢竟餃子是劉露做的，而這餃子是直接致劉琦死亡的原因。白薇懂沈遇的意思，喬縣令看重顧時安。若是有心包庇顧時安，不能一擊斃命，就是替自己樹立強敵。「我和他早就不死不休了。」她願意不計較，顧時安卻未必願意甘休。

沈遇見她心裡亮堂，便轉身往白家走，走了兩步，終究忍不住告誡她兩句。「妳想要擊垮對手，首要是分化對手的勢力。顧時安得喬縣令看重，妳要對付他，該先離間他們之間的關係，讓他們站在對立面，再發生今日的事情，顧時安就必死無疑。」

白薇驚詫地看向沈遇，還以為他是要訓斥她。

沈遇低聲說道：「妳找里正散布消息要找銀簪，當事人都知道妳的用意，顧時安會有防備。即便妳找到人證了，若拿不出證據，喬縣令要保他，妳又能如何？」白薇有幾分聰明，但沒有經歷過這些勾心鬥角，到底是嫩了一點，思慮不夠周全。

白薇知道這一步的確走錯了，可看著沈遇一副長輩教誨晚輩的模樣，忍不住爭辯一句。「他的名聲臭了，喬縣令是個好官就不該庇護他。」

沈遇忽而笑了。「是人就會有私心，喬縣令若是好官，便不會相中顧時安這個女婿了。」那時候顧時安是白薇的未婚夫，中舉後忘恩負義，解除婚約。無論在事在人，顧時安都不是合適的人選。而既然將賭注壓在顧時安身上，喬縣令就一定不允許顧時安出事的。

白薇蔫了。

沈遇伸手想摸一摸她的腦袋，顧及兩人之間的關係，又默默地將手收回。

「你怎麼懂這麼多？以後我遇見這些事情，可以找你商量嗎？」白薇真心覺得沈遇心思細膩，思維縝密。畢竟是生活在兩個不同的時代，她還沒有完全融入適應這個時代的生存法則，能向他學習很多經驗。

沈遇忍不住彈她腦門。「妳好好治玉。」

白薇吃痛，捂住腦門，瞪著沈遇。「你受傷之後，除了給謝玉琢押鏢，其餘時候似乎都挺清閒的，不用回鏢行嗎？」

「鏢行給我放了三個月的假。」

白薇眼睛一亮。「我要參加選寶大會，只剩兩個月不到的時間，需要治玉呢，你有空的話，造房子的事情就交給你？」又覺得不好意思麻煩他，因此再補充一句。「你娶媳婦之前，都可以住在我家。」

沈遇原本要同意的，聞言，提出一個要求。「我在家的時候，妳有空得下廚。」她做的菜很合口味。

白薇爽快地答應了。

回家之後，白薇擔心白離壞事，叮囑江氏短時間內不要放白離出來。

她有求沈遇幫忙，準備下廚加一道菜。正好廚房有不少水豆腐，白薇炸了豆腐丸子，一碗擺在桌上，一碗端去送給劉露。

劉露眼睛通紅，瞧見白薇，偷偷抹眼淚。

白薇心中有數，怕是方大娘罵了她。

方大娘眼中含淚，愧疚地說道：「丫頭，對不住妳，差點就害了妳！」

「這事和劉露無關，事情已經過去了，大娘您別再提。」白薇將豆腐丸子遞給劉露。「我還有事，先走了。」

方大娘連忙送白薇出門。

劉露瞧這豆腐丸子炸得金黃酥香，偷拿一個塞嘴裡，外焦裡嫩，味道鮮美。她舔了舔手指，打算明天找白薇，找她拜師學這道菜。

白薇不知道劉露的心思，回家的路上，撞見里正和馮氏、劉娟等人，全都一臉憤怒之色，又很無奈。

白薇問道：「事情進展如何？」

白雲福苦笑。「喬縣令看了狀紙和證據，審問一番，顧時安不肯認罪。喬縣令請了仵作驗屍，劉琦是中毒沒錯，但說的是飲酒過度中毒而亡，根本就不是吃水毒芹的餃子，且餃子裡包的是薺菜和水芹。打算拿一個餃子給狗試吃時，餃子卻不知道丟哪兒去了。」

證據被銷毀，劉琦被扣押，馮氏要不回，撒潑打滾，喬縣令便要將她抓起來，明擺著是維護顧時安。

他們無處去伸冤，只得先回來。

馮氏臉色蒼白，哭紅了眼睛，嗓音沙啞，含恨道：「就算告到知府大人跟前，我也要給琦兒討一個公道！」

鄉鄰紛紛勸馮氏，民不與官鬥，別將自己給搭進去。

白薇意識到沈遇那句「是人就會有私心」的話，這並不只是指喬縣令，還有指鄉鄰。他們不會為了給劉琦伸張正義而去得罪權貴，反而勸受害者息事寧人。

顧時安無罪釋放是必然的了。

可好在劉露脫身了，而喬縣令只想遮掩這件事，定不會再讓人去查。

劉琦死了，馮氏沒有指望，她活著就是要替劉琦討公道。「你們站著說話不腰疼，死的又不是你們的兒子！」馮氏推開鄉鄰，回到家裡。

看著空空盪盪的土炕，櫃子上擺著兩個空酒罈，還有一碗炒好的黃豆，炕頭擱著針線籃子，裝著給劉琦做了一半的衣裳，馮氏的眼淚頓時簌簌地落下來。

劉娟別開頭，不敢去看馮氏傷心絕望的模樣。

這個時候，劉燕走進來，遞了一塊帕子給馮氏。「嬸娘，這件事妳真的是冤枉顧舉人了。我瞧見劉娟摘水毒芹包餃子，打算毒死白薇，誰知道陰差陽錯，卻毒死了二弟。」

馮氏猛地看向劉燕。

劉燕被馮氏盯得心裡發怵。「妳、妳不信，可以問劉娟。」

劉娟臉色慘白。

馮氏不信的，可瞧著劉娟眼神慌亂，已經說明了一切——她的女兒殺死了她的兒子！

馮氏覺得天都塌了，兩眼發黑，幾乎承受不住這打擊。

「娘！」劉娟連忙扶住快倒下的馮氏，淚流滿面地道：「我……我不是故意的，是白薇，一定是白薇害死了二弟。」

「賤人！妳看我全都緊著琦兒，巴不得毒死他了，我就會看重妳嗎？妳這賠錢貨，怎麼就這麼惡毒？把妳生下來時就該溺死妳的，如今就不會害了我的琦兒！琦兒，妳把琦兒還給我，把他還給我啊！」馮氏聲嘶力竭的哭喊，雙手緊緊掐住劉娟的脖子。

劉娟被掐得翻白眼，臉色脹紫。

劉燕見要出人命了，趕緊悄悄溜走。

「賤人，我要殺了妳！殺了妳！」

「娘，是白薇。」

馮氏被刺激得瘋魔了，滿臉恨意。「妳給我去死！害死琦兒的，我一個都不會放過！」

劉娟被壓在炕上，快要斷過氣去，死亡的恐懼襲來，激發出了強烈的求生慾望，她拚命地掙扎，雙手亂揮，抓到針線籃子裡的一把剪刀，用力朝馮氏的肚子上刺進去。

馮氏的腹部立即血流如注，痛苦地倒在劉娟身邊。

劉娟呆住了。

「救……救命……」馮氏伸手抓住劉娟。

劉娟回過神來，嚇得扔掉手裡的剪刀，眼睛裡布滿惶恐。

她連跌帶爬地下炕，雙腿發軟地跌坐在地上，想去喊劉郎中，才跑到門口，她突然停了下來。摸著劇痛的脖子，劉娟想著往日馮氏搓揉她，甚至為了劉琦要她的命，馮氏若活過來，不會放過她的。不，她不想死！

劉娟緊緊握著拳頭，心裡有了決定。「娘，妳別怪我，我也是被妳逼的。」

「走水了、走水了！劉二家走水了！」

鄉鄰的聲音嘈雜響起。

白薇從睡夢中驚醒，聽到外頭的動靜，連忙掀開被子下床。點燃了蠟燭，這才發現沈遇不在。她穿上衣裳後，沈遇剛好推門進來。

白薇忙問：「你去劉二家了？好端端地怎麼走水了？」

沈遇關上門，倒一碗水喝下去，緩緩說道：「馮氏死了，劉娟逃了。」

白薇愣怔住，然後驟然回神。「劉娟殺了馮氏？」怎麼可能？難道劉娟告訴馮氏，是她採摘的水毒芹毒死了劉琦，兩人起了紛爭，這才失手殺了馮氏？白薇隨即否決了。馮氏並不善待劉娟，只將劉娟當作換錢的物品，而劉琦則是馮氏的命根子，若知道是劉娟間接害死劉琦，不得要了劉娟的命？劉娟捣住這秘密還來不及，怎麼會告訴馮氏？

沈遇「嗯」了一聲，又道：「劉燕去過一趟劉二家。」

「劉燕說的？」白薇想不通，劉燕和劉娟是堂姊妹，兩人又沒有利益之爭，沒理由害劉娟啊！

「劉燕私底下與顧時安有過幾次來往，她的家境並不好，但這段時間家裡的條件卻改善了許多。」沈遇提點白薇。「妳找上里正散布消息之後，劉燕與顧時安才有的交集。」

白薇明白過來了，劉燕目擊了顧時安推她進井裡，捏著這個把柄找上顧時安。之後兩人狼狽為奸？喬縣令包庇顧時安，馮氏不肯甘休，劉燕怕這棵搖錢樹倒了，所以才將這件事告訴馮氏，勸馮氏收手嗎？

顧時安慣會借刀殺人，而劉燕愛財。白薇懷疑，顧時安用銀子唆使劉燕，借劉燕的手對付她。或許劉娟這件事，少不了劉燕在其中推波助瀾，否則劉娟採水毒芹送給劉露這般隱秘的事情，劉燕從哪裡知道的？除非，採水毒芹本來就是劉燕的主意。

白薇目光冷冽。拿她賺銀子，哪有這樣的好事？「你知道劉娟逃哪兒去了？」

「該是逃去鎮上了，明天我讓人去找她的下落。」顧時安與白家有仇，沈遇如今多少與白家有點關係，因此一直盯著顧家的動靜，這才發現他和劉燕有來往。顧時安被抓，劉燕定會沈不住氣，沈遇便暗中盯著，如他所料，果然出事了。

「麻煩你了。」白薇心中懊惱，她意識到自己之所以消息不靈通，是因為不太瞭解對手，並且沒有得用的人，所以容易處於劣勢。如今知道自己的劣勢，白薇不會再犯這種錯誤了。「你的消息靈通，能幫我弄來一份白啟祿這一家子主要來往的人員名單嗎？」白玉煙對她有一種敵意，選寶大會兩個人會對上，她得提前做好準備，別再處於被動。

「好。」沈遇應下。

白薇鬆一口氣，重新躺下，不再去想劉二家的事。

翌日。

白薇去劉二家，屋子燒成了一片廢墟。

鄉鄰站在院門前，唏噓不已。

「馮氏昨兒還在為劉琦討公道，今兒就死了，真是想不到。」

「衙差一早與仵作來了，說馮氏是自焚的。她大抵知道沒法給劉琦討一個公道，又捨不下劉琦，就下去陪劉琦了。劉娟當時沒有在屋子裡，逃過一劫，也算命大。」

白薇忍不住提出疑問。「劉娟躲過了一劫，如今動靜這般大，也該回來了吧？」

鄉鄰不禁愣住。

白薇嘆息一聲。「我是馮氏的話，連死都不怕了，還有啥可怕的？就算豁出命去，也得給兒子討一個公道啊！」頓了頓，又說：「天乾物燥，不小心走水的吧？」白薇這看似不經意的話，卻暗藏深意。

果然，鄉鄰一聽，不由得深想了。顧時安毒死劉琦，被喬縣令包庇，所以馮氏揚言去府城狀告顧時安和喬縣令。他們該不會是怕事情鬧大，沒法收場，所以半夜裡殺人滅口？過程中驚動了劉娟，劉娟逃命去了？

這也就能說通，親娘都被燒死了，劉娟為啥沒有出現。

鄉鄰只覺得一股涼氣從腳底躥上頭頂。

白薇看著鄉鄰諱莫如深的模樣，嘴角勾了勾。仵作斷定馮氏自焚，是想要快速結案，否則馮氏的案子鬧大，又會牽連顧時安。

從人群裡離開後，白薇準備去鎮上。

劉露在不遠處等著白薇，瞧見她過來，連忙說道：「薇薇姊，妳那道炸豆腐丸子很好吃，能教教我嗎？妳如果不打算賣吃的，我買妳這個方子怎樣？」

「妳想學這個去賣？」白薇見劉露不好意思地撓一撓頭，不禁笑道：「妳只學這一道菜去賣，生意做不起來，得多會幾道拿手菜才行。妳一個姑娘家去幹這個太辛苦了，若只是想掙錢的話，不如跟著我學治玉？」

劉露驚喜地說道：「薇薇姊，我能成嗎？」一塊小石頭就能掙許多銀子，她若和白薇一樣會治玉，就能夠讓奶奶過上好日子了。

白薇點頭，語氣裡帶著鼓勵。「只要肯下苦功去鑽研，沒有什麼是不可以的。」

劉露忙不迭地答應，立即回家要將這個好消息告訴方氏。

白薇想著劉露提起炸豆腐丸子，不由得望著劉燕家的方向。她的親事已經訂下來，夫家在鎮上開一家豆腐作坊。

想到這裡，白薇回家一趟，將剩餘的豆腐丸子裝在竹籃裡，又寫下一張炸豆腐丸子的方子，吹乾墨汁後塞進袖中，直接去往鎮上的謝氏玉器鋪子。

謝玉琢告訴白薇，沈遇留下話，她要找的人住在紅坊街三十七號。

白薇馬不停蹄地去了紅坊街，這一帶青樓聚集，龍蛇混雜。遠遠地，她瞧見劉娟用布巾包住頭，蒙著臉，露出一雙眼睛，遮遮掩掩地朝她走來。她眼神一閃，去往曹家豆腐作坊。

劉娟看見白薇，眼裡露出洶湧的恨意。如果不是這個賤人，她的弟弟不會死，她也不會殺了她娘，如今過著提心弔膽、東躲西藏的日子。這個世上，她最恨的就是白薇和劉燕。她看見白薇是獨自一人，想也不想地跟了上去，七拐八彎後，看見白薇站在賣豆腐的鋪子前。

「老闆娘，一板豆腐多少錢？」白薇指著水嫩的白豆腐問道：「我若多買，能便宜些嗎？」

「姑娘，這是小本生意，少不了幾個錢。」曹柳氏瞧見白薇穿得整齊，頭上戴著一根銀簪子，笑著說道：「我在鎮上賣了幾十年豆腐，誰不知道我家豆腐做得好？妳買過一回就知道。」

白薇看一眼就知道曹家的豆腐做得的確好，含笑道：「我和劉燕是同村的，她讓我上你們家買豆腐，說你們家豆腐做得好。妳就看在新媳婦的分上，算我便宜一些吧？我想做炸豆腐丸子賣，今後每天都要來買豆腐。」怕曹柳氏不信，她揭開蓋在籃子上的布，拿出一粒炸豆腐丸子給她嚐。「妳嚐看看，我這生意能做成嗎？」

曹柳氏瞧了，接過來嚐一口，眼睛頓時亮了。「姑娘，妳這手藝好，不知這方子能賣嗎？」得了這個方子，她家生意會更好。

白薇笑道：「這是祖傳的方子，不賣的。」

曹柳氏很心動，但對方話說到這個分上就是沒戲了。她嘴一撇，道：「一板豆腐十五塊，三十五文錢，我賣妳三十文錢。」

白薇抿緊唇，一板豆腐本來就是三十文錢。她裝作不知道，買兩板豆腐，給了六十文錢後，提著豆腐離開。

劉娟看見白薇袖子裡掉出一張摺疊好的宣紙，快步走過去撿起來，展開一看，只零星認識幾個字，大致猜出這是炸豆腐丸子的方子。她緊緊握在手裡，準備追上白薇時，卻撞上一個男人。男人身高七尺，穿著細棉布直裰，五官端正，挑著一擔豆腐。

他撂下擔子，連忙攙扶住劉娟起來，滿臉歉意。「姑娘，可有撞傷妳？」

「沒有撞傷我。」劉娟見男子神情關切，手掌有力地托扶住她，臉頰不禁微微一熱。

「對不起，我沒有注意看路。」

「妳不用道歉，是我避讓行人撞上了妳。」男人不放心，又叮囑一句。「我家就是前面的曹家豆腐作坊，妳若傷著了，可以來找我。」

劉娟羞澀地點頭。

男人這才挑起一擔豆腐離開。

劉娟望著男人挺拔寬闊的背影，摸著被他碰觸後滾燙的手臂，心思活絡了起來。劉燕那種惡毒的女人，怎麼配得上這麼好的男人？劉娟緊了緊掌心的紙條，他家是做豆腐的，她撿到了炸豆腐丸子的方子，這是老天爺給她安排好的姻緣。

她要搶走劉燕的未婚夫，再拿著白薇的秘方，搶先一步將炸豆腐丸子的生意做得大紅大紫起來。只要一想到她們氣急敗壞的模樣，劉娟心裡就一陣痛快。

白薇站在角落裡，看見劉娟盯著曹立業的背影出神，嘴角不由得上揚。

白薇缺人手，所以收下劉露做徒弟，劉露若是能學會治玉，總比炸豆腐丸子強。

而炸豆腐丸子她打算教給江氏，讓江氏擺個小攤賣，再加上幾道拿手的點心，正好可以讓白離幫忙。白離學業不精，跟著江氏將鋪子經營好，今後便能繼承這個鋪子養活自己，白老爹和江氏也能安心。

白薇腳步輕快地前去謝氏玉器鋪子，將買來的豆腐交給夥計後，招呼謝玉琢去工棚，商量要雕刻一件什麼樣的作品去參賽。

她畫了幾張圖稿，不知道要選擇哪一張？望春、玉壺、荷塘童趣、羅漢圖。

「荷塘童趣吧！」謝玉琢抽出圖稿。一小童手持荷葉遮頭，在荷塘邊嬉鬧，魚兒蹦跳出水面，飛濺起水珠。這能夠刻劃得非常生動，相映成趣。

白薇愉悅一笑。「英雄所見略同！」定下圖稿後，她便開始著手治玉。

太陽下山時，白薇將線條細繪完。她放下筆墨，轉動著發僵的脖子，站起來捏揉痠痛的手，然後將帝王綠小心翼翼地放在盒子裡，裝進竹簍，再拿一包解玉砂蓋在上面。

謝玉琢正準備問白薇晚飯吃啥，卻見她要走。「不住在這兒嗎？」

「家裡有了治玉工具，我就不住在這兒了。等玉器雕刻好了，我再給你看。」白薇今兒來一趟鎮上，是要給謝玉琢選圖稿，再順一點搗碎研磨好的解玉砂回去。

解玉砂很重，謝玉琢主動揹著竹簍。「我送妳去租牛車。」

兩人一起走出鋪子，去往集市坐牛車。

集市挨著碼頭，今兒不是趕集的日子，但仍是人來人往。

白薇瞧見有人在碼頭邊擺餛飩攤子，船伕和卸貨工人打著赤膊，隨意尋一塊地方就蹲著吃餛飩。一碗餛飩三文錢，粗略一數，大約有十幾人在等著，一天算下來，能有不少進項。

謝玉琢催促道：「妳在看啥？這解玉砂太重了，趕緊走吧！把我壓壞了長不高，找不到媳婦，妳可得賠一個給我。」

白薇掃過他八尺高的身材，鄙視道：「你高就找到媳婦了？」

謝玉琢噎住。

白薇懶得懟他。「我想在這兒盤下一間鋪子，用來賣吃食。」在這裡好做生意，人流量大，只要手藝好，自然能積攢客源。「我爹的手治好了，得幹回老本行，編草鞋賣就是勉強餬口而已，等入冬了壓根兒沒有生意。我大哥要唸書走仕途的，而白離不是唸書的材料，不論是石雕還是治玉，他都吃不了這個苦。況且他對我成見很深，留在身邊不太好，所以我想在這兒開一間鋪子，由我娘經營著，他在一旁幫忙記帳，順便搭把手。等他以後娶媳婦之後，我娘再將手藝傳給他媳婦，小倆口接管這間鋪子，今後便不用再為生計發愁。」

白薇不想管白離，他是餵不熟的白眼狼，可江氏和白啟複卻不能不管，因此她只好多做打算，給白離安排好一條路子。他若懂得珍惜，一輩子能夠衣食無憂；若是不知惜福，到時是死是活她都會撒手不管。

「這一帶的鋪子都是租賃的，不會盤讓出來。每月租金挺高的，合同一年一簽，每一年都會上漲租金。許多人都是先擺攤試試水溫，妳若有這打算，不妨讓妳娘先擺攤。真的想要盤下一間的話，倒是有那麼一間。」謝玉琢指著餛飩攤子對面，臨街緊閉的一間鋪子。「這間鋪子是趙老爺上個月盤下來的，妳可以找他問一問能不能轉給妳。」

「再看看吧。」白薇不認為趙老爺是好說話的人，想從他手裡要東西，那得付出代價。

謝玉琢說道：「我和他有點交情，待會兒去探探口風。」

白薇不想欠人情，但這個地段確實好，便也沒有拒絕。

第九章

白氏玉器鋪子。

白玉煙右手纏著布帶，掛在脖子上。

桌子上面鋪展著一張宣紙，她用左手提筆描畫出一幅圖稿。

白薇若是在這裡，定能一眼認出，正是她和謝玉琢敲定的「荷塘童趣」。

白啟祿坐在一旁喝茶，沒有打擾白玉煙。見她收筆，這才拿起圖稿看了兩眼，雖瞧不出好壞，卻是十分信任白玉煙的眼光。「煙兒，妳打算用這幅圖稿雕刻玉器參賽？」

白玉煙擱下筆，信誓旦旦地道：「爹，您別小瞧這幅圖稿，我今年再給您摘奪魁首。」

那一年，白薇便是借這件玉器橫空出世，徹底打響名聲，在玉器圈子站穩腳跟，入了段羅春的青眼。今年無論如何，她都要借著這件玉器拜入段羅春門下，成為他的關門弟子。

白玉煙摸著自己的手，這一回她搶奪了白薇的先機，一定會將白薇死死踩在腳底下，不給她出頭的機會。

「我聽說白薇也在學玉器，妳說她今年會不會參加？」白啟祿不放心地道：「妳的手受傷了，還能治玉嗎？」

「她參加了也不會是我的對手。」這個時候的白薇太稚嫩，白玉煙並未將她放在眼裡。

「您放心，我會將玉器雕刻出來。」

白啟祿心裡稍安。

白玉煙將圖稿收起來，漫不經心地道：「大伯家的日子漸漸改善了，奶奶許久沒有和他們來往，大伯再怎麼說都是奶奶的親生兒子，也該去看一看了。」

白薇在鋪子裡買了綠豆、紅豆、芡實回家，將綠豆和紅豆浸泡在冷水裡，又將芡實放鍋裡蒸熟，去殼裝在簸箕裡晾乾，等明天一早碾成粉，加上桂花做芡實糕。豆腐瀝乾水後，白薇取出來揉碎，炸一碗豆腐丸子。

忙活完，她累得腰痠背痛，洗完澡就倒在床上睡得香甜。

由於心裡惦記著事，天未亮白薇便醒過來，起床去廚房做點心。

經過白孟和白離的屋子時，瞧見屋子透出昏黃的燭光，白孟坐在窗前的書桌邊溫書。

綠豆浸泡了一夜，白薇將綠豆去皮，上蒸鍋蒸，接著開始炒紅豆沙。

江氏起身來廚房的時候，白薇已經將綠豆糕做好。一半裡面是豆沙餡的，一半是純綠豆糕。

「真香！妳做的是啥？」江氏瞧著白薇將一塊塊小巧精緻的綠豆糕裝在油包紙裡，糕點上還印了花紋，好看極了。

「綠豆糕。」白薇拿起一塊塞進江氏嘴裡。「怎樣？」

江氏咬一口，鬆軟細膩的綠豆沙在嘴裡化開，滑潤清甜，和外面賣的乾綠豆糕不同。「妳這個比外面買的綠豆糕好吃，是怎麼做的？」江氏笑咪咪地說道：「妳上回炸的豆腐丸子也好吃，阿遇一個人就吃了半碗。」

「我在裡面加了油。」白薇將綠豆糕打包好，又將芡實糕和豆腐丸子分別包好，裝在包袱裡。「娘，我打算盤下一間鋪子，妳帶著二弟去做點心賣，這樣他也有一個正經營生，養活自己不成問題。」

江氏心裡正犯愁呢！天兒轉冷了，白啟複編的草鞋賣不出去，家裡又斷了進項。全指望著白薇一個人掙錢，也不是長久之計。而且她最放心不下的是白離，一直關在家裡也不是一回事，白薇的提議她很心動。可江氏有顧慮，遲疑地道：「哪有男人進廚房的？他做這些不得被村裡人指點？」

白薇嗤笑一聲。「笑貧不笑娼，咱家有錢了，誰會笑話？」

江氏沈默了。家裡窮得揭不開鍋，誰也不想跟他們一家扯上關係，背地裡沒少說閒話。窮日子過怕了，江氏想想就心裡發慌。幾乎沒再猶豫，點頭答應了下來。「可我的手藝一般，能賣點心嗎？」

「我教妳。白天我做玉雕，晚上騰出空教妳做點心。」

「好咧！」

白薇見江氏同意，臉上露出笑意。

江氏煮了一鍋稀粥，烙幾張麵餅，當作早飯。

一家人吃完早飯後，白孟打算去書院時，白薇喚住了他。「大哥，我做了一些點心，你帶去書院給同窗分著吃。」

白孟接過包袱，聞到一股清香，臉上露出一抹笑容，抬手摸了摸白薇的頭頂。「小妹有心了。」

沈遇坐在桌邊，盯著白孟放在白薇頭頂的手，視線又落在白孟手裡拎著的點心，眼神不由得沈了沈。

白薇拍開白孟的手。「我打算給娘開一間點心鋪子，讓你給宣傳點心呢！」

白孟還未來得及說話，一道老太太的尖利聲音突地在院子裡響起——

「白薇，是妳弄傷了煙姊兒的手?!」

江氏的臉色驀地發白。白老太不是個善類！江氏慌張地推白薇，讓她進屋去躲起來。

「躲啥躲？」白老太氣勢洶洶地走進來，黑著張臉，伸手就要去掐白薇。「煙姊兒的手是妳這賤蹄子能動的？妳這條小賤命都比不上她那隻手。」

江氏連忙擋在白薇面前。

白老太太狠命地掐擰江氏的腰側軟肉，痛得江氏紅了眼眶。「擋！我讓妳擋！」白老太身子骨兒硬朗，抬腳把江氏踹跪在地上。「老賤貨生了個小賤貨，成天在外禍害人。妳不會教小賤種做人，老娘就來教妳做個人！」抓住江氏的頭髮，用力打了她兩耳光，指甲在江氏臉上刮了幾道抓痕，並扯下一把頭髮。

江氏痛叫一聲。

白薇憤怒極了，但雙手被江氏緊緊抓住。

江氏哀求地看著白薇，希望她不要招惹白老太太。

白啟複也按住白孟，然後把江氏護在身後。「娘，那是誤會。」

「不是你們，還會是誰？一家子喪門星！自個兒沒活路，還黑心地想禍害你二弟。」白啟祿最近愁眉不展，說白薇弄傷了白玉煙的手，她不能治玉參加選寶大會，白老太太憋了滿肚子火氣，立刻趕了回來，要找白啟複一家算帳。「老娘一把屎、一把尿地把你們兄弟拉扯大，送你去學本事養家餬口。你弟沒有啥本事，你是他哥哥，照顧他不應該嗎？祿兒好不容易幹起正經營生，這小賤種卻要斷他的財路，這就是你教的好閨女！」白老太呵斥道：「你給我跪下！」

白啟複攥緊拳頭，沒有動。

白老太立即捶打著胸口，乾叫道：「我的命怎麼這麼苦喲！一個、兩個不成器的東西，是要把我給氣死啊！我不活了，這就到地下找你爹告罪，說我沒能把你們給教成器。」說著，往牆壁撞去。

白啟複額角青筋凸出，撲通跪在地上。男兒膝下有黃金，跪天跪地跪父母。

四十多歲的人，頭髮白了一半，還被白老太逼著跪下。

這一跪，跪在白薇的心口，酸脹悶痛。她緊緊握著拳頭，掙開江氏的手。如果任由打罵、沒有尊嚴地被折辱就是孝道，要這孝順的名聲有何用？去他娘的孝道！

「奶奶，妳放心去，我會一日三炷香，好酒、好菜地供奉你們。」白薇拉拽著白啟複站起來。「妳再跑快一點，頭再低一些撞上去，保管能一頭撞死，不用再多撞幾下，可以少受點痛。」

白老太太簡直要被白薇給氣死。她壓根兒不想死，就是拿尋死逼白啟複罷了，向來都是一逼一個准。白老太太想著就要往地上倒。

「奶奶，今兒這地還沒掃呢，妳多滾幾圈啊！」白薇貼心地把凳子給拉開，好意提醒道：「特別是桌子底下。」

白老太太臉色青白交錯，一屁股坐在地上，大喊道：「夭壽哦！小賤人，妳幹啥？救命啊，小賤人殺人了。」

白薇拎著白老太太，丟出門外。

白老太太「哎喲」一聲，張嘴就要破口大罵。

「妳使勁的鬧騰吧，反正我家在石屏村名聲早就臭了，再加這一樁也不痛不癢。」白薇冷笑一聲。「妳今兒在我家怎麼鬧事，明兒我就上二叔的玉器鋪子鬧。妳再欺負我爹娘，我不能打妳，就只能在二叔那兒找回來了。」

「妳！」

白薇雙手抱胸，冷眼看著白老太太。

白老太太臉色鐵青，從地上爬起來，指著白啟複罵罵咧咧。「我就知道你巴不得我死！教出這麼個災星想活活氣死我，逼死你二弟！」

白啟複沒有吭聲。

白老太太拍了拍屁股上的灰，心氣不順，拉長臉罵道：「你二弟家的日子不好過，我多幫著他們，你心裡就存了怨氣。祿兒生意難做，一個人養著我，沒找你伸手要過一文錢，現在你家日子好過了，總得出銀子贍養我。」

江氏看向白啟複，見他點頭，取出荷包，準備拿二兩銀子給白老太太。

白老太太迅速將荷包搶過去，又要去搶白孟手裡的包袱。

白薇衝上前扣住白老太太的手，往後一擰，痛得白老太太哇哇叫。

「當初分出來時，妳就把話說明白了，不靠我爹養，所以只給他兩畝地，一文錢都沒分給他。他孝敬妳，是他有良心，敬著妳是他娘，但妳若想仗著這層身分蹬鼻子上臉，在我這兒不管用。」白薇從白老太手裡搶過荷包，撥出一兩銀子扔給她。

白老太太被白薇給唬住了，沒有想到這死丫頭竟變得這般蠻橫。

她恨得咬牙。「白啟複，分家了我也是你娘，孝敬老娘是你的本分。你家要造新房子，給我騰出一間屋子住。你弟養我好幾年了，也該換你盡盡孝心。」白老太太不敢看白薇，丟下這句話後，逃命似地跑了。白啟複愚孝，白薇再厲害，還不是得聽白啟複的？等她住進白家再搓揉白薇，就不信收拾不了那死丫頭片子！

白薇很厭惡白老太太，白老太太對他們一家沒有好心，心肝全偏向了白啟祿一家。

「爹，你不能這般愚孝，被奶奶欺負。當初你的手廢了，她二話不說要分家，這麼多年也沒有來咱家看過一眼，如今眼見我們日子好過了，她就想回來住，你若讓她住進咱家，就沒有安寧日子過了。」白薇知道她爹孝順，白老太太再怎麼讓他心寒，他也會擔負起責任。「你可以贍養她，每月給她幾十文錢。奶奶要回來住也成，祖宅拾掇好給她住。」想住新房子，沒門！

白啟複想說什麼，江氏摀著臉喊疼，他連忙去給江氏拿傷藥。

白薇瞧著江氏的傷，氣憤填膺。

「她到底是妳奶奶，一個孝道壓在頭上，咱們能把她怎樣？忍一忍吧，等她氣頭過去就好了。」江氏習以為常了，勸白薇收斂脾性。「別讓妳爹難做。」

孝道融入他們的骨血裡，根深蒂固，想要他們改變不是一件容易的事。

但白薇實在不能理解江氏，都被人欺負到頭上了還得處處忍讓，活得窩囊憋屈。

她憋著悶氣，關在工棚裡治玉，結果一時失手，切割掉了荷葉的部分。

白薇看著裂開一大塊的帝王綠，腦袋都懵了。

參賽不只是看雕工，玉石也極為考究，必須是名貴玉石。

她手裡的銀子並不能讓她換一塊石頭，就算有家底兒，時間上也不允許。

白薇強忍著崩潰，極力讓自己保持冷靜，設法將玉石修復。

一天一夜，白薇都沒有出工棚，飯也沒有吃。

江氏和白啟複以為白薇在賭氣，不敢進去吵她，只讓沈遇端飯進去。

沈遇推開門，工棚裡一片黑暗，只有一縷光線從窗戶縫隙照進來。他看見白薇仰靠在椅子裡，臉色微微蒼白，整個人透著頹喪的氣息，目光空空地望著桌子上的帝王綠。玉石已經雕刻出雛形，但頂部被突兀的削去一塊。

打從認識白薇開始，她便一直是朝氣蓬勃的，纖細的身體裡蘊含著強韌不屈的力量，任何艱難的處境都無法將她給擊垮，沈遇從未見過她如此喪氣的模樣。

「遇到困難了？」沈遇將飯菜擱在她面前。「明天動土，準備造新房子。」

白薇打不起精神，這塊帝王綠缺失了一塊，她雖嘗試修復，但效果差強人意。除非，她將尺寸縮小。她揉著脹痛的額頭，緩緩地搖頭道：「我沒事。」

是她的心態崩了。無論她怎麼努力，總會有各種各樣的糟心事發生。白老太太的出現、江氏和白啟複的態度、她失手壞了作品，樁樁件件的事情壓過來，她突然覺得很累，失去了動力。

沈遇隱約猜到了一些，看著白薇懨懨地縮在椅子裡，他鬼使神差地抬手放在她的頭頂。

「子女心中都裝著爹娘，饒是再心寒，那一份血脈親情都沒法割捨。妳不願白父、白母與白老太太有牽扯，但他們卻不能不管白老太太，妳可以從根源上動手。」

白薇微微一怔，他寬厚有力的大掌蓋在頭頂，她的心瞬間湧起一種異樣的情緒。

似乎在她處在逆境或者做錯事情的時候，他總會出現在她面前，幫助她或者指點她。

沈遇對上她詫異的眼神，這才意識到自己做了什麼。

他收回手，搓一下掌心，上面彷彿還殘留著髮絲柔順的觸感。

「山不轉路轉，境不轉心轉。」他將飯菜往她面前一推。「吃飽了，才能有力氣解決麻煩。」

白薇默唸這一句話，突然間醍醐灌頂，眼睛煥發出光芒。「我知道怎麼修復了。」她準備繼續治玉。看著還殘留餘溫的飯菜，她端著碗狼吞虎嚥。

沈遇不苟言笑的臉上，流露出淺淡的笑容。

時間飛逝，轉眼間到了選寶大會。

謝玉琢與白薇早早抵達縣城，站在會場入口排隊，需要給作品貼上標籤。鑑玉人篩選出有參選資格的作品後，再由專人擺放在大廳供人展覽鑑賞。

十二月的天很寒冷，但依然抵不住參賽者的熱情，陸陸續續而來。

白玉煙和白啟祿下馬車，一眼就看見白薇和謝玉琢兩個人。

白薇睏得不行，冷風吹颳在臉上，凍得人精神了點兒。

「這鬼天氣實在太冷了，前邊怎麼就不快一點呢？我快凍成傻狗了。」謝玉琢冷得縮脖子、跺腳，瞧白薇眼下長著兩個黑圈，道：「那點玩意兒，妳到今早才完成，之前還說雕刻好了送來給我看呢！」啥樣他都不知道呢！

謝玉琢摸著懷裡抱著的木盒子，悄悄地掀開一條縫，油綠濃翠的玉器一點一點顯露。

「大姊，妳怎麼在這兒？」

白玉煙突然出聲，嚇得謝玉琢猛地將盒子蓋上，差點打翻在地上。

「你們也是來參加選寶大會嗎？」白玉煙見謝玉琢寶貝似地搗著盒子，意味不明地笑了一下，抬頭望著長長的隊伍，神情倨傲地說：「外面天寒地凍的，你們跟我一起進去？」

謝玉琢很心動，羨慕白玉煙，她是上一屆魁首，有特殊許可權。

白薇婉拒了。「我們是新人，得按照規矩行事，妳和二叔先進去吧。」

白玉煙沒有勉強，朝白啟祿走過去，她也只是隨口一提而已。

白啟祿問她。「白薇也來參賽？」

「謝玉琢是她師父，陪謝玉琢過來見世面的吧。」白玉煙譏誚道：「估計連參賽的資格都沒有。」

白啟祿樂了。「閨女，妳真給爹長臉！」

白玉煙叮囑看門的人，待會兒白薇沒拿到進場資格的話，當作她的親屬，放白薇進場。

白玉煙要讓白薇親眼看著自己如何奪去屬於她的榮耀。

白薇瞥見白玉煙望來的那一眼，飽含深意，覺得莫名其妙。

「走了、走了，到咱們了。」謝玉琢推著白薇往前走，把木盒子擺在桌子上。

管事將沾著米糊的標籤給貼上，拿起毛筆寫上序號。

另一個僕從抱著盒子進入一側的屋子，一刻鐘後出來，手裡端著木盤，玉器擱在木盤上面，用一塊紅布遮蓋住，領著白薇與謝玉琢去往展廳。

這是獲得參賽的資格了。

展廳很大，能容納四、五百個人。其中三面全都是座位，一排一排呈樓梯式，鑑玉人坐在最前面中間的位置，邀請來的貴人則是坐在第二排。中間的場地空出來，擺放著一張四方桌，用來擺放玉器，由鑑玉人點評後，再讓拍賣人介紹競價。拍賣人後方一整面牆壁嵌放著多寶槅，入選的玉器擺放其中。

白薇的作品排在第三十六，玉器放在標號三十六的檯面上，僕從取來一塊木牌遞給白薇後，領著她在對應的位置坐下。

進展廳的人，全都安靜地規矩入座，偶爾與同伴低聲交談。

白薇看見趙老爺也來了，白玉煙坐在他身邊，兩人談笑風生。

「呿，難怪白家玉器鋪子生意極好，因為白玉煙奪得魁首後，這些玉石商賈都在吹捧她。」謝玉琢嫉妒得眼睛都紅了，胳膊肘撞著白薇的手臂。「妳有把握能贏嗎？」

白薇新來乍到，還沒有融入玉器圈子，這一潭水究竟有多深，她還不知道，因此如實說道：「沒數。」

謝玉琢的臉像霜打的茄子，皺巴巴的。「妳的手藝雖然好，但來這裡的也不是普通人。咱們拿不到魁首，能得個最佳工藝獎也不錯。」

白薇深以為然。

「我們也去和趙老爺打個招呼吧！」謝玉琢拉著白薇過去。

白薇還未靠近，就聽見趙老爺對白玉煙道：「白小姐，妳看中集市那間鋪子，明日我讓管家將地契給妳送去。妳這回參賽的作品，還得賣給我。」

「趙老爺是爽快人，但這玉器花落誰家，可不是我說了算，還得看它能不能入您的眼。」白玉煙收下趙老爺的心意，看見白薇朝他們走過來，還有一小段距離時，白薇就丟下謝玉琢，重新回了座位。白玉煙唇邊掠過一抹笑，道：「趙老爺，先失陪，我看見我大姊了。」

趙老爺順著白玉煙的視線望去，看見白薇和謝玉琢時微微一愣。

上個月謝玉琢找他要那間鋪子，說白薇想要盤下來，他給回絕了。白玉煙是上屆魁首，這一屆選寶大會她的聲望很高，因而想賄賂白玉煙分一杯羹。

現在白薇也來參加選寶大會，以她的雕工，有取勝的機會。這般想著，他又不禁失笑。謝玉琢和白薇沒有本錢，拿不出上好的玉石，饒是雕工再好，也要大打折扣。

白玉煙正準備挪步去找白薇時，一位髮鬚灰白的老朽先她一步坐在白薇的身邊，她的臉色不由得大變。

「段師傅，他和白薇相識？」趙老爺也一愣，坐不住了。

白玉煙的指甲深深掐進掌心，一雙眼睛幾乎要噴出火來。

段羅春向來深居簡出，一直在府城。白薇都沒有去過府城，她是怎麼認識段羅春的？

白玉煙深深吸一口氣，壓下心裡翻湧的酸氣，僵硬地說道：「我也不知道。」她作夢也想不到段羅春會親自來參加選寶大會。

這樣也好，讓段羅春看著她如何壓住白薇的光環，再一次奪得魁首，後悔他看走眼！

白玉煙怒氣沖沖地回到自己的座位上，讓人將她的作品安排在謝玉琢的前面。

白薇不知道她又被白玉煙給恨上了，此時正被天工會那個老人纏問帝王綠的事。

「丫頭，妳那塊石頭刻成玉器了？」老人仍是惦記著那塊玉石，好玉和好的玉雕師一樣難得啊！

白薇頗為頭疼。「嗯，我拿過來參賽了。」

老人瞪圓了眼睛，乾脆就坐在白薇身邊不走了，要看看她到底刻成啥神仙玉器！

他默默地安慰自己，白薇能參賽，總不算太糟蹋那塊玉。

大賽很快開始，貴賓與鑑玉人進來，依次入座，會長則派人到處找段羅春。

知府很看重這一屆選寶大會，特地讓段羅春親自走一遭，眼下大會開始，人卻不見了。

會長急得額頭冒冷汗，突然看見他竟坐在參賽者的座位上。想過去請人，卻被段羅春給瞪了回來。

段羅春咳嗽兩聲，比劃了手勢。

會長領悟過來，立即上臺去致辭，講述規則。「每一件作品，由鑑玉人點評後，記載玉器特徵優劣、等次、價值。等參選作品一一評論、競價之後，再擇前二十名依次排列供人鑑賞，得選出最終排名。」

接著拍賣人上場，侍從端著一號作品放在四方桌上。揭開紅布，露出一件和闐玉雕刻的玉器，名為踏雪尋梅。

風雪中一位老人手握枴杖，遠望一株梅花樹。淡黃皮色上精琢淺雕兩枝寒梅，梅花的造型端莊閒雅，花蕾和枝葉層次分布，生機勃發。

「踏雪尋梅採用上等和闐玉，玉質油潤，雕工精美，從側面似乎能夠看見梅花漸漸怒放，鑒玉人評為上品佳作。競拍底價五十兩起，每次加價不低於十兩。」拍賣人拿著木槌敲擊一下，讓人競價。

白薇覺得這踏雪尋梅無論玉質或者雕工都屬於上等，翹色部分稍弱，打了折扣。

果然，最終交易價格在一百一十兩。

之後的作品好次摻雜，三件品相不佳的玉器，方才有一件好的玉器。

白薇看著都快睡著了，直到聽見拍賣人報出「三十五號」作品，才一個激靈清醒過來。

如果排在前面的作品雕工出神入化，翹色構圖都很高深，對她的作品會有很大影響。

相同水準的話，大家下意識會偏向先出來的那一件。

侍從將紅布一點一點揭開，白綠兩色的翡翠玉器完整暴露在眾人面前。

白薇驚愕地看著展臺上「荷塘童趣」的玉器，內心十分震驚！

謝玉琢眼睛也瞪直了。「怎麼搞的？我們不是三十六號嗎？怎麼提前一號了？咦，不對啊，咱們的是帝王綠，妳換了原石？」

白色的玉雕刻孩童、蓮花、錦鯉，頭頂的荷葉是一片綠，點綴著幾顆白色的露珠，彷彿要從荷葉邊滴落。

白薇盯著玉器，目光漸漸沈下來。荷塘童趣是她前世獲獎的作品，她在鄉下生活時得來的靈感，現在卻被另一個人雕琢出，還用來參賽。她懷疑，圖稿洩漏了。

謝玉琢忍不住誇讚道：「妳可以啊！換了塊石頭，效果還是很不錯。這兩種色彩的強烈對比，能夠直接烘托、突出主題，意境和氛圍更好，簡直就是雕活了。」

白薇的臉都黑了。

謝玉琢渾然不覺，盯著展臺，聽鑑玉人讚不絕口，不禁樂開了花，笑得嘴角咧開到耳根。他喜孜孜地搓手，勉強克制住激動的情緒。「妳看見了嗎？那些玉石商的眼睛都亮了，咱們鐵定穩了，十有八九會獲獎！」

「這件玉器很有童趣，刻劃地非常生動，我們能夠切身感受到孩童戲水的歡樂，又彷彿能聽見魚兒躍出水面的『嘩啦』聲，構圖別出心裁，細節雕刻得很逼真。無論是意境或者是雕工，都無可挑剔，極具有收藏和觀賞價值。」拍賣人朗聲說道：「底價三百兩白銀。」

眾人譁然。玉質上等，雕工、翹色也都非常純熟，但三百兩起，價格會不會太高了？眼光毒辣的人，已經嗅出一絲不同尋常，從雕工上幾乎可以分辨是出自誰的手。

一時間，競爭十分激烈。

趙老爺緩過神來，一般而言，上屆魁首的作品會放在最後壓軸，萬萬想不到會提前放出來。他當即讓人開價八百兩。

「一千兩！」

「……」

「穩了、穩了！」謝玉琢熱血沸騰，激動得不行，其他人出一次高價，他就揮一次拳頭。「前面最高的價格只有三百兩，咱們這個已經直逼二千兩，還有誰能超過我們？」謝玉琢覺得自己的靈魂都飄出來翻起跟斗了，他似乎看見無數的金元寶將他掩埋住。

白薇幽幽地看著他，露出一口白牙，皮笑肉不笑地說：「告訴你一個好消息。」

「啥？」

「我沒有換原石。」

謝玉琢瞬間呆若木雞，笑容僵在臉上，一寸寸龜裂。「這……這不是咱們的？」他欲哭無淚，已經三千兩了啊！他們能超過嗎？不對！「我們也是荷塘童趣。一樣的作品，會說咱們是抄襲嗎？」謝玉琢覺得自己要被一道道晴空響雷劈得四分五裂了。「完了、完了！我是造了啥孽喲！這下別說保住祖產，名節都要不保了啊！」好在選寶大會挺人性化的，若價格不合心意，他們可以取消交易，不至於血本無歸。

白薇沒有搭理謝玉琢，她想知道這件玉器的成交價。

「三千兩！成交價格三千兩，目前是競價最高的作品，遙遙領先。」拍賣人翻開牌子，含笑道：「這件玉器出自上一屆魁首白玉煙之手，不知道這一次能否再奪得魁首？」

趙老爺領到木牌，聽到拍賣人揭露是白玉煙的作品，頓時鬆一口氣，這三千兩銀子沒白花。

白玉煙不太滿意，當初白薇的成交價在四千兩。但荷塘童趣相較於她上一屆的作品，已多出二百兩。她站起來，端莊嫻雅地朝眾人點頭以示感激。回頭看見白薇青黑著臉，謝玉琢萎靡不振，段羅春若有所思，白玉煙的一顆心踏實了。她不禁勾起嘴角，朝白薇微微一笑。

白薇冷冷盯著她，白玉煙穿越的念頭又浮上心頭。

如果兩個人是來自同一個世界，那白玉煙知道荷塘童趣，便不奇怪了。

「接下來是三十六號作品，驅邪避瘟。」

拍賣人報出名字後，眾人一臉驚訝。

送來參選的作品，名字全都是詩情畫意的，這個就獨特了，有些人便忍不住心生好奇，想瞧瞧是怎樣的作品，會被冠上這樣的名字？

白玉煙眼底露出嘲諷，能賣出二百兩都算不錯了。

謝玉琢幾乎要跳起來，鼓著眼珠子狠狠瞪著白薇。「妳刻的是啥玩意兒啊？」一聽名字心都要涼了！

白薇抿著嘴沒有吭聲。

段羅春也瞪直了眼，氣急敗壞地想怒斥白薇，偏偏又沒有立場，只能氣呼呼地將手揣在袖子裡，忍著氣看白薇到底將玉石糟蹋成啥樣？

侍從瞧著眾人姿態閒散，並不太期待的模樣，一把將紅布揭開。

眾人帶著好奇心粗粗一瞥，繼而精神為之一震。

帝王綠！

壓下心底的驚濤駭浪，細細觀賞作品本身，這才發現雕刻的是一隻蠍子。

兩隻蜷起的大螯，似兩個收回的大拳頭；蜷起的多條腿宛如長矛大刀，給人一種森嚴強大的感覺；儲藏毒液的尖細尾部甩到背部上方，似張弓搭箭，氣勢逼人。

這件作品第一眼給人很大的衝擊，無人敢雕刻蠍子來參賽，更無法雕刻出這份傲視群雄的霸氣，似乎堅不可摧又無堅不摧。需要怎樣的一種心境，才能將它的氣勢雕刻得如此淋漓盡致？

段羅春也被震撼住了。

白薇之所以大膽求新，是受時間和材料的限制。

用玉石雕刻，本來就是惜料如金，因材施藝。雕刻不成荷塘童趣，又因為白老太太與劉家一事，她便以毒蠍為載體創作，實則將自己代入其中。

參賽本就是看中藝術本身和收藏價值，蠍子與「攜子」同音，為吉兆。

會場靜默了數息後，終於有人打破沈默。「這件作品抓住了蠍子的特徵，它肢體的刻劃彷彿蠍子在扭動、喘息般，讓它活了過來。」

「蠍子是鎮邪攻毒之物，它的造型似在防守，又似蟄伏、蓄勢待發。雕工精湛，採用多種雕法，既有南方之秀，又有北方之雄，魅力獨特。」拍賣人笑了一下。「這玉質本身便是罕見的帝王綠，再加上巧奪天工的技藝，不知道能不能脫穎而出？」

白玉煙原本等著看笑話的，當看到栩栩如生的玉器時，簡直不敢相信自己的眼睛。謝玉琢的技藝有如此高深嗎？根本不可能！

隱隱有一個念頭呼之欲出，又被她深深地壓下去，她不敢去想，這是出自白薇之手。

白玉煙咬緊了嘴唇，認定是謝玉琢花大價錢請人雕的作品。

白啟祿心裡頗不安，他根本分不出好壞，可現場的氛圍讓他十分忐忑。「煙兒，妳別擔心。這件玉器玉質上乘、雕工精美又如何？這個蠍子是毒物，誰會花大價錢買它？」

聽到白啟祿的話，白玉煙並沒有放鬆。在玉雕師的眼中，翡翠蠍子是上佳的題材。能夠辟邪趨吉，蘊含獨甲一方、君子慎獨的寓意。因為它的另類，在重要場合一般不會選用它的，眼下正是因為它的獨特更為奪人目光。白玉煙的雙手緊緊交握。

拍賣人看著侍從送上來的底價，不由得看了鑑玉人一眼。「驅邪避瘟，底價二百兩，競價開始。」

會場鴉雀無聲。

拍賣人驚住了，這是無人競價？從未有過的事情啊！

白玉煙緊繃的情緒這才鬆懈下來，低垂著頭，嘴角愉悅地上揚。或許是她多慮了。

「三百兩！」

這一聲競價，似乎打破了桎梏。

「三百一十兩！」

「四百兩！」

「……」

「二千六百兩！」

謝玉琢雙手緊緊握著拳頭，屏住呼吸，聽見價格在二千九百八十兩停下來時，差點心臟猝停。

白薇也很緊張，心都提到嗓子了。難道要輸給剽竊她作品的人嗎？

拍賣人在倒數計時了。

白玉煙眼底的笑意越發濃烈。即便是帝王綠又如何？謝玉琢初出茅廬，誰會給他面子？

拍賣人先報出了她的作品，大多數人會給她留面子，之後的作品競價會留有餘地，不會得罪她的。這件作品能賣到將近三千兩，已經是謝玉琢祖上積德了。白玉煙放鬆地靠在椅子裡，幾乎毫無疑慮，她能奪得魁首。

「四千兩！」

角落裡，有一個人出聲競價了。

白薇望去，看不清競價之人的面容，隱約只看見側面輪廓，十分年輕。他坐在輪椅裡，披著一件銀白色斗篷，搭在扶手上的手握著一串佛珠。

段羅春看見來人，眼中閃過訝異，看著白薇的眼神不禁多了幾分探究。

隨即，又覺得他多想了。

帝王綠價值不菲，而白薇的雕工出神入化，更提升了它的價值。玉石雕刻無我，而白薇的作品卻是物中有我。精湛的雕工，讓人驚嘆，那人會競價無可厚非。

「雕刻蠍子很簡單，可這一份境界卻很難得。選寶大會最看重的是雕工，這件作品，無論是雕工和玉石，都值得讓人一擲千金。」段羅春環顧四周，看著暗自思量的各位貴賓。「諸位能受邀前來參加選寶大會，應該知道其中的規則——公平、公正。」他這個時候才明白，知府為何要他親自走一遭的用意。

往年奪魁的人，不會再繼續參賽，因為擔憂拿不出好作品，會累了名聲。

如今白玉煙卻連著兩屆參加選寶大會，與她有利益往來的人必定會讓她再次奪魁。

白玉煙臉色煞白，心慌意亂。她沒想到段羅春會替白薇出頭。她急切地看向競價的貴賓，期望他們不要被段羅春的話給煽動。

貴賓看著段羅春，認出他的身分之後暗自心驚，哪裡還敢顧慮自己當前的利益？而且白薇的雕工確實有目共睹，即便今日刻意壓制，憑著她的手藝，往後仍舊可以一飛沖天。

「四千二百兩。」

「四千八百兩。」

「……」

「……」

「五千六百兩！」

白玉煙放在膝蓋上的雙手發抖，指甲將掌心給摳破了。

白啟祿的臉色也青得發綠，這個價格已經超出他們兩倍。

「煙兒……」

「閉嘴！」白玉煙情緒失控，怒喝一聲。

「六千八百兩！」拍賣人一錘定音。

白玉煙的牙齒幾乎咬斷！

趙老爺的臉色很難看，沒有想到白薇竟是這一屆的黑馬。看見作品是帝王綠時，他就知道自己看走眼了。可他已經拍下了白玉煙的作品，若再競爭白薇的作品，兩頭都討不到好。

謝玉琢兩眼發直地盯著前方，六千八百兩的數字在他腦子裡不停地轉動，拆開來他好像都認得，可組在一起，他都不敢認了。

白薇內心同樣震動，沒有想到身邊這個老人會替她說話。她不禁看向角落輪椅上那年輕男子，侍從將木牌遞給了他身後的下人。

「薇妹，我在作夢嗎？妳掐我一下。」

「你自己掐。」

謝玉琢掐了一下自己的大腿，痛得齜牙咧嘴，激動得手腳顫抖。「我這輩子沒見過這般多銀子。有了這銀子，我可以娶媳婦了。」

白薇冷笑道：「你還在作夢吧？我的參賽作品和你有啥關係？」

這一劑猛藥下得，謝玉琢立即腿不抖、手不顫了，整個人差點厥過去，只能癱倒在椅子上，長吁短嘆。

段羅春讚賞道：「丫頭，是我看走眼了，如今是後生可畏啊！」

「您過獎了。若非您剛才仗義相助，我哪裡能取得現在的成績？」

段羅春搖了搖頭。「任何榮耀絕非偶然，都是汗水與勤懇堆砌的。妳擔得起這份榮譽，不應該被埋沒。」

白薇開心中又帶著點酸，覺得自己所有的努力總算沒有白費。即便在利益至上的背景下，仍然不缺乏正直的人主持公道。

之後的作品，段羅春與白薇一起評論交流，兩個人受益匪淺，驚嘆對方的獨特見解與創新的寬廣思維，又生出一種惺惺相惜之感。

競價很快結束了。

侍從搬來一條長桌，前二十名作品依次排列。

毫無意外，白薇的作品獲得魁首。

白玉煙屈居第二。

望月懷遠的作品獲得第三。

「今日奪魁的作品，算是劍走偏鋒，卻一路過關斬將，獨占鰲頭！」會長邀請獲獎的人上臺，先賣一個關子。「究竟是誰雕刻出這般獨特的作品呢？」

眾人紛紛看向謝玉琢和白薇，能夠雕出這般氣勢傲然的作品，必然是個男子。

白玉煙死死盯著謝玉琢。敢擋她的路，就別怪她心狠手辣！

「你們肯定沒有猜對。」會長神秘地說道：「有請三十六號參賽者——白薇！」

白薇？女人？眾人的下巴都要驚掉了！

白啟祿反應激烈地喊道：「作弊！白薇作弊！」

白玉煙根本不相信白薇有這個能耐，臉色很難看。「白薇是我大姊，她學玉雕才幾個月，哪裡能有這份雕工？來參賽的諸位，哪位不是經過千錘百鍊？這個獎若頒發給她，將我們置於何地？又有何公平可言？」

大家全都懵了，有人敢作弊？

白薇太年輕了，又是個女人，誰都不相信她有那般氣魄，大多信了白玉煙的話。

白玉煙心中冷笑，白薇既然想找死，她就成全白薇。「會長，若拿別人的作品參賽，除名處置外，將永不許參加選寶大會。」

會長不由得看向段羅春。

段羅春開口道：「按照規定，冒名頂替者，將被驅逐出選寶大會。我相信自己的眼光，白薇獲得如此殊榮，實至名歸。」

白玉煙咬牙飲恨，無論她付出多少努力，都無法得到段羅春的青眼，而白薇什麼都不用做，就能得到段羅春的庇護，這叫她怎麼能不恨？她咄咄逼人道：「您與白薇相識，若是拿不出有力的證據，我們無法信服。」

「會長，有嫌疑者得拿出證據自證清白。空口白話，誰都會說。」

「如果冒名頂替還能夠奪得魁首，今後人人都這麼幹，豈不是壞了規矩？那這選寶大會還有什麼意義？」

白玉煙看著眾人在討伐白薇，憋在胸腔的那口悶氣總算吐了出來。

會長看向白薇。「妳能證明這件作品是自己創作的嗎？」

白薇來到臺上，看見參賽者們氣憤不平，都等著她拿出證據。她抿緊嘴角道：「我沒有證據。」

眾人譁然。

「手藝活不需要證據，只需要一套工具、一塊玉石，用事實說話。」

眾人啞然，每個人的雕刻手法自成風格，的確沒法作假。

「如果是技藝高深的人，完全可以模仿妳的風格。」白玉煙看著白薇十分坦然的樣子，不禁義正詞嚴道：「敢用別人的作品充數，就該被嚴懲，以杜絕這種風氣。」

白薇點了點頭。「二妹，妳這話沒有說錯。」

這麼乾脆？白玉煙強忍著心裡的不安，道：「妳總算承認了。」

「承認妳用別人的作品參賽嗎？」白薇反問。

白玉煙瞳孔一縮。

「放妳娘的屁！」白啟祿破口大罵。「白薇，妳的心怎麼就這麼黑？煙兒是妳堂妹，妳自個兒技不如人作弊，她為了還大家一個公正才揭露妳，妳卻懷恨在心，反咬煙兒一口。妳這人德行不行，別說參加選寶大會了，就連來這兒都髒了地方！」

白薇反唇相譏。「這話說得好，你們這種小人，就不配來參加選寶大會！」

「有娘生沒娘教的小雜種！老子今兒教妳做人，看看什麼叫敬重長輩！」白啟祿被激怒了，衝上前去要教訓白薇。

白薇左手握住他的手腕，右手撞擊他的肘關節。

白啟祿當即痛叫。

白薇一把將白啟祿推開，對會長道：「請會長搬兩套工具來，我和二妹各自現場雕刻一件作品。」她掃過荷塘童趣，眼底布滿冷意。「是真是假，待會兒見真章！」

白玉煙臉色慘白，張嘴想說什麼，會長已經請人將工具抬了上來。

白薇挑選一塊石頭，開始動手。

白玉煙站著沒有動。

白啟祿凶狠地瞪著白薇，催促道：「煙兒，妳給爹出一口氣，不必給這臭婊子留情面。妳顧念著她是親戚，她眼裡可沒把我當二叔！」

白玉煙的臉色一陣紅、一陣白，手裡握著一塊玉石，許久沒有動。她怎麼也想不到，這把火會燒到她的頭上。

眾人見白玉煙沒有動，而白薇已經在切割了，不禁犯起嘀咕。「妳怎麼還不動？不會是妳拿別人的作品參賽，賊喊捉賊吧？」

白玉煙手一顫。質疑聲不絕於耳，他們鄙夷的眼神幾乎要逼瘋她。深深吸一口氣，她提筆粗繪，但右手隱隱作痛，沒畫幾筆，手就開始發抖。傷筋動骨一百天，她的手還沒好全，越心急，越畫不好，看著畫得歪歪扭扭的線條，幾乎要崩潰了。「啪」地將筆和玉石拍在桌子上，白玉煙不敢看眾人，害怕那些諷刺、輕蔑的眼神。她霍然起身，往外跑去。

侍從反應過來，連忙抓住白玉煙。

會長拿起白玉煙粗繪的石頭察看，眾人也看得一清二楚，全都目瞪口呆。

「天啊！最基本的粗繪線條描畫成這樣，她真的會玉雕嗎？」

「這種水準，她上一屆的魁首是怎麼得來的？難道也是用別人的作品參賽？她居然有臉說別人？現在被拆穿，若是我都沒臉活了，太丟臉了！」

「像她這種品行不端正的人，就該取消她所有的榮耀，從選寶大會中除名。」

「對！除名！在整個玉器圈子除名。」

嘲諷的話語鋪天蓋地席捲而來，白玉煙羞憤欲死。

「不是的，我沒有。上一屆是憑我的實力得來的。」白玉煙滿頭冷汗，急不擇言。「因為我的手受傷了不能做玉雕，一時糊塗才讓人替我雕刻的。這部作品是我自己構圖，親自指點的，除了不是我自己動手，我都有參與。」

「妳可以退賽！」

「我、我、我……」白玉煙急得眼淚掉下來，手指緊緊捏著衣角，看到白啟祿瞠目結舌的模樣，突然指著他道：「我爹、是我爹讓我這麼幹的。我勸他這一屆退賽，可他不讓我退，逼著我參加，因為只要贏下比賽，鋪子裡的生意會更好。我……我原先不答應的，但他說會玉雕的不只我一個人，為了做段師傅的徒弟，這三年來我很努力，若錯過這次機會，我或許再也沒有機會了。是我鬼迷心竅。」

白啟祿驚呆了，吶吶地反駁道：「煙兒，我沒——」

「我告訴過你了，若事情揭露出來，不僅我的名聲盡毀，咱們的鋪子也會開不下去。可你不聽勸，仍然逼著我參賽，還說我的名聲若是毀了，便讓我嫁人。」白玉煙聲淚俱下地訴說著自己的委屈和無奈，一臉脆弱無助的表情，態度誠懇地道歉。「我沒有誣衊大姊，說的全都是實話。我心裡承受了很大的壓力，知道選寶大會十分公正嚴謹，之所以揭露她，是希望大家也能揭露我。我做錯了，願意接受一切的處罰，即便名聲毀了，不能得到大家的諒解，但至少我問心無愧。」世人都同情弱者，白玉煙絕佳地利用了這一點，把自己塑造成被脅迫的小可憐，可她雖然弱小、無力反抗，卻有一顆正直的心。

白啟祿聽懂了白玉煙的暗示，不再反駁，將一切都攬了下來。「煙兒，爹對不住妳！我被糊塗油蒙了心，被錢財迷了眼。」白啟祿滿臉愧疚，悔恨不已。「千錯萬錯，都是我一個人的錯，希望大家能原諒煙兒這一次，我願意承擔任何後果。」

眾人原本義憤填膺，現在對白玉煙卻充滿了同情。

「她爹太不是個東西了，竟搭上她的名聲，幹出這種下作事，壞了選寶大會的風氣。白玉煙不是存心的，不如從輕處罰吧？」

「她有沒有撒謊，等手好了之後，再讓她親自雕刻一件作品自證清白吧？她若沒有真本領，休想在這個圈子裡混下去。」

白啟祿臉色難看，但好歹目前形勢對他們有利，只得忍氣吞聲。

白玉煙悄悄鬆了一口氣，她會玉雕，只是目前傷著手，否則她一定能奪魁的。她惡毒地盯著白薇，若不是這個賤人，她哪會淪落到這個地步？

「沒有規矩，不成方圓，妳明知故犯，更為惡劣。今日如果對妳從輕處置，開了先例，往後人人這般做，全都說是不得已、有苦衷，又該如何決斷？」會長鐵面無私。「妳方才說這種風氣不該助長，我十分贊同。按照規矩，將妳從選寶大會除名。」

白玉煙臉色煞白。

「至於妳上一屆作品的真實性，等妳的手好全之後，再請妳證實。」會長的餘光瞟了段羅春一眼，看他神色平靜，暗暗鬆了一口氣。

白玉煙沒有想到會長這般無情，心裡生恨，指著白薇。「她呢？她也作弊！」

眾人看向白薇，眼睛發直。

白玉煙緊緊盯著白薇手裡的玉器，不可思議地瞪大眼睛，嘴唇咬出血珠。

白薇將玉器拋光好後，用細棉布擦乾淨，雙手遞給會長。

會長小心翼翼地接過玉器，掌心托著，舉給眾人觀賞。

白薇選用黃皮籽和闐玉雕刻一個酥餅，黃色上有幾許綠色，猶如沾著兩片青菜葉，光滑的表面沁著點點油珠，逼真得讓人泛口水，似乎真的聞到了香噴噴的氣味。

眾人驚嘆，再沒有質疑聲了。

「不，不可能！這些年我沒有看見她學玉雕。」白玉煙不相信白薇有這份能耐。她才學玉雕多久？

白薇就著侍從端來的水洗乾淨手，抬眼睨向白玉煙，勾唇道：「五年前分家後，二妹還沒有學玉雕，只用兩年時間便在選寶大會上奪魁，而我鑽研玉雕遠遠不止兩年。任何的成功，背後都有不為人知的艱辛與付出，不是妳一句沒有看見就能夠抹殺的。」

白玉煙情緒激動，想問白薇是不是和她一樣，都是重生回來的？下一刻，她已被侍從拽拉出去。

白啟祿也被人驅趕出去，看著白薇的目光十分嚇人。

趙老爺臉色陰沈，沒有想到白玉煙竟然作弊。他憤然離席，將木牌扔給侍從，不肯認帳。

會長很快控制住局面，除白薇的名次不變之外，其他排名皆往前移一名。

侍從詢問白薇，作品是否願意成交？白薇猶豫了一會兒，最終同意。

很快地，侍從取來六千一百二十兩銀票給白薇。

謝玉琢數一數，問：「怎麼少了銀子？」

「我們會場要收取一成的價。」

「黑心！」謝玉琢心疼得滴血。「難怪辦得那麼勤，敢情是乘勢撈金？」

白薇瞅見侍從變了臉，趕緊踹了謝玉琢一腳，讓他閉嘴。她將銀票塞進袖子裡後，連忙往外跑，想追上白玉煙，試探「荷塘童趣」的事情。

玉石商賈圍堵在會場外，瞅見白薇出來，立即將她包圍住，紛紛向她示好。

白啟祿臉色青黑，看著春風得意的白薇，肺都要氣炸了！

白玉煙怔怔地站在原地，氣血上湧。這一切的榮耀原本該屬於她的，如今卻全都落在白薇身上。

「煙兒，先讓她得意。雖然妳被選寶大會除名，但是妳聲名在外，且他們如今都同情妳，只要白氏鋪子不倒，咱們還能東山再起。」白啟祿心裡雖惱白玉煙作死，卻不敢發作，因為白玉煙是他的搖錢樹。

白玉煙點了點頭，勉強壓下心裡翻湧的恨意。「對，我們還有玉器鋪子。」

她還沒有輸！

第十章

街邊一輛青布馬車裡，傳出男子的幾聲咳嗽。

男子拿著帕子摀嘴，咳得胸腔顫動，蒼白的臉越發白了。

元寶連忙遞一杯水服侍男子喝下。

乾癢的喉嚨經過溫水的滋潤，稍稍緩解，壓制住了咳嗽。

沈遇坐在對面，看著男子喝下一碗藥後，虛弱地靠在軟枕上，順手為他蓋上一張薄毯。

「幾年未見，你的身體不見起色。」反而越發差了。

段雲嵐唇色淺白，一雙棕色瞳仁清冷幽深。聞言，不甚在意地笑了一下，眼底似有流光晃動，蒼白的臉色添了幾分神采，看著越發秀美俊俏。

「那位小娘子是你什麼人？」他將佛珠戴在手腕，微微挑開車窗簾子，看著眾星捧月的白薇。「心慕之人？」

沈遇透過縫隙，瞧見白薇被包圍得水泄不通。她下意識地摸著耳垂，臉上雖看不出半點情緒，但他卻知，她已經很不耐煩。白薇敷衍人的時候，會有這麼一個小動作。「好友的妹妹。」

段雲嵐點了點頭。「你若不為她求我，差點就相信你了。」

沈遇低聲道：「我比她大十一歲。」不合適。

段雲嵐撝著嘴，一邊咳、一邊溢出笑聲。「當作閨女護著？」

沈遇的薄唇抿成一線，不苟言笑的臉龐緊緊繃著。

段雲嵐許久沒有這般高興了，笑得眉角眼梢都泛著桃粉色。「小娘子很有意思，我許久沒有見過這麼合心意的玉器了。」

段雲嵐手指輕點，元寶便將盒子捧過來，打開盒蓋。

沈遇取出裡面的玉蠍，螯、腳、尾巴，布置得縱橫交錯，半明半隱，充滿攻擊，不容侵犯。她雕刻了一隻蠍子，說不意外是假的。這段時間相處下來，他知道白薇的性格很要強、護短，但卻沒有這隻蠍子帶來的感覺這般強烈、直接。

「我相信她有這個能力。」沈遇握著玉蠍，沈聲說道：「她沒有任何根基，想要公平、公正太難。你在她遭遇不公平時出手相助，卻不用一幫到底，讓人質疑她的能力。」

他將白薇當作妹妹，她努力想改善自己的處境，他只是在力所能及的地方幫扶一把這個對生活充滿熱情的小姑娘。她那天在工棚裡頹喪的模樣，令他有一些觸動。

段雲嵐出來了半天，十分疲累，微微閉著眼，哂笑道：「人人都說我沒長心，又哪來的熱心腸？」他拿回玉蠍，擺了擺手。「她雕的那個餅看著餓，你給我送來吧，抵了這次的人情。」

「公子，您餓了？咱們回府後做個餅給您嚐？」段雲嵐的身體敗壞後，胃口一直不好，此時居然會說餓，元寶差點喜極而泣。

沈遇下馬車。

段雲嵐細長的眼睛睜開，望著沈遇挺拔的背影，道：「我在這裡住到明年開春才回京，你若改變主意，隨時可以來找我。」

沈遇腳步一頓，揮了揮手，闊步離開。

元寶忍不住說道：「公子，沈公子不會回京城的。」

段雲嵐摀著唇悶聲咳嗽，餘光望向車窗外，看見沈遇站在不遠處等待白薇。手指摩挲著細潤玉皺，他意味深長地道：「世事難料。」

元寶不解地放下簾子。

沈遇覺察到段雲嵐的打探，回頭望去，馬車已經駛離。

「沈大哥。」白玉煙準備與白啟祿上車，眼尖地看見沈遇，立即撇下白啟祿，快步朝他走去。「你在這裡等大姊嗎？」

「嗯。」

沈遇的冷淡並沒有讓白玉煙知難而退，她笑容嬌美地說：「大姊今日奪魁，沈大哥不準備慶祝一番嗎？」她看一眼天色，身子靠近沈遇，親暱地說道：「我們還沒有吃中飯呢，不如待會兒找一家酒樓慶祝？」

「我和薇薇一起商量，改天再宴請親朋慶祝。」沈遇丟下這句話，便大步離開。

白玉煙見沈遇避她如蛇蠍，為了躲避她竟連白薇都不等了，臉色不禁陰沈下來，心裡極不甘，又實在拿他沒轍。她追了沈遇兩年，都沒能捣熱他的心，白薇和沈遇才認識多久？她打心底不相信沈遇對白薇有感情。

白玉煙心中怨恨，白薇這賤人生來就是她的剋星。搶走她的男人，又搶走她的榮耀。

白薇應付著玉石商賈，他們若是有意合作，去鎮上的謝氏玉器鋪子找謝玉琢。她今兒參加玉石大會，吃得太早，天兒又冷，肚子早就餓了。突破包圍圈後，白薇尋思著帶謝玉琢去吃頓好的。

這筆銀子她得分給方氏一半。剩下的三千兩銀子她不打算分給謝玉琢，想將他的玉器鋪子裝修一下，再買一批玉石來雕刻成玉器，擺放在鋪子裡裝點門面，店裡不能再賣仿古玉及一些低劣的劣質玉器了。她既然已經入夥，不好再自己單幹，得好好經營起來。

「我們吃完飯再回去，順便談一談鋪子怎麼經營？」

見白薇對鋪子上心，謝玉琢很高興。他壓住胃，愁苦著臉道：「隨便找一家酒樓吧，我都快餓死了！」

白薇抬眼看向四周，瞧見斜對面有一家酒樓，便帶謝玉琢過去。

不料謝玉琢卻突然變臉，嗖地往前衝去。

白玉煙走向街邊停靠的馬車。

謝玉琢拉住她的袖子，質問道：「荷塘童趣的圖稿，是妳偷走的吧？」他思來想去，鋪子裡沒有留圖稿，不可能被人偷看了去。圖稿在白薇手中，而白玉煙和白薇是親戚，所以極有可能是白玉煙剽竊的。幸好白薇臨時換了作品，不然今天他們若被扣上抄襲的帽子，準得名聲掃地。

白玉煙臉色難看，推開謝玉琢，不快地道：「你別胡說八道！我啥時候偷了你們的圖稿？」看見白薇走過來，她心思急轉，謝玉琢會來質問，難不成白薇之前也打算雕刻荷塘童趣？這樣一想，白玉煙便撫平被謝玉琢抓縐的袖子，笑道：「荷塘童趣是沈大哥給我的，有問題嗎？」

「沈遇？」謝玉琢愣住了。

白玉煙臉頰泛紅，帶著小女兒家的嬌態說：「我和沈大哥交好，這次參賽對我很重要，可我當時沒有一點頭緒，他便給了我這幅圖稿。」

謝玉琢死死地盯著白玉煙，見她表情不像作假，不禁擔憂地看向白薇。

白薇皺眉，沈遇確實見過荷塘童趣的圖稿。

「大姊，妳別誤會沈大哥。我和他有幾年的交情，就像妳和謝玉琢之間的關係一樣。」

白玉煙笑容嬌俏，沒有會場裡的咄咄逼人或是慌亂、恐懼，顯得十分端莊從容，一副替她打抱不平地道：「沈大哥沒有帶妳去過鏢行吧？他的弟兄還不知道妳和沈大哥成親呢！大姊，我真替妳感到委屈，他根本沒把妳當妻子嘛！」

「妳誤會他了。阿遇休沐在家養傷，這幾個月未去鏢行，沒有機會和他們說。」白薇之前看見白玉煙和沈遇在一起時還沒往心裡去，現在聽了白玉煙的話，就知道她是剃頭擔子一頭熱，在這兒挑撥離間呢！沈遇若真的對白玉煙有點想法，哪還會和她做對假夫妻？「都是親戚，他幫妳也是應該的。只是可惜二妹傷著了手，不然能靠著荷塘童趣拿到第二呢！」

言外之意，即便沈遇都拿了荷塘童趣給她，她也不過是第二名。而如今她作弊，別說第二，根本還被除名了。

這一刀子朝白玉煙的心窩捅下去，又深又狠！

白玉煙氣得要吐血，僵硬地改了口。「沈大哥當然是先向著大姊的。」

「二妹今後也會找到一個向著妳的人。」白薇提起沈遇，眼底含著一汪春水，柔和了清冷的眉眼，嗓音也跟著軟了幾分。「希望妹婿可別像阿遇一樣，是鋸了嘴的葫蘆，半天沒有一句話，也就勝在貼心了。」

白玉煙看著白薇嘴上嫌棄，又難掩甜蜜的表情，氣得臉色隱隱發青，好半天才擠出一句話。「婚姻是父母之命，媒妁之言，我作不得主。」不等白薇再說扎心戳肺的話，她連忙說道：「我爹在馬車上等著，先告辭了。」

白薇哼了一聲，誰還不會裝了？

從來沒有捏著嗓子說過話，白薇激得自己手臂上都起了一層雞皮疙瘩。

白薇搓著手臂，望著白玉煙匆匆離開的背影，皺緊眉頭。白玉煙不是穿越的，不然知道她手裡也有荷塘童趣，一定會很驚訝，可白玉煙不但沒有異樣，還順勢推到了沈遇頭上，想讓她誤會。

她不相信是沈遇將圖稿給了白玉煙。至於白玉煙是從哪裡弄來的這幅圖稿，白薇沒有頭緒。

謝玉琢的嘴角抽了抽，牙都要被白薇給酸掉了，又擔心白薇真的誤會，忙說道：「妳別信白玉煙的話，沈遇不是朝三暮四的人。」謝玉琢抓耳撓腮，絞盡腦汁要替沈遇說好話。「他把圖給白玉煙，說不定就是為了做細作，好讓白玉煙輸給妳。」

白薇翻了一個白眼。謝玉琢不是缺心眼，他是真傻！

「走了，先去吃飯再說。」白薇往前走一步，腳步突然一頓，愣愣地看向前方。

沈遇正站在酒樓門口朝她招手。

白薇和謝玉琢快步過去。

沈遇在酒樓點了四道菜，兩葷一素一湯。已經擺上桌，正冒著騰騰熱氣。

兩人餓極了，風捲殘雲般將碗碟清掃乾淨。

謝玉琢摸著吃撐的肚子。「薇妹說得沒錯，你挺貼心的，就是人悶了一點兒。」他說得來勁，湊到沈遇面前，幸災樂禍道：「她可嫌棄你了，對你很看不上眼，還勸白玉煙別找你這樣的男人做相公。」

「噗——咳咳。」白薇正在喝水，聞言差點噴謝玉琢一臉，嗆得直咳嗽。

謝玉琢有點壞心眼地調侃沈遇，哪裡知道白薇的反應會這般大。他朝沈遇擠眉弄眼，讓沈遇好好表現，給白薇拍背。

謝玉琢說話向來不著調，沈遇壓根兒沒當真。可見白薇反應激烈，一對上他的眼神便心虛地移開了，額頭抵在桌沿，低聲咳嗽，不禁詫異。她真的說過，並且嫌棄他？沈遇沈默了。在白薇面前他並不沈悶，且不說事事周全，也算盡了心。這小沒良心的丫頭！「吃好了？」

白薇忙不迭地點頭，臉頰通紅，不知是咳的，還是尷尬所致。

她沒在背後說過人壞話，情勢所逼，第一次抹黑人，結果當事人就知道了。餘光瞥向沈遇，面容冷峻刻板，黑如點漆的眼睛深幽無瀾，透著一股凜然。白薇捏著手指頭，有心解釋幾句，沈遇已經起身去結帳。

白薇下意識跟著站起來，袖子被謝玉琢拉住了。

謝玉琢意識到氣氛古怪，後知後覺地問道：「我說錯話了？」他就是打趣幾句，活絡活絡氣氛罷了，沈遇不能這麼小心眼啊！

白薇瞪了他一眼。「你自個兒回去！」她和沈遇真是夫妻的話，謝玉琢這話沒毛病，關鍵他倆不是啊！沈遇對她頗為照顧，她卻在外面抹黑他，那就是沒心沒肺啊！沈遇在心裡會怎麼想她？

謝玉琢見白薇真的生氣了，忙打自己的嘴。「瞧我這張破嘴，不會說話。你倆若因為這個而生了嫌隙，我就是罪人了！他心軟，妳枕邊風一吹，多說幾句中聽的，他便啥氣都消了！」

白薇的巴掌朝著他的後腦勺呼過去。

謝玉琢趕緊腳底抹油，一溜煙地跑了。

「走了。」沈遇站在門口等她。

白薇的氣勢瞬間滅了，揹著竹簍，亦步亦趨地跟在沈遇身後，心裡想著解釋的措辭。

驀地，肩膀一輕，她側頭看去，沈遇手掌提著竹簍，揹在了他的肩膀上。

「沈大哥。」白薇良心不安，望著他的側臉，依然是那般冷漠寡言。

聽到她開口，沈遇往前邁的腳步慢了下來。

白薇深吸一口氣，小聲地說道：「我是說過那樣的話，但那並不是真心話。白玉煙傾慕你，如果她心思單純，沒有壞心眼，我不會阻撓。可她品行不好，配不上你，我、我猜測你對她沒有別的心思，所以便自作主張地替你擋了這朵桃花。」

沈遇停下腳步，垂眸注視她。

他的眼睛深幽得望不見底，讓人無法看穿他心中的想法，反倒無端地讓白薇緊張。她吞嚥一口唾沫，道：「我若猜錯的話，也可以去替你解釋。」

她睜著一雙明淨清澈的眼睛，緊張無措地等著他表態，就像小孩做錯事時的神情一樣。

沈遇無聲嘆息，到底是個小姑娘。

上一次摸她腦袋的手感和想像中一樣好，這一次自然而然地就將掌心貼著她的頭頂，輕輕地揉了一下。「天冷黑得早，趕緊上路吧，天黑前得趕回家。」沈遇收回手，朝租來的馬車走去。

白薇呆愣住，摸著自己的腦袋，他這是沒生氣？她忽然笑開了，憋在胸腔裡的那股悶氣一消而散。她快步追上去，立即誇讚道：「沈大哥，你今後不能聽謝玉琢瞎說。你幫助我很多都沒有嫌棄我事多，我哪裡會嫌棄你？像你這種話不多、專辦實事的男人才最牢靠。」一通吹捧說下來，白薇都有些臉紅了，她沒有這樣誇過一個男人。

沈遇聽著她嘰嘰喳喳，語氣輕快，一掃之前的低落，恢復了朝氣，眼底隱隱浮現淺淺的笑意。「妳看到的只是表面。」

沈遇將背簍擱在馬車上，搬下木梯，掀開車簾讓白薇上車。

白薇坐在馬車的角落裡，搓著凍僵的手指，放在嘴邊哈氣，故作驚詫道：「比我看見的還要好？」

沈遇忍俊不禁，搖了搖頭，不再理會她。

白薇是什麼樣的人，他不說十分瞭解，卻也瞭解七、八分。她不會無緣無故對白玉煙說那些話，必定是白玉煙挑釁在先。

他並沒有生氣，只是想起「大喜」那一天，白薇驚訝於兩個人的年紀差距，覺得對他的嫌棄或許是真的，因此心情莫名不太美妙，有些沈鬱。

許多夫妻間，男子比女子大二、三十歲的，比比皆是。

沈遇絲毫沒有意識到，之前還與段雲嵐說過，兩人年紀相差十一歲，不太合適。

白薇明顯地感覺到他的心情似乎變好了，暗暗鬆了一口氣。有人對她好一分，她會恨不能十分還回去；一旦有愧於對方，她在對方跟前得矮一個頭。

沈遇不但沒有生氣，一路上還體貼地關照她，的確是一個好男人。白薇在心裡打定主意，不能讓白玉煙糟蹋沈遇。

「你幫我家造房子，我卻沒能兌現諾言，下廚給你做吃的。」白薇從袖子裡拿出一個荷包，取出一塊玉珮遞給他。「這個給你。」

沈遇一怔，接過玉珮。黃玉材質溫潤細膩，握在掌心並不冰涼。

正面雕刻著山水清蓮的圖案，在荷葉的映襯下，荷花舒展怒放，俏立於湖面，一隻蜻蜓尋香而來，圍繞著荷花飛旋。簡單的一幅畫，被她雕刻得生機四溢，妙趣橫生。

轉過背面，刻著八個字：君子立身，和而不同。

沈遇摩挲著「君子」兩字，眼神微微變幻，終究沒有說什麼，將這塊君子玉牌收下。他問道：「妳今日在會場雕了一個餅？」

「餅？」白薇反應過來。「白玉煙說我作弊，需要證明自己的實力。這個餅好雕，耗時短，便選用了它。」

「妳賣給我吧。」

「我送你。他們也沒向我要玉石的錢。」白薇掏出玉雕的酥餅，擱在沈遇的掌心，指尖劃過他的手掌。

沈遇顫了顫，用力握緊拳頭，玉石硌痛了掌心，這才勉強壓下那股鑽心的酥癢。

馬車裡陷入了沈默。

白薇熬了一個通宵，此時又累又睏。馬車又搖搖晃晃的，她不禁迷迷糊糊地睡過去。

沈遇取出竹簍裡的短棉襖，蓋在她的身上。猶豫片刻後，坐在白薇身邊，以免她被顛簸得栽下去。閉上眼，沈遇打算休憩片刻，肩膀驀地一沈，白薇歪頭靠在他的肩頭，雙手如藤蔓一般纏上了他的手臂。沈遇頓時渾身僵硬，掰開白薇的手，將她的腦袋推回原處。

馬車停在村口，車伕掀開車簾，看見白薇靠在沈遇的肩頭呼呼大睡，似乎怕摔下去，雙手還緊緊抱著沈遇的臂膀。一道凌厲的目光射來，車伕脖子一縮，結巴道：「客、客官，到了。」

沈遇眉心緊蹙，神色僵硬地看著睡得昏天暗地的白薇，犯難了。

推醒她？還是等她自己醒過來？

沈遇心裡還沒有個數，車伕已硬著頭皮催了。

「客官，您趕緊抱著您媳婦下來吧。天黑路不好走，我還得回縣城呢！」

「媳婦」兩個字，讓沈遇心裡掠過一抹異樣情愫。

冬日嚴寒，身上裹著厚襖子，兩個人緊挨在一起，少了體溫相熨的旖旎曖昧，卻又多了分溫暖，驅散幾分寒冷。或許是她冷，無意識地往他身邊靠，才推開她，她便又往他懷裡鑽。沈遇是怕了白薇，最後也就由她去，不再將人推開。

她的頭抵在肩頭，髮絲蹭在他的臉龐上，皂角的氣味在鼻端瀰漫，似乎混合著一縷獨屬於少女的清香。他的喉嚨又乾又癢，整個人緊緊繃著。

這一路上，沈遇僵直地坐著，動都不敢動一下。

這會兒要抱她回去，真是太為難他了。尤其鄉鄰們攏著手，正站在不遠處看著。

馬氏領著媒婆進村，瞧見這一幕，立即扯著大嗓門喊。「喲！這不是白家倒插門的女婿嗎？」

鄉鄰們在哄笑，瞅著沈遇的眼神很微妙，對這吃軟飯的男人很看不起。

沈遇的臉色沈了下來，並沒有給別人看笑話的嗜好。

他一手穿過白薇的膝後，準備攔腰抱起她，下一刻，兩人四目相對，沈遇心口猛地一跳。

「到了？」白薇被馬氏的大嗓門吵醒，睡眼惺忪，一臉迷糊。

「嗯。」沈遇穩住心神，鎮定地鬆開白薇。提著竹簍，跳下馬車。

白薇搓了一把臉，清醒許多。

「白薇，犯睏就讓妳養的小白臉揹妳回家唄！總不能白白養個吃白飯的，不幹活、不掙錢，當個祖宗供著吧？」馬氏陰陽怪氣地嘲諷，又忍不住得意道：「我家窮，不能給燕兒招婿，找了個做豆腐的，嫁過去得伺候相公，沒妳這麼好命哦！」

白薇翻了個白眼，哪裡聽不出馬氏的挖苦和炫耀？她也不生氣，笑道：「我等著吃劉燕的喜酒。」

馬氏一拳打在棉花裡，頓時臉色青黑。

白薇喊沈遇回家，心裡暗想：劉燕和曹立業訂親了？劉娟沒有得手嗎？

回到家，白薇數出三千零六十兩銀票，鎖在小櫃子裡，揣著另一半銀票直接去找方氏。

方氏正坐在窗戶下縫補衣裳，瞧見白薇站在籬笆外，連忙喊劉露去開院門。

劉露見到白薇很歡喜。「薇薇姊，選寶大會怎樣？」

「挺不錯的。」

劉露替白薇高興。「明天我找妳學手藝可好？」

「隨時都可以。」

方氏站在門邊，熱情地招呼道：「丫頭，外頭冷，快進屋裡說話。」又指使劉露去倒一碗熱茶。

白薇扶著方氏進屋，坐在矮凳上。

劉露倒了一碗茶來，拖著火爐擱在白薇腳邊。

白薇喝了一口熱茶，渾身暖和了起來。「那塊石頭我雕好給賣了，得了六千一百二十兩，按照先前說的，我分給妳們一半。」白薇將三千多兩銀票全都拿出來給方氏。「您將銀票收好，財不露白，改天存進錢莊裡，別告訴其他人。」

方氏和劉露驚得半天都回不過神。

三千多兩，方氏活了大半輩子都沒見過這麼多銀錢。之前以為能賣個幾十兩就不錯了。

「丫頭啊，妳給我們祖孫一百兩銀子就夠了。若不是妳的話，我們連這點銀錢也沒有。」方氏不貪財，雙手都在顫抖，拿著銀票往白薇手裡塞。

「如果不是劉露撿來這塊石頭，我也掙不到這一筆銀錢。」白薇誠心想幫這祖孫倆，又將銀票推了回去。「您得替劉露打算，她已經十五歲了。有了這一筆銀子，找個勤懇老實的孫女婿，小倆口一輩子不愁吃穿。」

方氏熱淚盈眶，對白薇心存感激。「我們祖孫倆在村裡沒啥親戚，露兒年紀小，膽子也不大，沒啥見識。妳哪天得空，帶著露兒將這銀票存進錢莊裡，給她當作嫁妝。」

「喲，二嬸啊，您答應這門親事了？」馬氏帶著媒婆進屋，手還拎著一疋紅色細布。

方氏看見馬氏，手忙腳亂地將銀票藏進袖子裡。

「我說今早起床怎麼聽見喜鵲叫，原來是有大喜事呢！」

馬氏眼尖地看見方氏手裡握著一疊銀票，本以為是自己眼花看錯了，可瞧方氏緊張的模樣，又想著她進門前隱約聽見「銀票」、「錢莊」、「嫁妝」的字眼，不禁捏緊手裡的布。

真想不到啊，這老虔婆居然有一大筆銀錢。

「誰答應和妳家做親家？妳趕緊帶著人離開我家。」方氏心裡恨極馬氏，氣得攆人。馬氏欺負她們祖孫倆孤苦伶仃，沒有依靠，要將劉露說給她那瘸腿的姪兒。「妳們走！」

馬氏娘家的條件不好，姪兒又因摔斷了一條腿，沒有姑娘願意嫁給他。現在二十五歲，想媳婦了，她娘也想給馬家留後，因此找她一合計，把目標放在劉露身上，不用花一文錢地娶回家。

「二嬸，我姪兒長得一表人才，就是一條腿不索利，但會疼媳婦。劉露嫁過去生個大胖小子，我娘準得將她當祖宗供著。」馬氏現在知道方氏有錢，態度立即大變。「我娘願意出二十兩聘禮，待劉露進門後，就給她當家。您看，這快過年了，我娘心裡惦記劉露，還特地給她買一疋布，讓她做新衣裳穿呢！」

媒婆愣住了，這疋布就是聘禮啊！哪有啥二十兩銀子？

「走！拿著妳的東西出去！」方氏搶過布，一瘸一拐地扔出門外。

方氏之前信了馬氏的話，以為馬氏好心要給劉露說親，找林氏去探探底，這才知道那馬永才名聲臭不可聞，鑽寡婦的門，還偷看小姑娘洗澡，鬧了幾場官司。馬氏的娘也是個潑辣厲害的主，劉露嫁過去會給搓揉死的。

劉露的親事是方氏的心病，孫女沒爹沒娘，家境好的誰看得上她？現在有銀錢了，又有白薇做依靠，方氏頓時有了底氣。

「除了我姪兒，我看誰要劉露。」馬氏氣得臉色鐵青。因不肯叫白薇看笑話，她撿起布走出院門，轉頭朝劉家門前吐了一口唾沫。

之前就看準劉露不撒手，現在知道方氏手裡有錢，馬氏更不會甘休的。

她掏出一兩銀子給媒婆，讓媒婆給她娘捎一句話，請姪兒親自過來一趟。

方氏氣得直哆嗦，馬氏來了三、四回了，看樣子不會輕易放棄。她急得直落淚，將劉露的手放在白薇手裡，哽咽道：「丫頭，大娘沒有可信的人，這一把年紀活一天是一天。露兒認妳做師父，今後她的事情有勞妳多照看一點。」

白薇厭惡馬氏，哪裡不知道她存心欺負人？「您放心，劉露是我的徒弟，我不會讓人欺負她。」接著安慰方氏。「我讓我娘給劉露相看，找一門合心意的親事。」

方氏就要下跪感謝白薇。

白薇嚇一跳，慌忙扶住方氏，不讓她跪下去。

「丫頭，妳幫大娘一個忙。將這筆銀錢收著，擱我手裡守不住。等露兒出嫁之後，夫家若誠心待她好，妳再把這筆銀錢給露兒傍身。」方氏將銀票原封不動地給白薇。

白薇猶豫了一下後，將銀票收下來，也等於將劉露的事攬下來。

劉露蒼白著臉，咬著嘴唇落淚，見白薇收下銀票，她撲通跪下來，連磕幾個響頭，感激道：「師父，我會跟著您好好學手藝。」給白薇出一份力，報答她。

「好。」白薇扶劉露起身，坐了一會兒，等方氏情緒穩定後，這才告辭離開。

劉露紅著眼睛送白薇出去。

白薇低聲交代她。「妳去請郎中給大娘請個平安脈。」她聽著方氏像在交代身後事般。劉露的臉色瞬間慘白，連連點頭。

白薇揣著銀票回家，一進門就看見白老太太提著包袱坐在凳子上。

「煙兒被除名，祿兒的鋪子也開不下去，日子不好過，今後我跟你們住。」

白薇一腳邁進去，堂屋裡瞬間安靜了一瞬。

白老太太瞧見白薇，臉頰上的肉抖動了一下，屁股也隱隱作痛。「喲，薇丫頭回來啦！妳在選寶大會上得了第一名，奶奶給妳慶賀。」白老太解開包袱，掏出兩個雞蛋，覥著臉說：「奶奶給妳攢的。妳二叔家幾個孩子都沒有，特地留給妳吃！」

白啟複和江氏站在一邊，族長和白老太太坐著。

白、劉是石屏村的兩大姓氏，村裡人多多少少都沾親帶故。族長姓劉，白老太太劉氏是他的堂妹，今兒特地喊他過來撐腰的。

白薇心裡冷笑一聲。「奶奶，二嬸孝敬妳的東西進了我的肚子，別人得罵我爛肚腸，不是個孝順的東西。」

白老太太順杆往上爬，兩手抹淚。「妳二叔苦啊，他太不容易了。開個鋪子看著體面，其實就是個沒底的窟窿，不停地往裡頭扔銀子。現在煙兒被除名了，有人逼上門要債，鋪子開不下去了，還得變賣宅子。日子這般艱難，妳二嬸還天天一個雞蛋孝敬我，幾個孩子都只有看著的分兒呢！我讓他們別顧著我，省著點兒，我都半截身子入土的人了，吃這麼好不是白白糟蹋糧食嗎？可妳二叔說我是生他養他的老娘，只要有一口吃的就不會虧待我。我又不是只生他一個，就勸他先將債還清，老大家的日子現在好過，我先跟著老大一家過，等他再發家後接我回去享福。薇丫頭，妳別嫌棄，奶奶只拿得出這點東西。」白老太太眼睛通紅，膽怯地看著白薇。「我這老東西吃不下多少，你們隨便給碗稀的，有個遮風擋雨的地方住就成。」

白薇冷笑出聲，她家真這麼幹，得被村裡人戳斷脊梁骨。「我從小到大沒吃過妳一個雞蛋，妳還是留著自己吃吧。」

白老太眼皮一顫，抱緊包袱站起身，畏懼道：「我……我還是回去吧！」

族長讓白老太太坐下，對白啟複道：「你爹去得早，你娘起早貪黑拉拔你們兄弟妹三人長大，眼下年紀大了，你也該盡點孝心。羊羔跪乳，鴉雀反哺，何況我們生而為人？」

贍養父母是作為子女應該做的事情，白老太太若是個慈善祥和的老太太，白薇沒有任何意見，可白老太太壓根兒沒安好心。她反對道：「當初沒有分家前，我爹掙的銀子全上交給奶奶。我爹斷手後，她不掏一文錢，反而攛掇著二叔分家，只分給我家幾畝地。奶奶說要跟著二叔過日子，不用我家養著，所以其餘田產全都變賣給二叔開一間鋪子。現在不認帳了，要住我家，哪有這樣的好事？」

白老太太立即哭得傷心欲絕，滿腹委屈。「一大家子人，那麼多張嘴要飯吃，我哪裡有餘錢？跟妳二叔一家過日子，那是因為看妳家困難，我若再跟著你們過活，不是給你們增加負擔嗎？你們不懂我的苦心，竟這般冤枉我，往我心窩捅刀。我這一把年紀，也活夠了，既然遭你們嫌，不如死了算了！」

「白薇，親人之間哪有隔夜仇？這是多少年的舊事了，再翻出來有啥意義？再說，這個家是妳爹作主，我們長輩之間說話，哪有妳這小輩插嘴的分？」族長直接問白啟複。「你怎麼說？白孟開年就要科考了，你好好思量思量。」

白啟複懂族長話裡的意思——若鬧騰起來，白老太太真有啥事，對白孟不好。

「我養。」

「爹！」白薇沈著臉，見事情沒有轉圜的餘地，只得退一步道：「明兒我們將祖宅收拾乾淨，她搬過去住，每月給幾十文月錢。」

族長並不願意插手別人的家務事，既已協商下來，他也不再多說，起身離開了。

白老太太不敢繼續鬧騰，反正她已經住下來了。她喜孜孜地轉悠著，相中白孟的屋子。

江氏小聲地說道：「娘，家裡地方小，騰出這間屋子給您住的話，兄弟倆沒地方睡。」

「工棚不是能住人？老大以前幹活時經常睡在工棚。」白老太太眼珠子一轉，便道：「我住在工棚也成。」

工棚裡都是貴重的東西，江氏哪敢讓白老太太去住？猶豫一會兒後，開了鎖，讓她進去。

白薇要阻止，江氏紅著眼睛攔下來，低聲勸道：「明兒就拾掇祖宅，住不了幾天。」

「娘……」

「不管怎麼說，她都是妳奶奶，為了咱家的安寧，忍一忍吧。」

白薇收緊拳頭，目光冰冷地看向白老太太。她若敢再做么蛾子，天王老子來了都沒用！

白老太太對上白薇的眼神，心臟一緊，摀著胸口喊。「江氏，我這身體有個毛病，一頓不吃肉就心慌得難受，妳晚飯多做些肉菜啊！哎喲，不行了，我得躺著歇一歇啊！」她往床上一倒，又說：「咱家孟兒最出息了，開年就得科考，我得好好養著身體，活到他考上狀元啊！若死在這前頭，他要給我守孝，又得耽擱前程嘍！」剛才族長的話讓白老太太醍醐灌頂，拿捏住了白啟複一家的命脈。

白薇臉色鐵青。

江氏怕出事，趕忙將白薇拽出去。

白老太太伸長脖子，瞧見母女倆出去後，索利地爬坐起來，朝坐在桌邊看書的白離走過去。

「離兒，你娘怎麼把你鎖在屋裡頭啊？」

白離被關幾個月，啥心思都沒了，只想出去。可如今門真的打開，他又不想出去了，神情懨懨的。他拿書擋在眼前，不搭理白老太太。

白老太太把門合上，忍著肉疼，偷偷摸摸地給了白離一包銀子。「你先前找煙兒借一百兩銀子，她一直沒有等到你去鎮上，這回託我給你送來了。不用你還，算是給你的壓歲錢。」

白離眼睛一亮，總算來勁了。他拿著銀子數一數，一百兩整。「奶奶，二姊當真不用我還了？」

白老太一副「還能騙你不成」的模樣。「你二姊一心向著自家人，你得對她好一點。」接著又唉聲嘆氣道：「這回選寶大賽，白薇誣衊她作弊，搞臭煙兒的名聲，讓她被除名，白薇這才得了第一名，還拿了六千多兩銀子。你家以後是發達了，可憐你二叔日子難過，你可不許忘恩負義啊！」

「白薇才學玉雕，她哪能得第一名？作弊的是她才對。」白離握緊銀子，一臉憤怒。

「我會護著二姊，不讓她白白受委屈。」

「奶奶知道你是個好孩子，這些天委屈你住在工棚了。」白老太瞅著白離是真的痛恨白薇，便放下心來，這一百兩銀子沒白花。

白離沒有意見，所有的不平都被銀子給治癒了，當即捲著鋪蓋搬去工棚。

晚飯做了一碗紅燒肉，大半進了白老太太的肚子。她拿筷子在其他菜碗裡翻攪，挑挑揀揀的。

白薇倒了胃口，放下碗，回自己屋子。

翌日，白薇去祖宅拾掇。

白孟休沐一天回來。他剛走到院門口，撞見白老太太從茅廁出來，手裡拿著一本《論語》。四書五經太貴，他買不起，只抄全了《論語》和《孟子》。

「奶奶，妳手裡拿著啥？」白孟握緊包袱，緊緊盯著還剩下半本的書冊。

「昨晚吃太多肉，肚腸太油膩，我瞅著這廢紙沒啥用，就拿來擦屁股了。」白老太太將書冊遞給白孟。「你要用嗎？」

白孟眼睛一瞇，手背上暴出青筋。

白老太見白孟不接，眼底還閃過怒火，立即手足無措地說：「孟兒啊，奶奶不識字，瞧著上面寫滿了字，心想這紙沒啥用，這才……你別在心裡怨奶奶，奶奶攢銀子賠給你啊！」

白孟克制住憤怒，轉身進屋。

江氏拿著兩個水煮雞蛋，正打算給白薇送去，就看見白孟陰著臉，帶著怒氣走來。「孟兒，怎麼啦？」

「砰」地一聲，白孟將門摔上。

江氏追過去拍門。「孟兒？孟兒，你開門啊！這屋子現在你奶奶在住，你和離兒先去睡工棚。」

屋子裡沒有一點聲音。

「江氏，我撕了孟兒的書，他在生我的氣。」白老太太把書塞給江氏，一臉愧疚。

江氏懵了，看著只剩下半本的書，急紅了眼。「娘，妳怎麼亂動孩子的書？這些書多矜貴啊，抄一本得費不少工夫。妳撕了他的書，叫他怎麼唸書呢？」

「妳這是在怨我嗎？若不是妳昨晚做一碗肉吃得我鬧肚子，我怎麼會亂動這些書？」白老太太受了很大的委屈般。「我就知道你們嫌我這老太婆礙眼，年紀大了不中用，巴不得我去死！」說完，哭著跑出去。

江氏想去追，又惦記著白孟。待推開門後，驚見書桌一片凌亂。硯臺打翻，墨汁浸染了書冊，而白孟站在陰影中，紅著眼睛望著被墨汁弄壞的書冊，一動也不動。

白啟複聽到動靜趕來，看到裡面的一幕，心裡無比酸楚。「孟兒……」

「爹，何謂孝道？」白孟嗓音沙啞。

白啟複心中一痛，囁嚅地道：「你奶奶生我、養我，奉養她是職責。她一心向著你二叔，對咱家不太良善，但這不是爹不奉養她的理由。若真的不奉養她，一頂不孝的帽子扣下來，鬧出啥事，對你日後科舉不利。」

「父慈而子孝，父不慈則子不孝。你們孝敬奶奶，她心中並不領情，對你們摔打怒罵。而被孝道攔在眼前，我們做子女的只能在一旁看在眼中，心裡難過憤怒卻又無奈。我一心走仕途，為的便是讓咱家挺直腰桿，不遭人欺凌。如果我的前程得讓你們忍受委屈與欺辱，那不要也罷！」白孟握緊拳頭。白老太太打罵江氏、折辱白啟複的事還歷歷在目，而今看著滿桌狼藉，白孟忍無可忍，決計不能讓他爹娘繼續愚孝下去。

「孟兒！」江氏看見白孟將書冊扔在紙簍裡，驚得衝上去制止。「孟兒，你妹妹辛苦掙錢供你唸書，你說不唸就不唸了，對得住她嗎？」

白孟鐵了心道：「小妹供我唸書，是希望我出人頭地，咱們家能體面、有尊嚴地活著，而不是被人拿捏住我們的軟肋，踩在頭上欺負我們。」他拎著紙簍大步走去廚房，將書冊全扔進灶台裡，瞬間化為灰燼。

江氏站在廚房門口，怔怔地看著竄出的火焰，心疼得在滴血。一抹眼淚，她跑出家門去找白薇。

白啟複心情沈重地坐在門檻上，愣愣地望著祖宅方向。

方氏病倒了，這日劉露並未過來學藝。白薇在祖宅花了一個時辰，收拾出一間屋子來。整理院子裡的雜草時，手指被割傷了，因此去找劉郎中包紮傷口，要一些藥。回家的路上，她瞧見馬氏幾個婦人圍在一起，而白老太太坐在草垛上，一邊抹淚，一邊控訴白啟複一家。

「我的命怎麼那麼苦啊！老二好不容易發家，卻因白薇嫉妒，被搞臭名聲，如今鋪子開不下去。我琢磨著跟老二過了四、五年，老大家從沒給過一文錢，現在他家日子好過了，這才請族長說項，勉強在老大家住下。我這一把老骨頭了，他們晚上還讓我在地上打地鋪。他家做了肉菜，個個吃得滿嘴流油，我只吃一碗稀的米糊，裡頭沒幾粒米，也不喊我吃一塊肉。今兒白孟的書弄壞了，又怪在我的頭上。生了這麼個不孝子，只會折磨老娘，我真的沒法活了，活不下去了啊！」

白薇聞言，一股邪火往上躥，燒心灼肺。她一個箭步衝上去，抓住白老太太的衣襟怒罵。「妳住在我家，屋子妳自個兒挑選，相中了我哥的屋子，他們便搬去工棚，騰出屋來給妳住。昨晚一碗紅燒肉，我爹娘一人只吃一塊，其他全進了妳肚子裡，妳竟還在外頭編排我家虐待妳。」不孝會壞了名聲，孝順了也得讓白老太太在外敗盡名聲，那為這名聲憋屈地活著，又有何意義？白薇寧願不要這名聲，痛快地活著。

「我不活了！妳打死我算了！」白老太太很難纏，抓住白薇的手往自己身上捶。

「娘，妳這是要逼死我一大家子。誰家的書會沒有用？妳用啥不好，偏要拿孟兒的書去擦屁股。」江氏跑過來，正好聽見白老太太的話，心裡生恨，也顧不上丟醜了。「薇薇，妳快跟娘回家。妳哥把書都燒了，說他不唸書了。」

白老太太乾叫。「造孽啊，我前世造了啥孽啊！一個個紅口白牙，往我頭上扣屎盆子！妳們別攔著我，讓我去死——」

白薇眼睛狠戾，冷冷道：「我家供著妳，妳偏說我家不給妳活路、逼妳去死，既然平白擔了這臭名聲，那今兒個我就將這罪名給坐實了。」

白老太太看著白薇陰冷的眼神，心口一顫，意識到不妙。

白薇用力掐開她的下頷，一隻手拿出一個小紙包，將粉末全往她嘴裡倒。

白老太太瞳孔一縮，恐懼瞬間席捲著她，她拚命地掙扎。

白薇鎖死她，捏住白老太太的下頷往上一抬，白老太下意識地吞嚥。

「老宅有耗子，我找劉郎中買的耗子藥，打算去毒死耗子。妳天天嚷嚷活著在遭罪，活不下去，我們做晚輩的孝順，不忍心看著妳活受罪，今日就成全妳！」白薇鬆開白老太太，將紙包一揉，彈到雜草堆。

白老太的臉色突地慘白，覺得心慌氣短，嚇得半死。她摳挖喉嚨，想要將吞進去的藥粉吐出來，但折騰大半天都吐不出來，肚子裡開始翻江倒海，劇烈的疼痛。「救命。死人了。我、我快死了！快給我請劉郎中。」白老太太滿頭冷汗，朝鄉鄰求救。

鄉鄰遠遠地躲開，不敢沾這事。

突地，一聲悶響，接著臭氣熏天。

白老太太倏然爬起來，夾緊屁股，抱住肚子往茅廁跑。

江氏嚇壞了，慌張地拉著白薇。「妳……妳奶奶她……」

「娘，我找劉郎中買的巴豆粉。」白薇知道白老太太死性難改，又很貪生怕死，因此有了主意，先買一包巴豆粉，若白老太太作妖鬧著尋死，就餵她吃進去，嚇唬住她。

江氏拍著胸脯，一顆心總算落下來。

鄉鄰也鬆了一口氣，真怕鬧出人命。

張氏同情地看著母女倆。

白啟複一向不得白老太太的心，白啟祿和白嬌是龍鳳胎，祥瑞之兆，所以白老太太當一對眼珠子疼。

白老大一家是老實人，白老太太蠻橫又潑辣，江氏被白老太太吃得死死的，他們哪敢虧待白老太太？而白老二娶的是白老太太的姪女兒，一家子鬼精鬼精的，白老太太再蠻橫不講理，也只能被小劉氏治得死死的。

偏生江氏會生，生了兩個兒子、一個閨女。

而小劉氏的肚皮不爭氣，頭胎是閨女，二胎、三胎請人號脈，懷的是閨女，一碗墮胎藥給流了。再次懷上身孕後，又請人來看，確定是一個大胖小子，白老太太笑得合不攏嘴，天天好吃好喝地伺候著小劉氏，活計全都壓在江氏肩膀上。

那時候江氏懷著白離，任勞任怨，一直相安無事。

江氏臨盆，小劉氏坐在院裡曬太陽，小劉氏她娘王氏就問白薇，江氏生的是弟弟還是妹妹？白薇那時才一歲多，她說是弟弟。鄉下有一個說法，小孩的嘴靈，說啥生啥。王氏一聽這話，又指著小劉氏的肚子問，是妹妹還是弟弟？白薇說是妹妹。

小劉氏氣得臉發白，原本還有一個月才生的，結果當晚就有產兆了，生的是個閨女，且因為早產的緣故，沒幾天便夭折。

從那以後，白啟祿和白啟複就結仇，白老太太也恨上白薇，把她盼了幾年的乖孫剋死了。

張氏覺得白薇很冤，她那時才多大啊？正是牙牙學語，哪懂這些？壞就壞在江氏真的生下一個兒子，太招人恨了。

小劉氏最後一胎，生了一對龍鳳胎，白老太當金疙瘩般護著，真正疼進心窩裡。

鄉鄰全都嫉妒白家會生，除了白啟複，弟妹都生了龍鳳胎。

「江氏，妳別往心裡去，老太太對當年的事情有芥蒂，難免做些糊塗事。」張氏寬慰江氏。

江氏手一顫，臉色更白了幾分，拽著白薇匆匆回家。

當年的事情江氏不敢去想，一想就會作噩夢。那條人命怪不到她頭上，可到底是因他們而起，江氏心裡覺得愧疚。

白薇意識到不對，疑惑地問道：「娘，啥事？」

江氏搖了搖頭，不肯多說。

白老太太來回跑了十幾趟茅廁，拉得雙腿發軟，整個人都虛脫了，害怕自己會拉死在茅廁裡。稍稍止住後，白老太太才拄著木棍回家。

白薇將包袱塞在白老太太懷裡。「祖宅收拾好了，妳搬過去住，每個月會按時給妳月錢。」掏出五十文錢給她，眼見白老太太要發作，白薇又嚇唬道：「沒藥死妳，大概是劑量輕了點。妳大可再來鬧，下次說不定就餵妳吃砒霜。」

白老太太咬牙切齒，對白薇又懼又恨，可她心知白薇是個狠角色，屁股到現在都是火辣辣的，因此不敢再鬧騰，就怕會折騰掉自己的小命。一步三回頭，指望白啟複出來挽留，可她失望了，直到回祖宅，白啟複都沒有出來。

白薇想與白孟談一談，敲門進去。

白孟坐在桌邊，聚精會神地抄書。

她拉開對面的凳子坐下，隨手拿起一本書冊翻看。上面備註的心得見解，字跡飄逸灑脫，宛如白雲出谷。

「大哥，我需要你幫我。」白薇拿出一張銀票放在白孟手邊。「我在選寶大會揚名，算是踏出了一步，但今後能走到哪一步，誰也說不清楚。商戶的地位太低下了，我需要你護我。」她在現代的時候就深諳此道。她的父親接管家業，與她媽媽是商業聯姻；叔叔從政，嬸嬸出身政治世家，在仕途上對叔叔多有幫扶。兄弟兩人相互匡扶，家業才越做越大。

白薇將這一套學以致用，她從商，白孟從政，她給他銀子打點，他則照拂她的生意，相輔相成。至於能不能成，她沒有想過。莫問收穫，但問耕耘。

白孟手一顫，墨汁差點滴在書冊上。

他盯著面值一百兩的銀票，五味雜陳。一套書冊要十幾、二十兩銀子，四書五經買齊得將近一百兩。

「我借同僚的書冊抄，用不了這麼多銀子。」白孟將銀票推回去。「奶奶欺軟怕硬，爹娘一味去承受，她會變本加厲。正好借著這件事情發作，改變他們的想法，不必委曲求全。」

白薇眉眼一彎，笑容明媚。「哥，我知道你不會讓我失望。」轉而斂笑，問道：「娘說你把書給燒了？」

「都是弄壞的書。」白孟垂著眼皮，眼底閃過厲色。

「那好，你別擔心銀子，供你讀書綽綽有餘。」白孟和她一條心，想法達成一致，白薇很高興，可以放手去幹了。

「砰」的一聲，白薇出去，將門合上。

白孟拿著銀票，想起白薇盈滿笑意的眼睛，不禁勾了勾唇，從抽屜裡翻出底下的帳本，將這一百兩記錄進去。

江氏和白啟複站在門口，瞧見白薇出來，江氏連忙問：「怎麼樣？勸住妳哥了嗎？」

白薇嘆了一口氣，搖了搖頭。

江氏的眼淚流了下來，恨自己沒有用，讓兒女跟著她一起受委屈。「孩子他爹……」我們真的做錯了嗎？

白啟複愁眉不展。

白薇道：「爹，我給奶奶下藥，村裡人全都看見了，早就擔上不孝的名聲。你看著辦吧，若再對奶奶百依百順，讓她住進咱家鬧騰，我和哥不會留在這個家。作為子女，要眼睜睜地看著你和娘被奶奶欺負，太過窩囊無能了，我們寧可眼不見為淨。」她逼著白啟複做選擇。雖然他不會馬上轉變態度，但今後白老太太若提出過分的要求，白啟複也會掂量掂量。

「我——」

白薇打斷白啟複的話。「爹，你仔細想一想，二叔在鎮上開了那麼多年的鋪子，他十分精明，哪裡能做賠錢的生意？真的賠本，還能住闊氣的大宅子，家裡請丫鬟伺候？白玉煙被除名，二叔一家在鎮上還有根基，哪裡會那麼容易倒？就算真的倒了，還有趙老爺幫扶呢！奶奶的心偏到胳肢窩去了，她一向只看重二叔和姑姑的孩子。我在選寶大會上揚名，她立馬從鎮上過來，肯定是替白玉煙抱不平，怨我搶了白玉煙的榮耀。你若不想咱家出人頭地，就只管聽奶奶的話。」丟下這句話後，白薇準備去工棚，一眼看見趙老爺站在院門口敲門。

「白小姐，我找妳有事商量。」趙老爺穿著大氅，逕自進來。「進屋裡說？」

白薇指著後院。「工棚。」

趙老爺眉心一跳，哪家商戶見他不捧著好茶招待，生怕怠慢他？白薇居然領他去工棚。

「趙老爺看不上，那就請便。」白薇之前有意與趙老爺合作，但趙老爺不看重她，將她要的鋪子贈給白玉煙，並且在選寶大會上高捧白玉煙，她早在心裡打了叉，哪裡還會客氣招待？

趙老爺苦笑一聲，不敢擺架子，跟著去了工棚。

工棚乾淨整潔，趙老爺舒一口氣，坐在條凳上，疑惑地望著床榻上鼓起的小山包。

「我弟。」她瞥一眼床鋪，白離還在呼呼大睡。

趙老爺笑一下，給招福遞一個眼色。

招福立即恭恭敬敬地將木盒擺在砧機上。

白薇挑眉。「這是啥玩意兒？」

趙老爺做一個「請」的姿勢。「小玩意兒。」

白薇打開，裡面裝著地契，正是她相中的那間鋪子。她合上蓋子，給自己倒一杯茶。

趙老爺伸手要端茶，卻見白薇端去緩緩飲了一口，他臉上的笑容頓時僵了一下。

「白小姐，妳就是這樣待客的？」招福瞪著眼睛，一臉不悅。趙老爺肯拉下面子找她，算是抬舉她了，她竟還敢往臉上貼金。

「我不明白你的意思。」

白薇哂笑。「客？哪裡有客？趙老爺不請自來，算是客人嗎？」

趙老爺眼下算明白過來了，白薇這女人心眼小，記仇！

選寶大會上他才知道，白薇與白玉煙不對盤。之前他曾透露過要與白薇合作的消息，轉而又拒絕將鋪子盤給白薇，甚至要將鋪子贈給白玉煙，白薇怕是在心裡記上他一筆了。

「白小姐，我今日是與妳來談合作的，希望之前不愉快的事情就此翻過去。」趙老爺拿出一張圖稿，擺在白薇面前。「段老先生透露出消息，有意與這一屆的魁首合作雕刻一件玉器。我提供原石和圖稿，請妳與段先生合作雕刻出來。」

白薇心中冷笑一聲，暗叱一句老狐狸！

段羅春是宮廷玉雕師，專門為貴人雕刻玉器。告老還鄉後，不再有作品傳世。如今揚言要出山，難怪趙老爺將主意打到她頭上。

只不過，她也是有脾氣的人。「趙老爺這次打算出多少銀子？」

趙老爺神秘一笑，胸有成竹，似乎吃定白薇會答應。

「我有一個石場，能提供妳玉料，價錢比市面低一成。至於這間鋪子，就抵了手工費。」他拎著茶壺，自己沏一杯茶，淺啜一口後，漫不經心地睨向白薇。「怎麼樣？這一次算是誠意十足吧？」

條件很誘人，白薇沈默了。趙老爺的確是很精明的人，知道她手裡有銀子，所以從她的需求入手——她缺的就是玉料。

「寶源府城有三座玉礦，其中兩座玉礦被安南府城溫、姜兩家把持，西嶽國有六成玉器都出自這兩家。而餘下的一個玉礦，在我手裡。妳慢慢考慮，我在府中靜候佳音。」趙老爺將情勢分析出來後，起身告辭。「明日代我向段老先生問安。」

這一刻，白薇才明白過來，趙老爺這趟過來不是單純的想要雕刻玉器。他之前會捧白玉煙，恐怕就是想搭上段羅春。現在向她低頭示好，是一樣的目的。

趙老爺不惜斥重金也要搭上段羅春，那位段羅春真的只是宮廷玉匠師嗎？

白薇拿著圖稿，心裡犯愁。她沒有見過段羅春，壓根兒不敢貿然答應趙老爺。

——未完，待續，請看文創風811《沖喜夫妻》2

沖喜夫妻 1

國家圖書館出版品預行編目資料

沖喜夫妻 / 福祿兒著. --
初版. -- 臺北市 : 狗屋, 2019.12
冊 ; 公分. --（文創風）
ISBN 978-986-509-067-8（第1冊：平裝）. --

857.7　　108018118

著作者	福祿兒
編輯	黃淑珍
校對	沈毓萍
發行所	狗屋出版社有限公司
地址	台北市104中山區龍江路71巷15號1樓
電話	02-2776-5889～0
發行字號	局版台業字845號
法律顧問	蕭雄淋律師
總經銷	知遠文化事業有限公司
電話	02-2664-8800
初版	2019年12月
國際書碼	ISBN-13　978-986-509-067-8

本著作物由瀟湘書院〈www.xxsy.net〉授權出版

定價250元

狗屋劃撥帳號：19001626

網址：love.doghouse.com.tw　E-mail：love@doghouse.com.tw